回望現實・凝視人間

鄉土文學論戰四十年選集

修訂版

王智明、林麗雲、徐秀慧、任佑卿／編

當代觀典 028

目錄

輯三：反思

序言[1]

林麗雲

台灣「鄉土文學論戰」發生於一九七七年四月至一九七八年初，是一場以「文學」之名展開的意識形態論戰，也是台灣境內第二次以「鄉土」之名展開的意識形態鬥爭。發生於一九三〇年代的「鄉土文學論戰」，其「鄉土」所指涉的是殖民地台灣、其所欲鬥爭的對象是日本殖民政權。發生於一九七七年的「鄉土文學論戰」，則是以「反帝」、「反資」以及「民族主義」為核，向反共親美的國民黨政權進行挑戰。本書收錄文章是以一九七七年的「鄉土文學論戰」，主要是鄉土派一方的文章，並包含一篇寫於一九七四年，該文是提供鄉土派理論資源的重要作品；另一篇是討論一九三〇年代「鄉土文學論戰」的文章，以及之後論戰二十周年、三十周年的反思選文。

本書脈絡分成四個部分：一、「鄉土文學論戰」始末。二、「鄉土文學論戰」時代背景。三、「鄉土文學論戰」選文說明。四、代結語：為何重提「鄉土文學論戰」。

一、「鄉土文學論戰」始末

旅日學者陳正醍將「鄉土文學論戰」的起始點定於一九七七年四月，因為該月份發行的《仙人掌》雜誌第二期，同時刊登了「鄉土派」作家王拓的文章〈是「現實主義」文學，不是「鄉土文學」〉，以及「反鄉土派」作家銀正雄的文章〈墳地裡哪來的鐘聲？〉、朱西甯的文章〈回歸何處？如何回歸？〉。立基於反映台灣現實處境、關懷下階層民眾困境，王拓的文章將「鄉土文學」正名為「現實文學」。相對地，銀正雄認為「鄉土文學有變成表達仇恨、憎恨等意識的工具的危險」，而朱西甯則擔憂「鄉土文學恐將流於偏狹的地方主義」，以此反駁王拓等鄉土派作家、旗手的作品與論點。

陳正醍將此三篇文章定位為論戰的開端及典型，從之後的發展而言，戰火確實因此點燃，至於「典型」則是論戰立場的確認。反鄉土派一方以反共親美的國家立場，指控鄉土派作品是共產主義「工農兵文學」的再現；鄉土派一方則力主文學創作應以民族主義為本、階級關懷為核心，並以反帝國主義、反資本主義的立場站上論戰舞台，迎戰國民黨政權羽翼下的文藝團體，由此開

1 感謝施淑、王智明、徐秀慧、任佑卿提供寶貴的修改意見，然而因為個人的時間能力，未能將所建議修改意見都妥善呈現。若有任何疏漏或理解上的錯誤，其責在於作者。

啟這場帶動台灣七〇年代、八〇年代文學思潮的重要論戰。此思潮關注的重點不在「鄉土」或「鄉村」，而是居多數的民眾處境。一如南亭在〈到處都是鐘聲〉一文中表示：「『鄉土文學』已成為一個空的概念，它已被一個更大綜合性的潮流吸入肚腹，而這樣潮流是最有利當代最大多數人，最有利全民族發展的。」這個以鄉土之名所推動的潮流，不僅挑戰了反共親美的國民黨政權，同時也為日後台灣本土化運動打開新路，為緊接而來的大規模政治運動提供薪火，再次見證文學是政治、社會改革的先鋒。

這三篇文章發表後，引起台灣文學圈、文化圈以及知識分子的普遍關注，站在「鄉土」一方的《仙人掌》雜誌趁勢追文，接連三個月，持續刊登支持「鄉土」文學的相關文章，終於引燃「鄉土文學論戰」的全面戰火。一九七七年八月十七日，作家彭歌在親官方的主流媒體《聯合報》上連載三天的〈不談人性•何有文學〉一文，文中直接點名批判王拓、陳映真和尉天驄三位鄉土派的論戰旗手，翻轉鄉土派主張的反帝國主義應為反共產主義，至於在台發展的資本主義是否為殖民經濟，彭則表示「應由經濟學者作客觀的分析」。一九七七年八月二十日，當時人在香港的反鄉土派詩人余光中跟著發文〈狼來了〉，文中將鄉土文學等同於「工農兵文學」，並說明此種文類的政治背景為毛澤東於一九四二年五月《在延安文藝座談會上的講話》所特別強調的文學功能。當作者以威脅口氣在該文結語寫下：「那些『工農兵文藝工作者』，還是先檢查檢查自己的頭吧。」，文學之火顯然已轉變為政治之火。職是之故，此文後來被視為論戰氛圍轉向政治肅殺的代表作。

一九七七年八月二十九日，國民黨特地召開「全國第二次文藝會談」，會中決議全面反擊鄉土文學的觀點，之後寫手們即開始密集於官方相關媒體上發文批判鄉土文學。根據郭紀舟引述的資料：「光在第二次文藝座談會前後從五月[2]二十日至九月二十日一個月的文章量，達四十一篇之多。……這種短時間內大量而集體的動員，幾乎所有黨部刊物、主流媒體均被動員參戰。」面對黨政媒體的強大火力，以《夏潮》雜誌為論戰基地的鄉土派漸趨下勢。在既無政治資源為後盾、也無廣大媒體提供戰場，加上政治肅殺一觸即發的壓力下，鄉土派戰將在論戰高峰時，除了要迎戰如雪片般不斷落下的批評和攻擊文章，同時也還必須爭取盟友的庇護，避免隨之而來的政治迫害。在此情勢下，以《夏潮》雜誌為基地的鄉土派成員開始與民族主義者胡秋原所創辦的《中華雜誌》結盟。

《中華雜誌》發刊於一九六三年，由時任立法委員的胡秋原所創。胡秋原（一九一〇——二〇〇四）是中國近代史上備受爭議的知識分子。他於年輕時前往日本早稻田大學攻讀政治經濟學，在日期間適逢日共風潮興起，因此胡氏曾深入研讀馬克思理論，並以社會主義者自居。後因目睹史達林恐怖統治的暴力專政，讓他重新思考馬克思理論在不同區域和不同社會條件下的限制與誤

2 此處應為八月，所以有可能是該作者筆誤。

用。在他為《鄉土文學討論集》所寫的序言〈中國人立場之復歸〉一文中，對於共產主義、社會主義、西方自由主義和西方資本主義與中國革命的關係有很清晰的闡明。胡氏認為，不論資本主義和社會主義都是西方的產物，第三世界的主體性，因此不可能建立在上述兩者的基礎上，而必須走出自己的第三條路。據此胡氏主張，第三世界在經濟上應採行「民族的資本主義」，包括發展國家資本與一切國民的資本；在政治上則應實施「民主法治」，以避免官僚資本與政治寄生資本主義。但二戰後美蘇霸權所打造的冷戰格局，導致大部分第三世界國家被迫附從於帝國羽翼，形成長期的不對等依賴關係。所以胡氏既反帝、反資，但也反共，終其一生以反西化為職志。對於戰後美蘇帝國的認識，胡氏主張應以第三世界境內的民族主義作為抵抗美蘇霸權的武器，例如中國民族主義。

鄉土派所標舉的反帝國主義、反西方資本主義、反分離主義（台灣與中國分離），以及立足於民族主義、第三世界位置的訴求，皆與胡秋原的主張不謀而合，因此當鄉土派成員求助於他時，胡氏也欣然相挺，並於同年九月在《中華雜誌》上發文〈談「人性」與「鄉土」之類〉，將雙方文章以上下排比的形式，一一駁斥余光中和彭歌對鄉土派所發動的攻擊論點。在國民黨內擁有一定地位的胡秋原，其發言隨即引發效應，幾位德高望重的知識分子，例如當時任教於香港新亞書院的徐復觀，以及政治作戰學校教授任卓宣都紛紛發言相挺。尤其是後者，在受訪時表示，鄉土文學等同三民主義文學，有意為遭受政治壓力的鄉土派護航。根據出版於一九七八年四月一日的

《鄉土文學討論集》一書上所收錄的文章做統計，從一九七七年九月胡氏文章發表後，到論戰硝煙漸散的一九七八年三月，短短半年間，刊登在《中華雜誌》上駁斥反鄉土派的文章計有十六篇。

胡秋原等人加入後，戰局隨之變化，但雙方仍僵持不下。一九七八年一月十八、十九兩日，由軍方出面召開「國軍文藝大會」，有意平息這場戰火。時任國防部總政戰部主任王昇出席發言，將鄉土文學擴大定調為「國家之愛、民族之愛」，並呼籲作家們要團結起來愛護鄉土、愛護民族、愛護國家，一場以鄉土文學為名的意識形態鬥爭才終於和平落幕。

二、「鄉土文學論戰」時代背景

發生在七〇年代中後期的鄉土文學論戰，既是以文學之名所進行的意識形態鬥爭，自然會涉及當時的政治主張的衝突以及意識形態的差異。下文中筆者將從三個向度來說明發生鄉土文學論戰的時代背景。

（一）政治因素

一九七〇年代台灣在外交關係上發生劇烈變動。一九七〇年九月十日，美日雙方私下達成協議，美國準備在一九七二年將二戰期間所占領的琉球列島交還日本，其中包含原本屬於中國版圖的釣魚台，此舉引起台灣島內知識分子及海外留學生的不滿。一九七〇年十一月十七日，美國普林斯頓大學的台灣留學生組成「保衛釣魚台行動委員會」，以「反對美日私相授受」、「外抗強權、內爭主權」等訴求發起抗議行動，美國其他學校的台灣留學生隨之群起響應，形成日後稱之為「保釣運動」的風潮。

伴隨著保釣運動的進展，中華人民共和國也日益在國際關係中獲得相對於中華民國的優勢。一九七一年十月中華人民共和國取代中華民國成為聯合國一員、一九七二年二月尼克森訪問北京、同年九月日本政府宣布與中華民國解除外交關係。釣魚台事件以及緊接而來的外交挫敗，刺激海內外知識分子反思依附強權下的民族危機，並由此重新定位國家民族認同，以及重新看待台灣這塊土地。這段歷史過程與日後鄉土文學論戰的發生與發展有著緊密關係。

首先是保釣運動中的社會主義意識。美日私相授受釣魚台事件所激起的愛國心和民族主義，是保釣運動的外顯情緒，其反帝國主義主張不必然涉及意識形態的對峙，但卻也讓部分知識分子質疑戰後主導台灣的美國價值。真正被鄉土文學論戰中的鄉土派所承繼的是反帝、反資的主張。這條早在保釣運動前即已形成的社會主義意識，不僅在釣運中被提出，同時也是鄉土文學論戰中重要的主張。

其次是保釣運動所打開的社會意識。戰後台灣歷經二二八事變與白色恐怖等政治肅殺事件後，社會大眾普遍瀰漫著不問政事、獨善其身的心態。但保釣運動與外交危機卻喚醒台灣民眾，尤其是在校青年的社會意識與社會責任，「走出校園、走入社會」口號成為當時知識青年關懷社會的行動方針。其中影響較為深遠且廣為傳播的社會行動，是由台大學生團體所發起的「建設偉大的社會——百萬小時奉獻運動」。他們號召有志之士成立社會服務團，並將團員分成農村、貧民、警民、勞工及地方選舉等五組。他們「走出校園、走入社會」，通過服務人民的方式發掘社會問題。這場運動不僅聯繫起了青年菁英與社會民眾的關係，同時也開展了他們與台灣這塊土地的關係。

反帝反美的民族主義與關懷地方的社會意識，既是保釣運動的訴求，同時也是之後鄉土文學作品的主要內涵。然而鄉土文學論戰期間，前者被反鄉土派指控有附共嫌疑，後者則被反鄉土派批評為狹隘的地方主義意識，論戰因此而生。

（二）經濟因素

鄉土派論者將台灣戰後的經濟發展，定性為殖民地經濟，也就是第三世界經濟。根據胡秋原在一九七七年十一月受訪時的表述：「第三世界雖在政治上獨立，但經濟上沒有獨立，所謂新帝國主義、新殖民主義，可以指資本主義的美國、西歐、日本和社會主義的俄國，他們用軍經援助、政治控制或技術合作口號競爭和剝削第三世界。」胡氏所提的新帝國主義和新殖民主義，正是鄉土派建構論述時的核心概念，也是鄉土派文學作品的表述特徵。在鄉土派眼中，美日兩國即是新帝國主義和新殖民主義的主要代表。

台灣戰後經濟發展，首先是美援（一九五三——一九六三）時期的修復經濟和穩定經濟，國民政府在修復和穩定經濟的同時，也展開一系列的經濟計畫，包括一九六〇年頒布的「獎勵投資條例」，並於隔年實施第三次經濟建設計畫。一九六六年台灣第一個加工出口區於高雄市設立，一九六九年高雄地區的楠梓加工出口區設立，一九七一年台中潭子加工出口區設立。十年間，台灣以每年平均近八％的經濟成長率，創造了所謂的經濟奇蹟。在獎勵投資與廉價勞動力的雙重誘因下，六〇年代後半外國資本開始大量湧進台灣，許多因低工資、高密度勞動力的外國產業，紛紛轉進環評限制寬鬆、投資稅制優惠的投資樂園——台灣——設立廠區，而美國和日本即是其中排名一、二的兩大投資國。

鄉土派作家與論述者所反映和抨擊的對象，即是這個由國民黨政權與跨國資本所形成的「黨國——資本」體系，他們指出該體系的巨大獲利就是以剝削勞工、犧牲農民以及破壞環境為代價。深受鄉土派推崇的兩篇小說，黃春明的〈莎喲娜啦‧再見〉（一九七三），以及王禎和的〈小林來台北〉（一九七三），就是以跨國企業的買辦經濟為背景，書寫殖民地經濟下人的扭曲與卑微。論戰發生前一年鄉土派的發表基地——《夏潮》雜誌，已經出現關心勞工權益的文章，如一九七六年九月由王杏慶所書寫的〈台灣地區的勞工權利問題——一種嘗試性的分析〉。論戰發生前後，《夏潮》雜誌開始大量刊登與工人相關的小說和報導，如〈三合礦工無家可歸〉、〈從光華衛生毛巾洗染場童工事件——再談童工問題〉、〈鐵路工人的悲歌〉、〈請吃米飯的人，聽聽農民的心聲〉等。工人作家楊青矗甚至提出「工人有其廠」的想法，並將此想法發表在《夏潮》雜誌上。

反鄉土派無法接受鄉土派將台灣經濟定性為殖民經濟和買辦經濟，他們認為鄉土派是假「社會意識」和「關懷大眾」為名，刻意渲染社會內部矛盾、鼓吹階級仇恨。反鄉土派甚至質疑鄉土派的背後動機，並進一步指陳中共的海外宣傳，通常是以貧富差距、外來投資和廉價勞工等來擴大階級問題，暗指鄉土派以經濟為名行階級鬥爭之實。這個指控正是這場論戰的核心爆點。

（三）文化因素

一九五〇年六月二十五日韓戰爆發，一個月後美國軍隊退居三十八度線以南，並持續與中國激戰至一九五三年，在雙方火力僵持不下的情況下，才於同年七月二十三日簽訂合約，以三十八度線為界。韓戰的失敗讓美國認識到中國的實力，決定調整遠東戰略計畫，將中國從對蘇戰略版圖中獨立出來，且將其擺在遠東政策的核心位置。為防止共產思想東擴，美國北從日本南至菲律賓形成一個太平洋西側的環形反共島鏈，台灣因位於島鏈中間，地位相形重要。

關於美國與台灣的戰後關係，尤其是在文化向度上，台灣歷史學者趙綺娜在其論文〈美國政府在台灣的教育與文化交流活動（一九五一——一九七〇）〉中有如下表示：「美國雖然以軍事援助與經濟援助為主，然而，台灣對於美國經濟、軍事上的依賴，亦延伸到教育、衛生與文化等層面。美國試圖說服盟國的人民：美國制度、文化要比共產制度優越。只有美國文化爭取到海外人民的認同，才能避免他們接受思想宣傳，保持美國在『自由世界』的影響力。因此，向海外推銷美國文化是對抗共產集團的另一個冷戰戰略。」

為了執行這項遠東文化戰略，直屬總統府管轄的美國新聞總署於一九五三年成立，並在遠東各地成立美國新聞處（美新處）分支機構，執行各項文化教育和傳播工作。遠東地區除了台灣，還有韓國、泰國、日本、印度、馬來西亞、印尼等地。在台地區分別在台北、台中、高雄、台南、嘉義和屏東等六個城市設置美新處，但由台北地區統籌指揮。美新處的文化宣傳政策以新世代菁英為對象，因此美新處的設址幾乎都位於重點高中附近，例如台北市的建國高中、台南市的台南一中。

根據社會學者王梅香（二〇一五）的研究，台北的美新處處長辦公室下設新聞組、文化組、節目組、管理組及預算組等部門。這些部門分別執行雜誌書籍出版、翻譯美國文學作品、安排雙邊交流參訪、策畫演出展覽，以及提供各式各樣獎學金鼓勵台人前往美國觀光或進修。台灣文學研究者陳建忠（二〇一二）將美新處的建制視為「美援文藝體制」，並將此體制稱之為「軟性體制」，以區隔國民黨政權所實施的「剛性」文藝體制。此兩個文藝體制主宰了戰後台灣文藝走向，一直要到鄉土文學論戰發生後才真正產生質和量上變化。

挑戰上述兩個文藝體制的靈魂人物是作家陳映真。陳氏的左翼啟蒙始於魯迅的小說集《吶喊》，高中時期曾參與「劉自然事件」[3]的抗議行動，大學時期在《筆匯》雜誌上發表第一篇具有社會意識的文學作品〈麵攤〉，之後也有多部作品發表於當時引領現代主義風潮的兩份雜誌：《現代文學》與《劇場》。在發表這些作品的同時，陳氏的社會主義意識也同步發展。陳氏對上述兩個文藝體制，尤其是美新處所傳遞的現代主義價值的批判，始於一九六五年底在《劇場》雜誌上發表的〈現代主義底再開發：演出「等待果陀」底隨想〉一文。

一九六六年陳映真與尉天驄等一群不滿現代主義風潮的友人，創辦了《文學季刊》，該刊物以關心現實、本土創作為發刊理念，陳氏在該刊物中陸續發表了〈唐倩的喜劇〉（一九六七年一月十日）、〈第一件差事〉（一九六七年四月十日）、〈六月裡的玫瑰花〉（一九六七年七月十日）等批判現代主義與美國價值的短篇小說，以及兩篇自我批判的文章：〈最牢固的磐石：理想主義

3 劉自然事件，又稱五二四事件。一九五七年三月二十日，台灣革命實踐研究院學員劉自然遭槍擊斃命，肇事者為駐台美軍上士 Robert G Reynolds。但 Robert 受審時表示因劉偷看其妻洗澡才開槍。兩個月後美軍法庭宣判 Robert 為誤殺無罪釋放。此舉引起國內軒然大波，大批民眾包圍美新處及美軍協防台灣司令部。陳映真在校獲知訊息後，隨即與同學製作抗議標幅前往美國大使館前抗議。

的貧乏和貧乏的理想主義〉（一九六七年十一月十日）〈知識人的偏執〉（一九六八年二月十五日）。一九六八年五月陳氏在白色恐怖的體制下因「思想」問題入罪，判刑十年，後因蔣介石過世特赦減刑，於一九七五年出獄。

陳氏入獄後，文壇交鋒暫歸沉寂。兩年後，保釣運動風潮再度啟動對上述兩個文藝體制的批判。一九七二年二月開始，關傑明與唐文標兩位香港僑生（唐氏在美留學期間參與釣運甚深），前後在主流媒體《中國時報》發表了對現代詩的批判，並掀起一場小規模的「現代詩論戰」。論戰中，唐氏批判台灣現代詩是美國資本主義依賴體系中的一環、是文化買辦下的產物。

一九七三年八月《文學季刊》復刊並更名為《文季》，承續《文學季刊》批判現代主義中無根、耽溺、自我、蒼白、虛無、晦澀等個人主義色彩濃厚的意識形態，且呼應唐氏主張文學創作應建基於社會性、民族性的論調，在僅發刊三期的雜誌中，刊登了日後鄉土派大力推崇的文學作品：黃春明的〈莎喲娜啦・再見〉、王禎和的〈望你早歸〉、王拓的〈廟〉等，並著手發掘與整理日據時期的反抗文學作品。從「現代詩論戰」到《文季》雜誌，為鄉土派論者儲備了飽含「民族的」、「鄉土的」以及「現實的」的論述資源，也為三年後的鄉土文學論戰提供反擊的彈藥。

創刊於一九七六年二月二十八日的《夏潮》雜誌，是由台大醫學院學生所辦，第四期以後轉由蘇慶黎接任總編輯。蘇氏有意將該雜誌改造成一份以社會主義為取向的刊物，因此力邀剛出獄的陳映真共襄盛舉。這份雜誌標舉著「社會的」、「鄉土的」、「文藝的」的旗幟，在蘇慶黎與陳映真的號召下，集結了《文學季刊》、《文季》同仁中的有志之士，以及現代詩論戰中的唐文標，全面挑戰上述兩個文藝體制：國民黨的剛性體制和美國的軟性體制，一年後終於引發鄉土文學論戰。論戰後的台灣文藝風潮，也從「反共八股」、現代主義，轉向與社會現實、政治改革密切結合的現實主義文藝。

三、「鄉土文學論戰」選文說明

本書原初的編輯構想，不僅希望能呈現論戰雙方的文章以及之後四十年針對論戰反思的文章，同時也希望能呈現鄉土派一方關於民族意識的分歧。然而，由於編輯小組未能取得反鄉土派作者的同意轉載，因此本書只能收錄鄉土派一方的文章。另一方面，論戰中的鄉土派一方關於民族意識則出現了雙重矛盾，第一重：中華人民共和國與中華民國，簡單的說就是反共與不反共的矛盾；第二重是中國與台灣的矛盾，尤其是第二重矛盾，於論戰結束後不斷擴大，成為今日台灣社會內部的主要矛盾。這個課題因本書焦點在於鄉土文學論戰，在篇幅限制下無法充分展開，希望將來有機會針對此一議題另編他書以饗讀者。本書結構分成三個單元：脈絡、論戰與反思，分述如下。

第一單元：脈絡

此單元收文兩篇，第一篇為郭松棻作品〈談談台灣的文學〉、第二篇為胡秋原作品〈中國人立場之復歸——為尉天驄先生《鄉土文學討論集》而作〉。先簡述收錄第二篇文章且安排於此單元的理由。從篇名即可理解此文是專為討論集一書而寫，但胡氏卻從民國初年發生在中國的「新文化運動」及「新文學運動」談起，說明中國在鴉片戰爭之後，知識分子選擇西化運動為救國圖存之道的限制與弊病，進而肯定鄉土文學運動立基於「民族主義」的傾向。選錄胡氏文章意在提供讀者兩個視野：其一，發生於七〇年代中期的鄉土文學論戰，與因西潮衝擊而來的中國新文化運動間的承續與斷裂關係。其二，以中國民族主義為中心的抵抗西方（de-westernization）思考。不僅反帝同時也反共，在反帝的向度上與鄉土派結盟，但卻在反共的向度上與鄉土派分流，只是在當時政治的高壓下，民族主義成為讓反共主張和階級意識濃厚的現實主義文藝得以結盟的共同基礎。

脈絡單元的第二篇文章〈談談台灣的文學〉，作者為郭松棻。此文於一九七四年以筆名羅隆邁發表於香港《抖擻》雜誌的創刊號。二〇〇六年人間出版社將該文收進《鄉土文學論戰三十年——左翼傳統的復歸》一書，作者署名郭松棻。

〈談談台灣的文學〉發表時間早在鄉土文學論戰之前，編輯小組之所以將此文收進本書中，且作為論戰的起首文，原因有二：其一，此文觀點為鄉土派的論述基礎；其二，此文作者與鄉土派所形成的跨域左翼社群網絡，將海外的保釣之火延燒到台灣的鄉土文學論戰。陳映真曾為文說明兩者的關係：「釣運中評論台灣當代文學，評論『鄉土文學』的文章不少，但直接地易裝上場，直接成為王拓的『殖民經濟』論、現代主義批判論、現實主義文學論、參與了鄉土文學論爭者，只有羅隆邁的文章可以證明釣運對鄉土文學論爭的直接影響。」

台灣文學研究者簡義明在其書寫的〈冷戰時期台港文藝思潮的形構與傳播——以郭松棻「談談台灣的文學」為線索〉一文中，以第三地概念說明〈談談台灣的文學〉的生產背景，以及與台灣左翼社群發動現代詩論戰、鄉土文學論戰的共振效應。簡氏在文中表示，郭松棻因參與保釣並接受中國政府聘用進入聯合國工作，被台灣當局列入黑名單，無法返台也無法在台發表文章，因此「只好選擇在當時所有華人地區言論相對自由的香港發表」。香港即是簡氏所論的第三地。第三地概念對於理解台灣戰後左翼文藝運動至為重要，因為戰後台灣在歷經過二二八事件以及白色恐怖的政治肅殺後，基本上與左翼相關的傳播與傳承幾近斷絕。六〇年代中期從台灣本土自行發展起來的左翼社群，其思想資源有部分即是來自境外的第三地，例如日本、香港及美國等地。

綜言之，〈談談台灣的文學〉一文，不僅提供讀者理解鄉土文學的基礎論點，同時也提供讀者理解鄉土派社群與第三地的共振網絡，以利讀者將鄉土文學運動放進更寬廣的視野中進行理解。

第二單元：論戰

關於鄉土文學論戰文章，在論戰發生後兩年間，有兩本選集在台出版。第一本由彭品光主編的《當前文學問題總批判》出版於一九七七年十月，書中共收集七十六篇文章。此書官方色彩濃厚，選文目的顯然意在打壓鄉土派，因此不列為選文材料。第二本《鄉土文學討論集》則出版於隔年四月，由鄉土派作家尉天驄擔任主編，全書共八百五十頁，從一九七六年四月至一九七八年二月，共收文七十五篇。該書根據論戰文章的性質分成四輯、三附錄以及二篇特別轉載，每輯收錄鄉土派作品，但其後附錄則是反鄉土派的作品，此單元所收錄的文章即是以《鄉土文學討論集》為選文來源。

此單元收進六位作者七篇文章，其中許南村為陳映真筆名，其中六篇文章取材自《鄉土文學討論集》一書，尉天驄的文章〈我們的民族・我們的文化〉於一九七七年七月發表於《中國論壇》第八期，隔年改以篇名〈我們的社會和民族教育精神〉收進由其主編的《鄉土文學討論集》一書。此單元選取的鄉土派論戰文章，意在呈現鄉土派一方的兩個辯詰，其一是對「鄉土」指稱的辯詰；其二是關於中國與台灣兩種民族主義的辯詰。

關於鄉土一詞的辯詰，首先是論戰期間一再被提及的兩位作家：黃春明和王禎和，不接受他們的作品被歸為「鄉土」文學。鄉土派作家與論者王拓在〈是「現實主義」文學，不是「鄉土文學」〉一文中，也將階級意識從鄉土文學概念中提煉出來，強調文學的功能與價值是為現實中的底層民眾服務。以南亭為筆名的王杏慶，其文呼應了胡秋原對於中國近代新文學運動的考察，但以台灣的反殖文學為論述主軸，並宣告鄉土文學已死，因為鄉土概念在運動過程中，早已被更大的潮流——民族主義與階級意識——吸入腹中。

再者，關於中國與台灣兩個民族主義的辯詰。本書收文中由作家葉石濤所寫的〈台灣鄉土文學史導論〉一文，雖然是將台灣文學史放在中國文學史的大框架中論述，但著眼於一六〇四年荷人入侵至日本據台的歷史經驗，由此強調台灣文學中反帝、反封建的特殊性。此文發表後陳映真以筆名許南村隨即發文〈鄉土文學的盲點〉，指陳葉文是「用心良苦的分離主義議論」，意圖將「台灣人意識」推演至「台灣的文化民族主義」。

從後續發展可以得知，當時關於鄉土一詞的辯詰，在進入八〇年代中期以後的爭論重點，已經不是「鄉土」的內涵及其與現實主義文學的關係，而是與第二個辯詰聯繫在一起，也就是「鄉土」指向何方、指向何地。本書的第三個單元雖名為反思，但在未能收錄反鄉土派作品的情況下，無法同時呈現論戰雙方的作品，而是聚焦於「鄉土」意象經歷多重演繹後的歷史轉化。

第三單元：反思

反思單元選文六篇，包含三個議題：鄉土與反殖民地、鄉土與本土、鄉土與第三世界。首篇是施淑的文章〈想像鄉土‧想像族群——日據時代台灣鄉土觀念問題〉，該文首刊於一九九七年《聯合文學》雜誌，隔年收進《台灣鄉土文學‧皇民文學的清理與批判》（人間出版社）。此文以發生在一九三〇年前後的「鄉土文學論戰」為主軸，闡述台灣文學界關於鄉土觀念的發生，實來自於日本殖民經驗造成現實世界的破裂，因此鄉土一詞已內含族群認同與在地主體的成分，表現為第三世界的台灣文學。但在後續因應戰爭需要所提出的殖民政策下，鄉土文學凸顯了地方的特殊風貌，卻失落了主體精神。收錄此文意在提供讀者理解台灣鄉土文學論戰的歷史縱深，鄉土一詞之所以能有多重演繹的空間，正因其反映了台灣自身的歷史演變。

以施淑的文章起頭，旨在帶出以下三篇文章：林載爵的〈本土之前的鄉土〉，此文發表於一九九七年台灣社會科學研究會舉辦的「回顧與再思——鄉土文學論戰二十年討論會」，後收於《台灣鄉土文學‧皇民文學的清理與批判》一書。接著是呂正惠在不同時期書寫但卻相互關聯的兩篇文章：〈鄉土文學中的「鄉土」〉及〈鄉土文學與台灣現代文學〉，前者發表於一九九七年十二月出刊的《聯合文學》雜誌，後者發表於二〇一二年四月出刊的《澳門理工學報（人文社會科學版）》十五卷二期，此兩文後收錄於呂正惠專書《台灣文學研究自省錄》（二〇一四）。此三篇文章提供讀者進一步理解「鄉土」概念，以及其內涵如何在論戰結束後繼續被申論闡發。

收錄晏山農的〈鄉土論述的中國情結——鄉土文學論戰與《夏潮》〉，以及彭瑞金的〈二十年來的鄉土文學〉，則是試圖提供讀者關於鄉土文學論戰的其他視角。前者發表於一九九七年十月由「春風文教基金會」與官方文化部門共同舉辦的「青春時代的台灣——鄉土文學論戰二十周年」研討會上。此文以鄉土派作戰基地《夏潮》雜誌之流變為論述核心，提出鄉土文學論戰的核心價值正在於第三世界觀點。然而在一九八〇年代後，不論是強調本土意識的獨派，或是將統一置於人民和土地的需求之上的統派，都刻意遺忘第三世界這個重要資產，由此使得鄉土文學論戰的批判精神隨之失落。

彭文於一九九七年十月二十六日發表於《台灣日報》副刊。此文相當簡短，與其說是論述，不如說是抒情。七〇年代，台灣在政治、社會、文化各方面都發生巨大變化，論戰期間被陳映真質疑有台灣意識或分離意識的葉文，在論戰結束後快速發酵，鄉土意識轉化成台灣意識，發展出另一種鄉土敘述，其中與七〇年代鄉土派共享日據時期的「鄉土」資源，成為台灣意識的敘述源頭。此時「鄉土」想像發展出有別於三〇年代和七〇年代的內涵，由「鄉土」而來的國族認同、統獨論爭，成為八〇年代至今台灣境內的主要矛盾，收錄彭文即意在呈現台灣意識主張者的情感內涵。

四、代結語：為何重提「鄉土文學論戰」

論戰結束後，每隔十年，鄉土派一方或承繼者都會以各種形式再現和再詮釋這場論戰。只是自解嚴之後，重提論戰時所設定的對手，已經從對現實主義立場抱持反對態度者，轉換為堅持台灣意識或台灣民族主義的文論。由此，「鄉土」隨著台灣政治演變發展出兩條迥異的敘述軸線，第一條是將「鄉土」聯繫上中國百多年來反帝國、反壓迫的革命史觀；第二條則是將「鄉土」聯繫上台灣近百年反殖民、反壓迫的反抗史觀，這兩條史觀所形成的衝突，構成今日台灣的政治現實。

其次，一九五〇年韓戰爆發，美國進一步介入東北亞經濟與軍事事務，台韓兩地在共同經歷過日本的殖民統治後，又共同經歷了美國的新帝國主義經驗。從專制統治到經濟依賴，台韓兩地的社會性質及其發展，有諸多相互參照的可能。鄉土文學之所以可以形成論戰，正是在反殖、反帝的基礎上開展出來，同樣受制於冷戰體制和跨國資本雙重支配下的韓國，其反抗運動又是如何展開呢？希望不久的將來，台韓兩地在此議題上能有更多的交流與討論。

最後，如果我們將二戰前的壓迫與反壓迫關係以殖民史來界定，那二戰後的壓迫與反壓迫關係就是以第一、二世界與第三世界來界定，鄉土文學雖以一地的文學意識形態啟動論戰，但其立論基礎卻是全球的第三世界視野。在一九七〇年代的鄉土文學論戰中，雖然已經提出第三世界的視野，呼應了當時韓國對「民眾文學」和「民族文學」的討論[4]，但在反共親美的政治高壓下，哪怕是鄉土的議題都無法充分展開，更遑論第三世界觀點的討論。時光流轉，四十年過去，台灣在統獨爭議之下，第三世界仍然是邊緣的視野。本書已有韓文版問世，期望台灣繁體中文版的推出，更有助於台韓兩地對於第三世界觀點的討論，進而重新連結第三世界的思想資源。

4 參見：陳映真，二〇〇五年，〈對我而言的「第三世界」〉。http://www.oz.org.tw/index.php/陳映真：對我而言的「第三世界」（截取日期：二〇一七年三月二十四日）感謝徐秀慧提供資訊。

◎編輯說明：

1. 本書選文皆載明初始收錄、發表資料，如有收入作者作品集者，皆以其為編校依據。
2. 因歷史、年代差異，除錯、漏字外，部分專有名詞、譯名……等皆保留原作者之用法。

輯一 | 脈絡

談談台灣的文學

郭松棻

一、文學與殖民主義

二十世紀的台灣文學可以說一直沒有與殖民主義斷絕過關係。二次大戰以前不待說，就是大戰以後的這二十幾年間，也與殖民主義的絲縷斬不斷關聯。但是，二次大戰之前和之後，台灣文學與殖民主義的關係卻有本質上的不同。戰前，台灣是日本的殖民地，日本政府除了用武力鎮壓台灣當地的各種民族主義運動以外，還以懷柔政策的手法在文化、思想上推行種種歸化運動，企圖使台灣人民與中國大陸斷絕思想和感情上的聯想，閹割漢民族的意識。國語（即日語）運動、皇民化運動是其中較突出的實例。在這種殖民政策下尋找縫隙，表現民族的淪落、辱沒、反抗和鬥爭等種種面貌是當時台灣文藝工作者的第一課題。在他們的作品上所表現的幾個特徵往往是：語言稍嫌粗糙，結構略缺經營，人物刻畫不夠圓熟，情節演進沒有足夠的說服力，但是內容富鄉土色彩，面對現實，主題與歷史的動脈息息相連。賴和的〈善訟人的故事〉、楊逵的〈無醫村〉、張文環的〈閹雞〉、呂赫若的〈牛車〉以及在日據時代就開始寫作而在光復以後始得出版的吳濁流的《亞細亞的孤兒》就是這樣的作品。二次大戰以後，台灣已經不復是日本的殖民地。然而，名義上台灣雖然重新成為中國領土的一部分，但是實際上的局面是相當複雜的。

自五〇年代以來這二十幾年間，台灣的政治、軍事、經濟各部門都一一打上了美國牌的烙印。文化、思想的領域自然難以與這些根本的政策背道而馳，也因此接受了同樣的命運，無形中處處出現了「中美合作」的商標。自從五〇年代開始，台灣經濟上依靠美援，在思想上接受了西方發達國家所提倡的「現代化」以後，精神氣概就淪入自甘落後的深淵之中。於是「全盤西化」幾乎成為台灣知識分子的活動基調。二十年來台灣文學的主流也是在這種精神上先成為西方俘虜的狀態下，自覺地或不自覺地，一年一年發展下去。

這一枝西化的文學枝枒，經二十年的栽培，如今已經紛紛結出它的果實，這些果實也已經呈現了它們共有的一些特徵，諸如：語言漸趨精練，結構錯綜複雜，人物多屬內向、慘綠、夢幻等等的類型，刻意經營一個一個的意象，著迷於打譬喻，內容局限於少數個人的感受，與大現實脫節，主題往往與歷史的潮流相背，小說中的白先勇、七等生、王文興，詩中的余光中、洛夫、周夢蝶，散文中的張秀亞、曉風等人，或多或少都帶有這些色彩或傾向。

倘說一九四五年以前的台灣文學是在衝破殖民控制的窒悶，而要透放民族意識的空氣的話，那麼一九四五年以來，截至今天為止的台灣文學，其主流卻是遺忘了自己民族的形象，而去追逐西方的神，在意識上已經主動向西方繳械，而且更用自己的手往自己的身上套上了他們文化殖民主義的枷鎖，這二十年來台灣文學與殖民主義的牽連既微妙又纏綿，在作品中或隱或現，或曲筆傳情，或直言不諱。台灣的一些作家努力移植洋種思想和情操於自己的園地，西方作家們從台灣的作品中發現了自己，於是我中有你，你中有我。一些成名作家之一廂情願為人作嫁衣裳的意識形態，與一些以民族主義為主幹的台灣文學（戰前的和戰後的）可以說幾乎背道而馳，與大陸五四運動以來的文學主幹也大相逕庭。

現在讓我們看一看二十年來台灣文學的面貌。

二、西方的感受和台灣的現實

大抵說來，台灣現代文學主流所呈現的面貌是：

一、在意識形態方面：就縱的說，與民族的大傳統割絕，從橫的說，向西方攀附套取不遺餘力；

二、在生活態度上，不是樂觀進取，前瞻外鑠，而是悲觀頹廢，回顧內縮；

三、就作家的背景說：兩種作家主持當前台灣文壇的風會，一種是軍中作家，很受僵化的反共思想的薰染；另一種是學院作家，一個個成為西方各種思潮的在台總代理；

四、就創作的趨向而言，大多迷執於形式的多方變化，而忽視題材、主題與大現實的脫節。

一九四九年以後的幾年之間，台灣社會實際上陷於思想的真空狀態。光復（一九四五年）以後在坊間比比皆是的大陸文化生活出版社、開明書店等出版的一些書籍一下子消失了，反美的民族主義者大量被逮捕殺虐。而另一方面，從大陸追隨國民黨來台的右派作家經過內戰的煎熬在精神上已經枯萎凋敝，於現實已到了無話可說的顢頇境界。除了一些僵硬刻板的反共文藝以外，文學上便別無所有。曾經在大陸活躍一時的作家或翻譯家如臺靜農、黎烈文、周學普等人也都步入學院，與現實告別。台灣本土成長的作家一來由於中文的駕御能力有待重新磨練、二來是由於一次近乎致命的打擊造成了他們的沉默：與大陸風物、習俗、人情、政府作風久違半個世紀的台灣人突然有機會目睹陳儀行政長官導演的一九四七年「二•二八」的慘劇，他們受到無比震盪而一時無可適從。這一次殘酷的政治現實對一向抱有樸素單純的民族主義的台灣知識分子是一項重大的打擊。生長於台灣的日據時代，而又身歷一九四七年這次事變的作家往後能吸收這一段歷史經驗，而對一九四五年一般台灣人民所懷抱的單純的民族主義提出修正批判的文學創作到現在還是為讀者們所期待的。在這一方面，吳濁流的長篇《無花果》首先提出了初步的嘗試。

總之，當時的台灣籍作家從政治現實中得到暫時的結論是：動不如靜，放不如斂。因此很少有作品問世，也是造成了四〇年代末和五〇年代初一段思想的真空時期的主要原因之一。

倘說台灣當局的文化政策是有意要把台北造成一座禁城，要在台北的周圍挖出一道城池，自絕於五四反帝國主義的傳統之外，要封禁中國三〇年代和四〇年代的文學思潮，那麼，在另一方面，對戰後西方國家的思想冷戰攻勢來說，台北卻又是一座徹頭徹尾不設防的城市。

五〇年代的台灣知識分子開始全面吸收西方冷戰政策下的思想。個人對集體，自由對極權，民主對專制，西方資本主義提倡維護個人、自由、民主的價值體系，東方共產主義代表的是集體、極權、專制的非人生活。這大致是在冷戰的年代，台灣一般知識分子所接受的思想二分法。困在「自由中國」之內，不自覺地吸取了冷戰下新的歐風美雨，耳濡目染，日久成自然，等到五〇年代的後半期，台灣的作家開始要創新文壇的局面時，他們的思想被西方漂白的程度已經不算輕了，《文學雜誌》、《現代文學》成為一群失落知識分子吐納其西方思潮的場所。在各種文學類型之中，被漂白得最徹底的要算是詩，從紀弦創辦《現代詩》首倡「現代化」之風，《創世紀》詩刊繼而呼應，推而廣之，等到張默、洛夫結成《六十年代詩選》時，台灣的詩創作幾乎百分之九十五已在學習西方的觀點，套取他們的感性運作方式，剽掠他們的意象，在作品中跟著學叫上帝、瑪麗亞，寫出來的與西方末流作品唯妙唯肖，幾乎是同一個窯子燒出來的。

這何嘗不是，在縱的方面與自己的民族傳統割斷，在橫的方面卻又放開胸懷去擁抱西方所造成的結果。

台灣作家那樣亟亟於將現代西方的圖案印在自己的心版上。他們所嚮往的現代西方又是怎麼樣的呢？雖然西方資本主義說的是標榜個人、自由、民主這一套價值體系，但是得風氣之先的西方作家反映出來的現代西方社會卻離人間樂土遠甚。相反的，他們描寫的不是個人、民主、自由的煥發，而是個人的失落，自由的可怕、社會的僵化，神的死亡；創作中隱約透露的是歐洲文藝復興以來維繫西方人的價值體系像整座巴比倫一樣倒塌了。艾略特的《荒原》、奧登的《不安的年代》、卡夫卡的夢魘世界、卡繆的荒謬世界、海明威的死亡世界，還有像失落的一代、憤怒的一代、被打垮的一代等等，這些具有代表性的文學是現代西方作家殊途同歸，異曲同工，合伙齊唱的西方文化輓歌。

西方現代作家的世界觀遭到破舟之痛。他們被困在虛無主義的茫茫大海之中。西方的文藝批評家和思想家，不但少有起而否定創作上的虛無頹廢，給予困擾中的作家指出一條生路，反而多與創作家們站在一條船上，以他們的批評理論為現代文學辯護，給虛無主義以當然存在的理據。

存在主義對西方生活的不安、焦慮、恐懼等等側面發揮有餘，而針砭突破的識力則無。海德格和早期的沙特所強調的是：人毫無理由地被拋入這個世界，孑然一身，幽幽蒼蒼，一生被注定要孤獨地尋索自己的價值，肯定自己的自由，因而一生的歷程之中，唯有與孤寂、不安、焦慮、恐懼等為伍。

這種個人孤立的形象，脫離政治、經濟的社會活動，站出歷史軌道之外，而自歎孤獨，是西方現代文學所要精心刻畫的人性所在。從這個世界觀出發，西方作家之崇尚描繪頹勢敗局，揭露價值觀念之分崩錯亂，強調生存之徒勞荒謬也就不足為奇了。

卡繆在《希西法斯的神話》一書中替西方現代文學所表現的孤立的「現代人」作了理論的解說。卡繆以希臘神話中的希西法斯比喻現代西方人。希西法斯觸眾神之怒，眾神罰他永無休止地推著大石頭上山，到山頂之後石頭又滾回山腳，希西法斯唯一感到慰藉的就是，他對處罰他的眾神心底暗存著輕蔑之意。卡繆的結論是，希西法斯以他的精神致勝法終於獲得了人生的幸福。

體驗了戰後西方之頹唐荒謬的生活猶不想擺脫求變，反而還想出一種神話，給予虛無的生活以理論的基礎，西方精神之破產到此已經無以復加。

讓我們回頭來看看台灣的文學。看看台灣的作家們怎樣移植、傳播西方「現代人」的世界觀。

表面上看起來，台灣也與歐洲一樣，遭受了二次大戰的禍害，人民也經歷了流離失所，死亡恐怖的劫運。但是就台灣而言，這些動盪現象的背後卻是一條綿延不斷的反帝國主義的民族主義的脈絡在起伏。百年來，台灣和亞洲其他地區一樣，背負著殖民主義的枷鎖。百年來，反帝國主義的思想和行動占據了亞洲人絕大部分的精神、感情、時間和生命，也因此塑造了當代亞洲人的性格。

可是二十年來的台灣，卻與當代亞洲地區的主流脫了節。台灣社會的僵滯，人心的苦悶本質上是反殖民主義的民族主義運動暫時在這個島上退潮所造成的。五十年的日據結束了，日本從台灣撤退。但是隨著日本人的離去，卻進來了美國人。更有甚者，事隔二十年，著軍裝撤退的日本人如今改頭換面，穿著西裝再侵入島內，經濟的滲透替代了武力侵占。黃春明在《文季》第一期發表的短篇小說〈莎喲娜啦・再見〉，對七〇年代腰纏萬貫的日本商人重新在島上對島民的揮霍蹧蹋，雖不及當年手拿軍刀的日本軍人之對南京市民的蠻橫，但是眼前日本商人在台灣女同胞的肉體上找到他們可以任意宣洩其淫慾的對象的情景也自有其慘酷、冷血的一面。

台灣的軍事依靠美國，經濟依存於美國和日本。在這種政治現實下，民族主義運動無疑地陷入低潮，政治的參與也幾乎等於零，五〇年代以後在台灣成長的青年都沒有經歷過公開的政治生活，他們與整體社會脫節的情形相當嚴重。在這種狀況下，心理造成的鬱悶和空乏便促成了知識分子附會西方的虛無主義的機緣。

二十年台灣的政治悶局所孕育的一股嗒然無助的情憬，雖然表面上與當代西方作家代表有閒階級而鼓吹的失落感似乎有類似的地方，但是，嚴格說起來，東西這兩組感性活動不但不是源於同宗，而且基本上還是互相抵剋的東西。二十世紀以來，台灣一直沒有掙脫殖民主義的束縛，目前外有新殖民主義（經濟滲透，從而政治控制）的榨取，內有為外來殖民主義者效勞的買辦政治的壓迫，台灣真正的苦悶是由此產生的。西方現代文學所表現的苦悶則是一群在意識形態上與西方已得利益者認同的作家（卡繆在五〇年代末期之反對阿爾及利亞的獨立運動革命便是實例之一）為他們的日趨沒落所發出的哀鳴。

兩種苦悶在本質上是這樣的矛盾相剋，不明真相，不察實情的台灣作家和學者們卻兀自率爾比附，胡亂攀引，偷取西方書架上的感情，拿對方的虛無來附會自己的苦悶，借他人的酒杯，澆自己的塊壘，結果舊愁上面加新愁不算，反而還混淆了台灣現實的真相。台灣文學界所呈現的世界就是這樣荒誕，脫離實際情況，讀者不知其所云，連作者自己也迷惑起來。余光中說，二次大戰到現在的世界「在在都使當代的作家目迷心亂，窮於詮釋」。這是他在台灣編的一套《中國現代文學大系》所作的總序之中，開宗明義在第一段所作的自白。這一套大系的大部分作品和張默、洛夫、瘂弦編的《六十年代詩選》和《七十年代詩選》，與其當作文選，倒不如作為二十年來台灣文人感染西方虛無症的一系列的病歷紀錄。

三、民族主義對現代主義

是誰在偷取西方書架上的那些感情呢？

主要的是一群大學外文系的師生們。在台灣成長，而現在已經成名的青年作家一半以上是台灣大專院校的外文系的畢業生。他們在大學時代沉緬於西方的書架之間，學習西方人的感受方式和思維方法，跟隨他們世紀末的頹廢世界觀，仿效他們麻木、荒謬、病態的起落姿態。結果，台灣文學——尤其是現代詩——所呈現的多是這裡失落，那兒虛無，要不然就是花篇幅筆墨大寫死亡。王文興向台灣文學界呼籲，要技巧和內容一齊學西方，這只不過是在西化論調，崇洋心理，已經瀰淪充塞的台灣知識界，再把知識分子向頹敗的西方推一把的嘗試而已。

其實，目前台灣的文藝界，舊文學或反共八股的力量已經式微，作家不必再攀引西方的技巧和內容來堵塞他們的氾濫。而真正需要加以反省的，倒是目前台灣文藝界已經過分擁擠的西方內容和技巧。從五〇年代的《文學雜誌》、《現代文學》到七〇年代的《中外文學》，這些由台灣大學外文系師生前後主編的雜誌正是向台灣文藝界不斷輸進西方感性的主要媒介。台灣的學者、作家和學生藉這些雜誌，介紹艾略特、卡夫卡、卡繆、沙特，還利用形式主義的批評方法解說《荒原》、《審判》、《異鄉人》，分析這些作品為什麼偉大，甚而至於，調轉頭來還用這種在西方衰落的頹垣上長出來的新批評來蓋台灣鄉土成長的成品，藉一把生鏽的西方解剖刀就往台灣長的肉軀開刀，其流弊是不難想到的，顏元叔批評楊青矗所產生的差錯就是一個實例。

這些精神上早已臣服於西方，並以介紹其思潮為職志的學者作家們，在《文學雜誌》、《現代文學》、《中外文學》等等西方文藝委託行的櫥窗上擺出一件件新奇耀眼的西方作品時，站在櫥窗外的讀者們作何感想呢？

一般讀者除了膺服、羨慕、感嘆、自卑之外哪裡還能想到去檢查這些貨色的真價值。因此，台灣的兩類主要作家——軍中的和學院的——之間就產生了一種微妙的關係。一般說來，軍旅出身的作家經驗豐富、感性自然，學院作家生活內容比較貧乏，感性多由書本中培養出來。以這樣的條件去寫作，哪一類作家可以創作較好的作品是昭然若揭的事情。然而事實卻是：在唯西方是從的台灣文壇上，許多不諳外文的軍人出身的作家在思想上無形之中接受了學院派的領導，在創作上漸漸失去了自己原有的信念，而向西方看齊，溫室裡的異息奪去了土生花草的芳香。《神井》的段彩華和《鐵漿》的朱西甯在後來的作品中慢慢被舶來的「現代感受」所侵擾，內容漸趨紊亂（如前者的《雪地獵熊》和《五個少年犯》和後者的《非禮記》和《冶金者》）。

除了這類作家以外，另有一群表現作風迥然不同的作家。這一群作家多半生活在台北之外，在不能以寫作為生的情況下，他們也都有寫作以外的職業，有的是中學教員，有的是公司的職員，有的是自己做生意。在取材和文體方面，他們彼此之間容有出入，但是在大方向上卻較為一致，而無形中形成了一種派別的趨向，相異於軍旅和學院出身的作家。這群作家以吳濁流、鍾肇政、鄭煥、廖清秀、林鍾隆、葉石濤等人為代表。他們不像學院派那樣依存於西方的風潮，也不像軍旅出身的作家那樣把感性的焦距調整在以前大陸的風物和人情：他們都是台灣籍的作家，生於台灣長於台灣，在寫台灣各種面貌這一點上，其他兩類作家與之相比就瞠乎其後，望塵莫及了。

然而這些作家目前尚不得文壇正視的原因，除了文字較刻板，意象不新穎，佈局、結構不夠洗練脫俗以外，主要的問題還在於題材的選擇一點上。從吳濁流開風氣之先，這群作家多能以鄉土背景襯托近代民族的坎坷。他們直接以歷史作為主題，個人的遭際配搭著歷史的起伏。作品之中，先以濃重的筆觸潑染十九世紀以來國土淪為殖民地的歷史風暴，作為一幅大背景，然後再以細筆勾勒生活於其中的家族或個人的喜怒榮辱，毀滅和鬥爭。這種具有強烈的歷史透視法的寫作方式和現代派的作風是截然不同的。現代主義從個人出發，強調個人站出歷史潮流之外的孤寂形象。讀西方現代派作品，卡繆的《異鄉人》也好，貝克特的《等待果陀》也好，艾略特的《荒原》也好，讀者可以看到個人的感受被放大，現實歷史被縮小的通性。表現手法上，現代主義崇尚個人意識流片面活動的捕捉，摒棄歷史、社會的大動態的刻畫，講究點滴、瞬間的特殊經驗的攝取，而無視於連貫的、整體現實的掌握。現代派常自喻這種觀察世界的手法是，以片段看整體，以剎那悟永恆，從一粒砂看全世界。但是這種智慧在意識上介入歷史的吳濁流這些作家看來顯然過於單純，十九世紀以來的亞洲歷史用這種智慧大抵是參悟不出什麼道理來的。

他們所要寫的，恰恰與片段的經驗，意識流的自由心證，逃避歷史的個人感受大異其趣。他們試圖完成的作品都屬於大部頭的「江河小說」的範疇，以大篇幅綜攝歷史的進展，凸出民族的顛沛和個人的悲歡，吳濁流的《亞細亞的孤兒》、鍾肇政的『台灣人三部曲』中的《沉淪》都有這種意旨。

在根本的世界觀上既有差異，創作上立旨造意亦復不同，難怪以學院派當道的台灣文藝界一直不以這一群作家的創作成績為正宗。

但是，這些台省籍作家到目前所表現的成果離完美的境地還有相當的距離，尤其在形式技巧上——文字、人物塑造、場景刻畫、佈局、結構——還有待提昇。僅賴主題的正確、取材的卓越還難以贏得全體的讀者。取材和意向略近，而年紀較輕的另外兩位作家黃春明和陳映真，在技巧方面則已經略有進境了。

有人將這一群作家的文學歸入鄉土文學之列。這可能引起一些誤解。鄉土也者，事實上指的是這群作家所取自的素材而言。他們以台灣鄉土風物為襯托的背景，而所要表現的並不止於地方的人情習俗。他們志不在編寫地方誌。他們刻畫的人物和事件，倘能在技巧和內容上都趨於完美，則比那些以都市生活為素材的台灣現代派作品所刻畫的，更能代表近代亞洲人的命運，象徵二十世紀的歷史。然而，鄉土文學一詞不但容易引一般人想入非非，即使作家本身有時也受其牽連。以《笠》詩刊為例，他們所標懸的鄉土意識有時竟淪為收風集俗，作俚語土話的展覽，賓主易位，不是以鄉土襯托主題，而變成主題就是鄉土的單純描繪。

四、形式主義的氾濫

然而在民族主義退潮二十年的台灣，文化領域成為西化派的天下，文學，是文化的一部分，自然也難免不由西化派來指使。

描寫台灣基層社會的小人物的辛酸，有一定的現實反映的楊青矗的《在室男》被認為只是比較文雅的妓院素描，是一篇低賤、邪淫、無意義、無任何價值的東西。相反的，為一群除了男女情愛的困擾之外別無牽掛的浮動不實的都市大學生說話的林懷民，他的感性和知性竟被認為是這世代的代表；陳映真、黃春明的作品還沒有得到正視以前，內容蒼白造作，文字晦澀離譜的王文興的《家變》已經被譽為現代中國小說的極少數的傑作之一了；凡此種種荒誕不經的現象，並不是台灣文壇諸家故作驚人之語，而只是他們思想一以貫之的結果。

剽取了西方書架上的感情，而要拿它套在台灣社會現實身上，其始於格格不入，終而陰錯陽差，自不待言。民族主義的感性經驗和現代主義的感性經驗之間的差距是相當大的。而今天在台灣得勢的現代主義者崇拜形式美，把文句、譬喻精雕細琢，打點得花枝招展，玲瓏精巧，而他們對待形式不夠精細，以民族主義的感性為基調的作品，有如城裡有鞋穿的孩子們不屑於鄉下沒鞋穿的孩子跑不快一樣。這種現象在目前剛剛稍作起步的台灣批評界表現得最為嚴重。

台灣的批評界和創作界出於同樣的思想淵源，批評家也是一味跟隨著西方——尤其是美國——的腳印，亦步亦趨。或許今天出現的批評界正是應運而生，要為二十年來台灣的現代主義文學墊一塊理論的基礎，而這基礎，一言以蔽之，就是美國的形式主義。

什麼是美國的形式主義呢？簡單地說，這是由幾位出身美國南方農業文化傳統的學者詩人們各自發表自己的文學觀而後蔚成的一種文學批評理論，有時稱之為「新批評」。他們把當前世界的紊亂歸咎於科技的發達。憤世嫉俗，與當前的工業社會格格不入，退而隱入個人的小世界。他們在個人主義的基盤上主張詩，推而廣之，甚至於小說，是一個自立自足的有機體，它超越時空而存在。因而在閱讀研究時，可以將作品孤懸起來處理。它的時空因素與作品本身沒有必然的關聯。在批評實踐上，他們的視野局限在作品的小天地裡，做句讀詮解的工作，力避對作品作價值判斷；在閱讀時，他們是意象的狩獵者，追求他們特定意義下的隱喻、張力、衝突、諷喻、矛盾語法等等，而他們的目的是為這些作品中的謎語提供謎底。

這種治學工夫大抵可以歸屬於中國傳統學問中的小學範疇，是學者的修養，教授們的看家本領，而不是批評家的本職。不能作價值判斷的不是批評家；不能掌握歷史脈絡，文化變遷的批評家也不是好的批評家。把文學圈限在它自己的小天地，切斷它與它所賴以產生的歷史和地理環境，這種限於餖飣，失其大體的作法其實除了作賤文學之外別無貢獻。

把這一套文學批評法移植到台灣，無形之中助長了保持現狀的意識形態。它忌諱變革，間接助長所謂「避秦」和偏安的生活態度。加以這種批評忽視主題、取材高下之分，而只視隱喻、諷喻、矛盾語法等等為文學創作的鵠的，一般作家便刻意去經營這些東西，結果內容一片空鑿，技巧上倒各盡鬥奇、賣怪、作偽之能事，小說中的七等生，詩中的洛夫、葉珊、葉維廉都是現成的實例。而詩人偏愛這種言中無實物，打隱喻的作風，更有甚者，他們還要染指散文。「我慢慢走著，我走在綠之上，我走在綠之間，我走在綠之下。綠在我裡，我在綠裡」，「春天絕不該想鷄兔同籠，春天也不該背盎格魯薩克人的土語，春天更不該收集越南情勢的資料卡」這種自以為風流的白日作夢被詩人譽為「具有足夠的現代感」的散文而加以標榜。他們認為現代文學的手法就是這樣，要反五四的嫡傳，「以反為正，以不類為類」。

哥德說：「人先墮落，而後文學墮落。」今天以現代派為代表的台灣一部分小說、詩、散文、批評，各顯其神通，逞其異彩，鬥奇賣怪，剽竊作偽。這些作家不能正視大戰以來台灣由一種殖民地變成為另一種殖民地的現實，反而還耽溺於外國的頹廢思想，把現代歐美有閒階級的虛無情調，挾衰落的西方以自許，而美其名為「具有現代感」、「很現代的」。無可否認的，這一支誤入「現代」歧途的文學流派在台灣的文壇已經漸失其園地，讀者對這一類五光十色、塗脂抹粉、光怪陸離的「現代」作品並不表示心服。尤其最近大家對這一棵從西方的中上層社會硬移植過來的異種都不但投以懷疑、批判的眼光，而且還紛紛提出異議。從《大學雜誌》到《中外文學》，接二連三地有批評的文章出現，有人從台灣文學的兩大特色——殖民地文學和倡優文學——談起，有人直接質問：「台灣文學不是太美利堅化了嗎？」有人重新提出要繼承中國三〇年代的文學傳統，有人寄望於新生的一代。這種不滿和期待正是一粒希望的種籽。經過社會的變動、意識的覺醒、思想的啟蒙這些雨水的更迭催生，這粒種籽不難從台灣的泥土中發芽而茁長新的文學。新文學將記錄這塊土地上一向被「現代派」漠視的世紀的苦難與怒吼，也將透放被「現代派」的陰晦所遮擋的生的光芒。

——原載香港《抖擻》雙月刊創刊號，一九七四年一月，以筆名羅隆邁發表

——本文依據《鄉土文學論戰三十年——左翼傳統的復歸》（人間出版社，二〇〇八年一月）編校

中國人立場之復歸

——為尉天驄先生《鄉土文學討論集》而作

胡秋原

尉天驄先生將年來討論所謂鄉土文學的文字編為一集，希望我寫一序文。我已多年與文學疏遠，去年夏天常聽到對所謂鄉土文學之批評或攻擊，在此攻擊中也有人談到「文藝政策」。我是一貫的不贊成有所謂「文藝政策」的，於是才注意那些討論。我覺得那些攻擊是基於誤解，所以寫「談鄉土與人性之類」，意重在不願看見有文藝政策來對付鄉土文學。繼而我看了若干所謂鄉土文學的作品，雖然不多，我覺得那是一種值得歡迎的傾向。現在我想借此序機會談四個問題。一是所謂鄉土文學之意義。二是對所謂鄉土文學之誤解。三是所謂文藝政策問題。最後要一說我的希望：中國人立場之復歸。

一

何以說所謂鄉土文學是一種值得歡迎的傾向呢？

這必須放在我們的新文學運動史中來考察。而新文學運動是新文化運動的一部分，所以也必須放在新文化運動的過程中來考察。

「新文化運動」以及「新文學運動」兩名稱雖起於民國初年，但可以追溯到鴉片戰爭之後。鑒於中國固有文化不能保障中國民族的生存，大家主張效法西方，於是有兵工自強運動，有變法與革命運動，於是民國成立了。可是民國成立後，在袁世凱之時，中國進入軍權政治。而此種軍權毫不足以保障國家。日本人一紙通牒，便只有接受。而在袁氏的帝制陰謀中，過去新人物變為軍閥、官僚、政客，爭權奪利。一般國民原來對民國抱莫大希望者，至此變為失望之悲觀了。

第一個主張新文藝運動的，是黃遠庸。那是鑒於政治之無望，在文藝上來改變社會思想的想法。陳獨秀在民國四年辦《新青年》提倡新文化、新思想也基於同一想法。這時留美學生胡適受了龐德（E. Pound）影響，在民國六年初的《新青年》上提倡白話文，寫〈文學改良芻議〉，主張八不主義，是新文學運動之第一聲，接著陳獨秀寫〈文學革命論〉。此後新青年一律用白話文，開始了新文學運動，這也便成為新文化運動之有力工具。

此新文學運動是新文化運動之一部分，也是最活動的一部分。二者是互相推進的。

新文化運動、新文學運動至今六十餘年，我們應有如何的評價呢？

新文化運動的基本觀念是：中國過去的救國運動不成功，由於枝枝節節效法西洋。現在應該知道整個中國文化不適於現代生活，必需全部效法西洋或全盤西化。自此以來，一方面說，我們有許多新知識、新事物，是六十年前中國人所不知的（其實也大都是外來或受外力影響的）；可是另一方面，在全面否定自己的歷史文化而求出路於西化之後，不久第一次世界大戰結束時，西方文化之危機暴露了；我們又發現西洋文化也不適於現代生活了，乃由西化而俄化。從此兵連禍結，日本人乘機進攻。在空前對外大戰勝利之後，中國分為兩塊了。大的一塊在俄人威脅之下，民不聊生。而小的一塊還保持自由，然而他的將來在許多人心目中還是不定的。這就沒有理由不承認我們的新文化運動全體而言，至今是一種失敗——沒有出現一個真正的中國人的新文化，保障中國民族在世界上獨立的生存，以及保障全體國民自由的生活。如果否認這一點而自誇成功，無非表示糊塗與墮落而已。

整個新文化運動如此，新文學運動又如何呢？六十多年中，我們誠然有不少的新作品，但是，就質而論，且不必說能與外國的大作相比者多少，就與所謂舊文學相比，又優劣如何？就量而論，新文學作品自始以至今日，其流傳尚限於知識青年中。廣大國民所欣賞的是平劇、地方戲，武俠小說或偵探小說。再想想今天電視上歌星們所唱的流行歌曲比唐朝旗亭歌伎所唱者（王之渙、王昌齡、高適之作）如何？日本人是最能欣賞中國詩的。一位文學家鹽谷溫選了中國詩，甚至在日本戰敗亡國後選《中國詩選》為復興其民族之助，但他對民國之詩，則以「蕪穢」二字盡之。如果我們的新文學家以古人之作皆已不足觀，而我們之新文學已在古人之上，則何其狂妄？然如果不能有勝於「舊文學」，又何足言「新」？

原因何在？這絕不是中國之江山業已精靈萎頓，不復能產生人才；或六十年間國無人才。主要的原因，我以為是當初新文化、新文學運動的領袖們學問與文學理論之不足，使新文化、新文學走上一個錯誤道路，一方面自斬其根，另一方面，專門模仿外國，以致整個民族精神趨於「自外」、「自失」或「精神錯亂」，即西方人所謂 alienation 之中。此在他們還只是個人之自失，而在我們，則是全民族之自外，且不自知。這自然難望成功，只有敗壞人才。我們可以檢查此一過程。

新文化、新文學運動是大體平行的。所謂新文學運動大體可分為四個時期。第一期，由民國六年到民國十九年。第二期，由民國十九年到民國廿五年。第三期，由抗戰到大陸淪陷。第四期，由大陸淪陷到現在。

先看新文學運動之前夕。那時候，在文學方面，既存勢力是桐城派的古文，還有選學（《昭明文選》）。這還是清朝桐城、陽湖兩派之餘波，而桐城派更因曾國藩之提倡而益盛，以致嚴復、林紓翻譯西方文學亦用桐城文體。詩則同光體，亦即宋詩之復興。

然隨著外侮之日亟，一種新文學運動也起來了。這便是變法運動後梁啟超的散文，這大體是明末諸子之文體；而亦多少受當時日本文由古文到語體之影響的（他還寫了白話小說與傳奇）；黃遵憲的詩，這是使用民歌體的；還有吳沃堯、李嘉寶的小說，此是「儒林外史」式的。而革命黨人除了南社之革命詩外，則已使用白話為詩歌，如陳天華之〈猛回頭〉。白話報也在各地出現了。

如果循此趨勢穩健的前進，可能有一個更健全的新文學運動。由於民初革命後一種失望的反動與袁世凱之有意以復古飾其奸謀，民初是在一種陰暗消沉的空氣中。除了上述桐城文與宋詩之「京派」文學外，新的文章是章士釗的邏輯文（柳宗元體）與蘇曼殊的小說。曼殊小說還有革命氣息。等到帝制運動起來，在玩世空氣中變為上海的《禮拜六》（雜誌名）與鴛鴦蝴蝶派。這是王韜和蘇曼殊之末流，「海派」的「洋場才子」的消遣文學。

此時確需要文學革命。《新青年》的新文學運動乃對此「京派」、「海派」而起。其所謂「新」，特色有二：

一、否定文言文，以白話文為正宗。

二、無論在形式上內容上模仿西方文學或外國文學。（所謂外國者，主要是日本與印度。新詩人多模仿泰戈爾的詩；「新月」派之「新月」二字來自泰戈爾一八九五年詩集《The Crescent》。）

這是當時所謂「新」之兩大必要條件。僅僅白話不為新（如章回體）；以文言譯外國小說亦不為「新」。然這兩點都是不正確的。由於第一點，有長期的文言、白話之爭，而這又連到中國文化、外國文化之爭。此種門戶之爭，固然由於復古派的頑固，鄙白話派為「引車賣漿者流」；然新文學派的宣傳，說白話、文言是「人的文學」與「鬼的文學」「活文學」與「死文學」之類，也是無根據的。

(一)、無論何國，口說的語言與筆寫的文字總有距離。雖然西方是表音文字，語言文字是一回事；然如將美國人的日常談話和他們的小說一比，再與他們總統的國會咨文一比，即可知其間仍有距離。

㈡、中國文字因係表意文字，不是表音文字，語文之距離比西洋大；而另一方面，因中國文字多少將語言固定，使語言的變化又不如西洋語言之大，也便使語文之距離不如西洋之大。今天的英國人不能讀十四世紀喬塞（Chaucer）之詩，而我們即讀西元前一千年的《詩經》，並非那麼難解。

㈢、文章總要求簡潔，可是太簡潔了又說不清楚，而說理、敘事、描寫、演講之功能又各有不同。就中國文而論，愈簡即愈近乎文言。如打電報，必定像文言。章太炎的文章古奧，其實他寫文之「秘訣」，就是先用文言寫下來，然後去掉一切可省的虛字或不必要的字而已。而弗羅貝爾教莫泊桑寫小說，亦用類似之法。

又在口語中，因地域、職業總有許多特殊的方言、俗語，如外國所謂slang；有的俗語因其特別俏皮成為通用，但一般文字總求標準化，無論中外總是求其避免的。文學家總是將口語在文字上精鍊化的。各國的書籍，總是將一國人所說的話，轉到文字上，在轉移上，總有所修飾。這些文字，也成為後來說話的基礎。所以文中有話，話中亦有文。何者是話，何者是文，並無截然的界線；例如「夕陽」、「風蕭蕭」、「春光明媚」、「依依不捨」、「是非自有公論」……也就沒有當時新文學家所說的死活、人鬼之界。（三十年代瞿秋白提倡「大眾語」，數年前此處有人說「其」字、「之」字都是死文字，皆無知而已。）

(四)、真正的文學是不死的。《詩經》、《楚辭》、唐詩、宋詞、元曲之不死，亦如荷馬及《舊約》中之詩篇，西方中古民歌之不死。這都是人類文學之財富。

(五)、中國語文之距離，有擴大與縮小兩種情況。自秦漢至六朝，參加文學活動的是宮廷的士大夫，一般平民文學除記載於樂府歌辭者外，沒有流傳下來。但都市發展以後，尤其是印刷術發明以後，由於平民參加文學活動，白話文學必然起來。所以白話文學是都市發展的自然結果。在歐洲中古時代，他們的文人多係教會中人。西方現代史始於十五世紀者，由於是時各民族之首都形成國語，因而有民族國家；繼而各以其國語翻譯《聖經》，復由印刷術而固定，成為各國國文以及國民文學之基礎（但丁早一世紀以義大利白話寫《神曲》，則義大利城市發生最早之故）。唐朝為中國文學之黃金時代，亦都市發達，印刷術發明時代。唐朝可說是中國國民文學開始形成時代。所謂律絕稱為近體詩（即當時現代詩），正因此是將六朝士大夫與平民的詩歌融為一體之故。而在散文上，韓愈之古文是與唐人小說以及「變文」和白話小說同時起來的（此點陳寅恪曾言之）。白居易之詩老嫗能解，到了宋代，凡有井水處皆能歌柳詞，平話起來，講學亦用語錄體。語文已趨於接近。到了元代，是我們現在的「國語」形成之時。不僅戲曲，就是朝廷命令和法律，也用白話，因為那些蒙古人、色目人能說漢話，已不容易了。而那些白話，的確也有俗不可耐的。明朝對此反動而有前後七子的復古主義，主張「文必秦漢，詩必盛唐」。可是另一方面，有朱有燉、徐渭之雜劇，《琵琶記》、《荊劉拜殺》、《浣紗記》、《牡丹亭》之傳奇，里巷民歌亦極一時之盛。中國著名的白話小說如《三國演義》和《水滸傳》、《西遊記》，以及三言二拍（《今古奇觀》是其選本），也都是在明朝完成的。然而對照起來，在明朝，形成了文言、白話的剪刀狀態。

但明人已在縮小這剪刀狀態。從王陽明起，歸有光（桐城之遠祖）、戴名世等都想改革當時散文。而袁宏道兄弟均為平易之文，並推崇當時民歌〈銀柳絲〉、〈掛鍼兒〉。到了金人瑞，已將《莊》、《騷》、《史記》與《水滸》、《西廂》同等看待了。而黃梨洲之文，常有不文不白的。

清朝文學大體上是明代之延長，剪刀狀態依然存在。一方面是桐城古文，陽湖駢文和唐詩、宋詩；另一方面，有《儒林外史》、《紅樓夢》、《鏡花緣》，下至《老殘遊記》等小說，〈十二樓〉、〈照世盃〉之短篇，《桃花扇》、《長生殿》等戲曲；皮黃京戲及各地方戲，大抵始於明而盛於清代。而招子庸之《粵謳》，是仿效民歌之新創作。

由此以觀，唐宋以來中國之文學，一方面雖有文白之剪刀狀態，然亦互相流注，而推陳出新。

(六)、一個新的文學運動似應縮小或填平文白之剪刀狀態。可是新文學運動則誇張並擴大這一距離，並否定文言之為文學——死文學。這不是事實。例如吳承恩有《射陽山人存稿》，吳敬梓有《文木山房集》，這都是死文學，而他們只有《西遊記》與《儒林外史》是活文學嗎？《紅樓夢》中也有文言詩詞，那不是活文學中又有死文學嗎？又如蒲松齡之《聊齋》是文言短篇，《醒世因緣》係白話長篇，能說前者為鬼文學，後者為人文學嗎？實則前者之中甚多好作品，故英人翟理士選譯之。以文言文為文學正統，排語體文於文學之外，是偏見。而僅承認通俗文學為文學，排文言文於文學之外，亦是偏見。兩種偏見都有害於文學之發展。不過前一偏見並未妨害歷代作家寫他們的語體作品，而後一偏見則大大妨害新文學之發展。首先，歷代史書和思想文獻，是用文言寫的。一個文學家不一定要是歷史和思想史的專家，但那裡確有文學創作的礦山。即以文學而言，如愛默森所云：「語言文字是歷史之檔案。」無論文言白話，都是在歷史中形成的，文言作品與白話作品都是中國文學的寶庫。一個新文學家棄其一於不顧，便縮小了他的文學財產、欣賞和學習範圍，使他的理解、語彙及其變化的範圍貧乏，亦即使其操縱、運用中國文字之功能萎縮；而操縱運用文字之手段，是文學之基本工夫。許多新文學作家到了晚年喜歡寫所謂舊詩者，絕非反動或倒退，或由活文學而死文學，而是新的詩還未能結晶為真正的「新」體，而在那「舊」格式中，還更能表現他的感情與思想。要之，以白話文言分新舊，既無理由，亦有害於新文學。

就第二點而言，即以必在形式、內容上都模仿西方文學等始為新文學，損害更大了。

(一)、一般而論，人類的思想、學藝常在互相交換中，也常在相互影響中。文學藝術上外來的技巧、題材常豐富一國文藝之內容。而學習之第一步是模仿。這都是沒有問題的。佛教藝術、西域音樂，豐富了中國藝術的財產。中國文學藝術對於西方影響最大者，至少有四。①希臘羅馬之詩無腳韻，中古以後西方之腳韻，是匈奴人由中國帶去的。②西洋最有名繪畫，達文奇的〈夢娜麗莎之微笑〉上面之山水背景，是馬可波羅以降傳到義大利的。③西方音樂自畢達哥拉以來，與中國古代一樣，知道十二律呂以及其間有三分之一的損益關係。但亦如中國一樣，一直不能得到一個等律。明朝朱載堉首先發明等律，大約百年後西方人才知道。④中國的瓷器以及庭園藝術到歐洲，促成十八世紀前期法國以及歐洲的羅可可藝術，此又為十八世紀後期新古典主義之先聲。

（二）、然而不可永遠模仿。此將永不能脫離幼稚，永無自立之日。中國過去輸入佛教藝術後是有變化的，例如中國之塔不同於印度之塔。中國之觀音將印度之男性變為女性。西方人在知十二平均律後，在一音樂上大大進步於我們了（中國反而對朱氏發明置之不用）。

（三）、有絕對不能模仿的，首先是中國語言文字的規則。所謂語法文法，講兩樣東西，一是語尾變形，二是字的次序。中國與歐洲語言基本不同，即中文無性、數、時間的語尾變化，因此，中國文法最重要的是字的次序，即韓愈所謂「文從字順各述職（功能）」，而這是要在上下文中安置恰當的，而這本身包括一種邏輯思考。英文在印歐語言中語尾變化最少，也重視字的秩序。這是丹麥的英文學家耶士柏森（Jespersen）的重要發明。

國人不知此理。民初以來，黎錦熙等模仿英文文法講國語文法，講八大詞類。中國字既無語尾變化，便造不必要的字，此風傳到於今。例如，用不用「她」字，民初還有人討論。到了台灣，則又有了「妳」字。（甚至於寫嘗試之嘗要加一口傍為「嚐」，其實，嘗字不是明明中間有一口嗎？）又如英文副詞不一定有語尾，只是形容詞變副詞時加語尾 ly，而若干名詞加語尾變化而為形容詞。例如名詞經濟 economy，變為形容詞 economical，變為副詞 economically。於是我們除普通形容詞之「的」外，將名詞變的形容詞作「底」，副詞作「地」。日本人將 economically 譯為「經濟的」。二十年代的魯迅便有「政治底地，經濟底地」的笨拙譯法，還自詡為最好的直譯法。其實此在中國文法，無非「在政治上，在經濟上」，或者，「就政治言，就經濟言」，亦必如此才通。當然，外國人有新名詞，如「核子彈」、「人造衛星」，那是因有新發明而來。至於敘述描寫事物基本狀態，有四千多年文字之國，不會比人差。恰恰相反，他們「熱」「辣」不分，「青」「綠」不分，「仰」要說「躺在背上」。當然，各國有慣例的表現方法，例如印度人的「如是我聞，一時佛在舍利國……」，而此譯在我國文法次序之內。此類歐洲句法，亦必須如此。因此，英文說 it rains，我們只能說「天下雨」或「下雨」，而不能說「它下雨」。但我們既照歐文變更自己的文字，又仿歐洲句法而自詡歐化。幸而我們的第一外國語是英文，如是法文、德文、俄文，他們的變化更多，例如德文每一名詞有三性，俄文一名詞、代名詞、形容詞有四、五格的變化，那就不知將自己的文字變成什麼樣子。語言文章結構，各國文字不同，不由文從字順之原則研究自己語法模式，專模仿英文文法講中文文法，第一惡果是在小學就破壞少年對國語國文的興趣，覺得和數學一樣艱難，而且將許多亂七八糟的文法講得愈多，只有妨害思索。其次，是一旦與外國文接觸，不能將外國文之語法納入中國語法之中確實了解其意思，於是只有生吞活剝，不通了事。約翰孫云，「語言文字是各民族之身世。」又云：「幾乎一切行為之荒謬，起於模仿那不能相似的東西」。一國文學的基礎是文字、語彙、文法，文學家是使用這些工具，同時又是使一國文字更豐富、精練而又充分發揮其多采多姿之功能的工匠，如果這基礎材料因錯誤的模仿西方文化而弄得俗濫腐敗乃至不通，就要使一國文學受到基本的損傷了。由此不通之中文還想進一步模仿西方文學，只有更為不通了。文字不通，還有什麼文學、新文學？（近來常聽說國文程度低落之說，我想救濟之法，第一事是刪除所有國文課本中根本錯誤的所謂「文法」）

(四)、描寫、結構的技巧是可採用的，例如他們的油畫，遠近法。但是，題材、作風往往因文化背景不同，只能師其意，不能照抄。他們的神與我們的天不同。他們的女神與我們的嫦娥織女之類不同。我們沒有瑪麗亞和基督，但觀音和鍾馗他們也沒有。同理，他們的布爾喬亞與普羅和我國的性質也不同。此即普羅文學之根本錯誤。他們的古典主義指希臘羅馬之風格，浪漫主義指他們的中古或原始風格，他們的寫實主義、自然主義乃以他們的工業社會乃至自然科學為背景，這都是只能師其意的。至於象徵主義，或與他們文字之結構與聯想有關，或與他們的文學傳統——希羅神話、基督教和許多名著有關，一部分有如中國之用典。彼此之典不同。最平常之例，我們之羊象徵吉祥，魚可象徵富貴，而他們之羊則用以指好色之徒，魚可指怪人與臭嘴，而甚至共黨！而我們與其由西西弗斯 Sisyphus（推石上山，徒勞無益者）來看人生，不如由精衛填海與愚公移山來看，更可體驗發揮中國人之精神。要之，我們應採用我之所無，而足以擴張我們的技巧，更發揮中國文學風格之長處的，而不是像許多女孩一樣，藉整容而高鼻藍眼，變成可怕的怪像。

(五)、絕對不可模仿的是立場、心境和「世界觀」。文學家是通過他的社會來看世界的。此所謂「世界觀」不是科學家、哲學家的抽象的世界結構，而是通過血肉的人心憂樂之感受的圖像。他要使其圖像真實，必站在一個正當的立場，那也便是他的同胞的立場。這也就是必對自己的同胞的憂樂有一種真心，於是他的筆也才有真正的光與熱，使讀者共感。外國的作家是站在他們國民的立場看世界的，我們本不在他們的地位，而我們亦本有自己的世界。所謂「新」者，乃以前所未有之筆法寫自己獨到之見的當前的情景。真正的新文學必需是描寫當代中國人的生活，表現當代中國的感情和願望，能感動、安慰、鼓舞，因而能團結當代中國人之心靈的。我們要脫出古人之窠臼的情景是古人的眼光所未見的。但這不夠，因為當前中國人是叫我們進入外國人的窠臼，因為外國人的眼光也沒有看見我們社會的人民之生活，而即使他們來看見了，也不過如旅客的心情，感到有異國情趣或奇異，不會和我們一樣的悲歡。這只想到他們過聖誕節的心境和我們過年時的心境之難於互換就可了解了。沒有自己和自己的同胞之心心相感而生的情感，而只是仿效他人之情感，此將有如從前殯儀館僱人代哭之滑稽，根本不會有文學。此則如何有真正的新文學呢？

以上二者互相影響，使我們新文學之道路愈為惡劣。愈將中國文學遺產分為死活二部，即去掉其大半，而白話的部分亦大抵限於流行的幾部小說，也不免感到離現代甚遠，有蔑視之意。於是許多文學青年只有變成一種「文學的普羅」，憑自己在學校課本上得到的語文能力，以若干翻譯的外國作品作自己創作的模範。僅僅白話不能造成新文學，擬古主義固不能造成新文學，而擬西主義也絕不能造成新文學。由於真正新的國民文學未能形成，於是中國人在文學上便有三個世界。一般人民寧願看舊白話小說或武俠。知識分子一部分寧可看過去的詩詞。於是所謂新文學者，只是一部分新文學家之間的讀物或交通工具。新詩不為一般人所歌唱、朗誦或引用，只在新詩人中自相標榜。這種新文學失去民眾的情感之營養，當然貧血，而也便與社會脫節，加以模仿外國，結果只成為知識分子反映和販賣外國意識形態的媒介。文學失去文學的功能，不是真正的文學，自無所謂新文學、新國民文學了。他先是西方種種主義，繼而是俄國的馬列主義，現在是西方「存在主義」的文學廣告！這也便使我們六十多年的思想運動走上自外的泥濘之路。

而現在西方人由於他們文化的危機，文學也走上一個泥濘之路。T・S・愛略特嘗論詩說：

我們關心的乃是語言，語言督促我們
將同族的方言淨化，
驅策心靈思前和想後……

然而在現代的精神空氣中，文字「辛苦」、「炸裂」、「不堪緊張，滑溜，毫不準確的朽爛」，所以詩人們——

……以常在惡化中的破爛武器，

向囁嚅不清的東西進攻，
那便是在一團感情不準確的混雜之中，
只成情緒的烏合之眾……

而且，在精神上，「現代人」是怎麼樣的人呢？——

我們是空洞人，
我們是填充人。
互相靠攏的時候，
頭罩都裝滿稻草。唉！

而德國當代大詩人里爾克（Rilke）感覺人生是在一個無航路圖之大海之中，人生之意義已成船破後的「漂浮物」；一切人生的經驗則成為船破後的「拋棄物」，二者混作一團！（引自拙譯〈現代詩之危境〉、〈二十世紀文藝與批評〉）

回顧我們的新文學運動早有相似的情形，而因追隨他們更為悲慘。我們的新文學運動沒有以新的文體團結中國人的精神，反而開始就在新舊分裂和西化、俄化中將我們的文字弄得支離破碎。

我們因自外而失去自己立場，衝入大海中。整個的中國人已是船破後的「漂浮物」，然而還要在大海中相殺。於今飄到海島上者還有以他人船破後的「拋棄物」為彼岸者。抗戰時期我們一度有復歸自己立場之努力，終於又放棄了。現在又有這種恢復自我立場的傾向，我希望能夠成功。

在此一般的說明之後，以下可以極為簡單了。

新文學運動之第二期，是第一期模仿西方運動之轉向。實際上第一次世界大戰後，世界風雲已經在逐漸變色，不過民國十年左右結成的兩大新文學團體（文學研究會與創造社）大體上還是在西方潮流之中的。民國十三年後馬列潮流輸入，也還沒有完全變更中國新文學的面貌。民國十七年後，蘇俄決定對華新政策——「只有蘇維埃才能救中國」。中共極力利用文學推進他們的思想運動，這開始了中國文學界的大論爭。到了民國十九年，左翼作家聯盟成立，這是蘇俄「拉普」（俄國普羅作家協會）的中國支部。這也更加推動了馬列主義之潮流。

雖然在三十年代初期，普羅文學一時聲勢甚大，但由於他在中國社會並非有根，也並未曾造成獨霸之勢。等到中國人民和青年反日潮流起來，而莫斯科也想利用這形勢而有所謂「統一戰線」時，左聯反而分裂了。

於是到了第三期。從抗戰前夕到抗戰，從東北到重慶，到中國大地之每一角落，在都市與農村，在學校和軍中，我們確看見真正的國民文學之開始。在此時期，東北作家實為先驅，因為他們的家鄉，首先受到日本人的蹂躪（如《八月的鄉村》、《生死場》、《沒有祖國的孩子》、《科爾沁旗草原》、《萬寶山》）。在抗戰期間，街頭劇《放下你的鞭子》不知感動了多少人。〈松花江上〉和〈義勇軍進行曲〉幾乎成了人人會唱的音樂。（後者後來共黨當作「國歌」，但共黨不過利用他來竊抗戰之功，後來他們又以〈東方紅〉為國歌*，於今文有一新偽國歌了，我們倒可收回，不必認為這是共產黨人的）。民間藝術家山藥蛋、富貴花父女以大鼓說抗戰，章回體小說《呂梁英雄傳》也出現了。還有老舍等人的抗戰作品（如《四世同堂》等）。這可說是新文學之正道，因這是中國人的立場之肯定與自豪。

然而，民國三十一年以來，毛澤東已在講「工農兵文學」，這才是抄俄國人的「社會主義寫實主義」一套為教條的，這是破壞文學界之中國人立場的。繼而我們勝利了，然而內亂再起了，在內亂內戰中，新國民文學的幼苗受到摧殘。在國際形勢變化與思想的混亂崩潰中，毛政權成立了。

在第四期的大陸，是中國文藝作家大受難時期。經過五次整肅和「文化大革命」，在焚書坑儒、充軍自殺之中，三十年代與抗戰時期的作家生殘者寥寥無幾。共黨只有三大「作家」：毛澤東、江青、郭沫若。但由新五四運動（鳴放）所洩漏的吉光片羽，以及由大陸逃出來的若干人的寫作，可知中國人精神之潛流還到處存在於地下，等待機會噴射出來。

台灣是大陸以外大多數中國人所在之自由區域，應該是新文學可以發展的地區。在最初十年，這裡有反共的與回憶性的作品。

民國五十年以後，隨著美國影響之深入，日本「技術合作」之擴張，加工出口之積極，經濟上一時有一面的發展，於是西化主義逐漸抬頭。他們在思想上的影響雖因「文化論戰」不利而頓挫，但在政治上、文學上逐漸發生影響。首先是台灣大學外國文學系以「現代文學」為名的教育，提倡美國三、四十年代所謂「新批評」（實即形式主義），搬弄現代西方人「自外苦」的嘆息而文不真懂（如果真懂，不會提倡「西化」，因西化是民族的自外），便只有欣賞D・H・羅倫斯和已成過去的佛羅以德，由此連到象徵主義，並鄙視中國根本沒有文學批評。青年一代的作家出來，小說的代表是《臺北人》，此是回憶和追悼過去大陸「貴族之家」之沒落的。許多詩人則主張文藝「是橫的移植，不是縱的繼承」，甚至要「破壞」「傳統」。除了台灣以外，世界上還有任何國家的詩人說這種昏話嗎？英語世界最大的「現代派」詩人愛略特不是尊重他們的傳統的嗎？他們又自稱信奉外國人「自我」之信條，而他們的「自我」竟又是模仿前「世紀末」的象徵詩，而毫不想想，如果中國文字尚不能通，如何「象徵」？一味模仿洋人的頹廢，還有什麼「自我」？

民國六十年是自由中國一大關頭。一是中共進聯合國，尼克森宣布要訪問大陸。二是日本人乘機劫走釣魚台。這對於在台灣的本省人與外省人都給與大陸淪陷以來最大的衝擊。民族主義之起來，是自然而必然之勢。然而西化派、「現代派」則不然。他們認為民族主義是「新義和團」，

＊編註：〈東方紅〉曾於文化大革命時期取代中共國歌之功能，但未正式被選定為國歌。

即使美國不要我們，還只有賴住美國和日本，決心吃日本人的「鴉片」；到了去年上書卡特要求保護「一千七百萬人」，也就是以「兩個中國」為最高目的。文學上的「代表作」是《家變》，並說文學就要不通！這《家變》表面看是伊的卜斯主義，不要那個家；如果象徵的看，那是不要那個國。他們有極特徵的宣言，「反對西化就是反對文化」，「文學目的在使人快樂」。

但在民國五十年以後，尤其是釣魚台事件以來，有一批本省作家之小說出現，如〈第一件差事〉、〈將軍族〉、〈莎喲娜啦・再見〉、〈望君早歸〉、〈小林來台北〉、〈工廠人〉等。此即一般人所謂鄉土文學者。這些作品與上述「西化主義」、「現代文學」恰成對照，也可說是對抗前者而起的。在這裡，沒有「六代繁華春去也」的將軍、貴族和名女人，也不是鄙視自己的父親之大學助教與學成歸國的留學生，或者因接近美國金斯堡、費林格蒂而靈犀頓悟，站在帝國大廈上想到自己是中國人而感到恥辱的「詩人」。在這裡，是台灣農村、小鎮或工廠中的「小人物」，一些勤勞、樸實，被命運或「頭家」們所顛倒捉弄的小人物。在這裡，沒有「快樂」的場面，或者漂流在灰暗的哀愁中，生活在衣食之掙扎中，或者在日本人「快樂」的時候嘗味正義的丑角之酸甜苦辣，或者不甘心於受欺壓，以棺材表示義憤……。

這些作品大抵還是短篇或中篇小說，但有若干特點：

第一、由於二十多年來國語教育普及之故，較之日本統治時代作家有更好的國文修養。雖然有時不免為我們「文法家」所誤，但也不遜於現在和過去大陸作家的文字。

第二、由本地人民的生活出發，有真實感，這天地，亦不比三十年代以上海租界為天地者更為狹小。他們所寫的誠然是「小人物」，但大人物在神話中，在歷史上；小說世界的人物照例大多是小人物，只要「小人物」能與民族的命運關連起來。了解這一點，那一個曾被日本人徵兵到南洋而回到台灣的〈鄉村的教師〉，便代表著乃至象徵著許多人的命運，不過好多人不自覺而已。又如看〈莎喲娜啦．再見〉，可以想到民國十四年徐志摩的〈沙揚娜拉十八首〉。後者雖似詞藻華麗，卻抄泰戈爾的文字（如「最是那一低頭的溫柔，像一朵水蓮花不勝涼風的嬌羞」），而第十七首亦不免於輕浮。六年以後，日本在中國屠殺十四年，終於投降。在〈莎喲娜啦．再見〉中，日本人則以玩弄台灣女子為斬殺中國人之代替動作了。再下一步，不會是斬殺中國的男人嗎？這樣想，這便不是一個可笑的故事，而也有中國人共同的命運在內。

第三、他們對崇洋媚外者之腐敗無知、輕浮滑稽，常有辛辣的諷刺。在目前似乎有兩種「兩個中國」的構想，一種是依賴日本人的「技術合作」，二是依賴美國人的「政治合作」。他們顯然皆所不屑。他們並且宣言，要由滔滔而來的外來文化、文學的支配走出，由自己的土地和同胞吸取創作源泉，由自己的民族過去和現在文學中吸取營養，建立民族文學之風格，樹立文學上自立自強的精神。這是繼抗戰之後，重新復歸中國人立場之努力。所以我說是一個值得歡迎的傾向。

這不是一個孤立偶然的傾向。這些年來，由大陸逃到香港的青年，如藍海文、寒山碧等都在為祖國之再造呼號。一個曾在香港和菲律賓居留，到台灣為救人而死的青年李雙澤曾在一個唱外國歌的演唱會上登臺而呼：「為什麼不唱中國歌？」。在去年鄉土文學討論後，美術雜誌《雄獅》宣布改革，要「配合現階段文藝的發展」，「擔任此時此地中國人尋求尊嚴與存在價值的責任」，一面研究中國藝術史，一面吸收各民族文化遺產，「不能永遠寄養在西方文化的屋簷下做一個老站不直的中國人」，這都是同樣的抱負。

不論鄉土文學這一名詞是否正確，問題在於內容與志向，並非先定一好名稱然後即有好文學的。這只要想到「道學」、「印象主義」原是譏笑的名詞即可了解。何況，還是日本統治時代台灣作家抵抗日本侵略的一個光榮的歷史的旗幟。而在若干年前，一位大陸來的女作家所寫的《翡翠田園》也可說是一種鄉土文學。鄉土對外國而言，反對西化俄化而回到中國人立場之意。鄉土今以此處之鄉土之始，究必以到大鄉土之大陸終。這便是民族主義。

我不是說所謂鄉土文學沒有缺點，他還在開始。但他有可取的傾向，就是民族主義的傾向。

二

去年我聽到對所謂鄉土文學的攻擊，大抵說他是「三十年代的文學」，是「鼓吹普羅文學與階級鬥爭的文學」，是「工農兵的文學」，是「社會的寫實主義」亦即「社會主義的寫實主義的文學」。而根據則是因為在鄉土文學派的作品或評論中，表示反帝國主義，認為台灣有殖民地經濟，買辦經濟，反對寡頭資本家，並同情低收入者和工農。

一切學問自正名開始。我且談談「三十年代文學」、「普羅文學」、「工農兵文學」、「寫實主義」與「社會主義」這些名詞。

直至今日，還有許多人將三十年代的文學與左翼文學或普羅文學畫一等號，這是由於我們對過去的歷史太脫節了。「三十年代」應指一九三〇到一九三九或四〇年。左聯於一九三〇年成立於上海。正如中共是俄共（第三國際）之支部，左聯可謂「拉普」——「俄國普羅作家協會」之支部。然在三十年代初期，在北平，在上海，還有新文化運動以後的種種潮流；如西方的寫實派、浪漫派、象徵派、唯美派等。正是在唯美派、頹廢派潮流起來之時，才有革命文學、普羅文學之興。左聯成立以後，即有民族主義文學對之而起，還有新月派、幽默派以及自由派與第三種人的呼聲。左聯因其組織技術以及魯迅之招牌，一時聲勢最盛，但既無政治力量，也無知識界之一致贊成，從未統一三十年代文壇。到了一九三五年日本進攻華北，民族主義起來，蘇俄經由第三國際提倡統一戰線，並為中共提出國防政府口號後，左聯反在民族主義潮流中分裂了。抗戰既起，一九三八年春「中華全國文藝界抗敵協會」成立於漢口，發行《抗戰文藝》之機關報，全國文藝界團結於抗戰之旗下了。民族主義之高潮不利於共黨。在延安的毛澤東在一九四〇年提出「新民主主義」為蒙混之計；一九四二年提出「工農兵文學」重新組織過去左翼作家並給以部勒。而首先被犧牲的是魯迅派的東北作家。中共政權成立後，首先反抗的，是魯迅派的理論家胡風。此後中共文藝路線之實際主持者先為周揚，後為江青。等到「文化大革命」後，幾乎所有三十年代作家，除了郭沫若外，皆被清算和鬥爭。這也表示，三十年代的左翼文學，也不一定都是與「毛澤東思想」相符的，也便與「工農兵文學」不是一個東西。

理想與現實，是人類心靈活動之兩極。寫實與象徵，是自有藝術以來的兩種表現方式。象形與會意，是中國人造字的六書之二，而工筆與寫意，也是中國人繪畫的兩大傳統。就西方而論，中世基督教藝術是象徵的，寫實作風隨文藝復興而發達。此後經過古典主義與浪漫主義之代興，到十九世紀中葉有寫實主義與自然主義之極盛。寫實主義主張如實客觀的描寫，避免主觀、粉飾和表情。自然主義進一步要求客觀得如科學一樣，尤著重人物性格之環境決定力，也就發掘了更多的醜惡。不堪醜惡，便有象徵主義起來。他們追求「純粹美感」，認藝術無道德與社會責任，發展文字之音樂的暗示的技巧；然依賴麻醉品以求美，終使美與頹廢同義（所謂「惡之華」）。此「世紀末」潮流成為二十世紀「現代主義」之開端，亦即西方文化危機之表現。象徵主義趨於虛無後，乃又有「新寫實主義」與「社會的寫實主義」之再起。此在二十、四十年代間，在法西斯蒂的義大利和羅斯福時代的美國，以及英國，都是盛極一時之潮流。

在俄國，在寫實主義之極盛後，二十世紀初是象徵主義與黃色文學時代。造成了共黨革命之先聲。五年計畫開始後，拉普成立。不得人望，史達林歡迎高爾基歸國，一九三四年解散拉普，成立「蘇維埃作家聯合會」，高氏為會長。先是蘇俄共黨討論創作方法，有所謂辨證唯物論的創作法。高氏主張「社會主義的寫實主義和革命的浪漫主義」。高氏被史達林毒死後，社會主義的寫實主義成為寫作教條。實際上要點有三：掩飾缺點，誇張優點，崇拜史達林與所謂勞動英雄。這在實際上恰恰是反寫實主義的——因寫實主義必須如實，重在客觀，不粉飾現實，甚至不辭暴露黑暗，此不可不知。到了德蘇戰爭發生，史達林則又大叫「蘇維埃愛國主義」。然西蒙諾夫之「俄國人」並不諱言紅軍之弱點。二次世界大戰後，史達林認為有加強控制必要，什丹諾夫成為蘇俄文化奴隸總管，一時有「什丹諾夫主義」之稱。「社會主義的寫實主義」仍然奉為方針，但更加強檢查彈壓和逮捕。在赫魯雪夫批評史達林後，蘇俄一時有「解凍」之勢，乃有索忍尼辛之作品。但共黨知道「開放」之危險，不久復加緊控制。然自此官方教條亦難於維持，地下文學運動也起來，許多不滿於控制的作家常將著作祕送外國出版。這些作品很多是寫實主義的，但不是什麼「社會主義的寫實主義」。蘇俄文學界今天在動盪中，許多作家參加人權運動，以為今天蘇俄還有史達林時代的「社會主義的寫實主義」，也是不確實的。至於中共，最近華國鋒依然說「堅持文藝為工農兵服務」，「提倡革命現實主義和革命浪漫主義相結合的創作方法」。

由此可見，有些人將三十年代文學送與共黨，將其與「工農兵文學」混為一談，又將「社會的寫實主義」與「社會主義的寫實主義」也混為一談，並送與共黨，乃既糊塗，又為共黨裝金。共黨偽造歷史，說毛澤東領導五四運動，將五四塗成紅色。國民黨領導抗戰，自己不珍重這偉大歷史，讓共黨冒充抗戰領導者，而此處也有人至今還在幫共黨說謊。如此將民國歷史大事奉送與共黨，還可說最有反共經驗嗎？

將這些不同的東西（三十年代，普羅文學，工農兵文學）以及相反的東西（社會的寫實主義、社會主義的寫實主義）混為一談，用到鄉土文學身上，顯然是虛妄的。

但鄉土文學確曾自稱是「社會的」，「寫實主義」或「現實主義」的。而且描寫了窮人，乃至於同情窮人，甚至描寫了窮人對不正不公之事據理力爭的態度。但我們要問這是不是事實。美國今天還有窮人，我們沒有諱窮之必要。維多利亞時代是大英帝國黃金時代，那時代之初期，憲章黨，救貧法的運動，成為英國自由派的主力和政績。而那時代的代表作家狄更斯正是同情窮人的。這與「普羅文學」為共黨政治宣傳工具者是兩回事。如果說不應同情窮人，則世界上無此文學。《塊肉餘生錄》與《悲慘世界》都寫窮人。在沙俄有一本有名小說就叫《窮人》。如果說今天我們已無窮人，也無黑暗，那恐怕恰恰是「社會主義的寫實主義」！

如有貧窮問題，我們應作何診斷，如何處方呢？所謂鄉土作家在他們的評論中會攻擊帝國主義、資本主義，說到殖民地經濟、買辦經濟，這與資本主義、社會主義的討論有關，這在世界上討論了至少一百五十年。其次，此與今天富國窮國經濟出路問題有關，還是聯合國成立以來就在正式討論的大題目，目前正在討論。因此，無法在此處詳細評論。我只提出這些問題之理論要點，並略說我的意見。

首先，我們應對資本主義、社會主義有一基本概念。資本主義是一種「將本求利」的制度，首先肯定私有財產，其次肯定人有將本求利之權，因此利潤亦當私有。資本主義是世界各國早就都有的制度，中國亦早有之的。俗語所謂「生財」，即資本。孔子所謂「貨殖」，即資本主義之意。子貢、范蠡是中國最早資本家，《史記．貨殖列傳》即資本家列傳。但資本主義有不同發展階段。中國在過去從未走出「初期資本主義階段」。西方國家也只是在十八世紀後期，即工業革命以後由英國首先進入「高級資本主義時代」。高級資本主義開始是自由競爭的，到了十九世紀七十年代，又變為獨占資本主義了。這高級資本主義就是「現代資本主義」。

社會主義、共產主義的思想各國亦早有之。但「現代社會主義」則起於「現代資本主義」之後。社會主義派別雖多，共同之點是否定私有財產。由於今日最主要的財產指工業、銀行而言，今天所謂「公」指國家而言。所以今天資本主義與社會主義之意義，即工廠、銀行是私有私營，還是國有國營之區別。

西方資本主義高度發展後，弊害百出，便有社會主義起來，而最言之成理者是馬克斯。馬克斯主義號稱「科學的社會主義」，即因其並不以道德觀點攻擊資本主義，甚至承認資本主義在歷史上的作用，只是在現在（即當時西歐），資本主義因其高度發達，造成自身生產力與生產關係不可解決的矛盾，「必然的」進於社會主義。此即經由無產階級之階級鬥爭，奪取政權，實行無產階級專政，實行財產公有，以解放生產力。——他所謂無產階級指工業的勞動階級。

在馬克斯基本理論中有一要點，即社會主義並非任何地方可實現的，必須資本主義生產力發展到一定程度，有多數而且團結的無產階級，才能保證社會主義之實行。而最後的共產主義還須在國際規模上實行之。所以〈共產主義者宣言〉的結句是：「所有各國的勞動者團結起來！」

當時西歐各國馬克斯主義者先後成立社會民主黨，利用議會，爭取勞動者的權利。沙俄是資本主義落後之國，並無強大的無產階級。列寧組織「職業革命家」，指揮「蘇維埃」（工農兵會議），以暴力奪取政權，實行一黨專政，自稱「社會主義祖國」。並謂社會主義所以在俄國最先實現，因俄國是「資本主義最弱之一環」。此顯然詭辯。故考茨基批評他是恐怖主義不是共產主義。馬克斯所謂無產階級專政還是多黨政治，不是一黨專政。所以列寧主義是偽馬克斯主義，反馬克斯主義。

列寧在世之時，只說他是馬克斯之真傳，並未自稱「列寧主義」，史達林才在馬克斯主義——列寧主義之間加一連字符，而有所謂「馬列主義」。這原是假冒招牌，但不僅中共相信，反共的人也將馬列史毛一併攻擊，正中共黨之計。因為馬克斯關於西歐社會經濟之所說是有相當理由，並非凱因斯所能否定的。

於是俄國革命以後，社會主義或馬克斯主義有兩派。西歐派主張議會主義，逐步實現社會主義。蘇俄及其所設立的各國共黨則主張暴力主義與一黨專政，只是必要時使用統戰策略（不過到最近歐共，又有新的變化）。

事實上，在第一次世界大戰以後，以及世界大恐慌以後，資本主義、社會主義亦有混合之趨勢，即所謂「混合經濟」。一九四二年來，英國比佛利基提倡「福利國家」。

這都是歐洲高度工業國的情形。然則東方國家，或者殖民地、半殖民地國家應該怎麼樣呢？剝削這些國家的，是外國資本家，本國工業亦受不平等條約之束縛不能發展。無產階級在全人口中也是少數之少數。第一事當然不是社會主義，而是求得國家獨立。但獨立以後再走西方老路，又去階級鬥爭嗎？孫中山先生是第一個注意這問題的人，乃有其三民主義。這是民族獨立，民主政治，國營、民營並進，並保護農工利益，避免階級鬥爭的政策。蘇俄利用國民黨的計策失敗以後，才命令毛澤東幹「工農兵」政權，其實也沒有什麼工，只是藉燒殺裹脅，化農為兵而已。

社會主義中之無政府主義在清末已輸入中國。《民報》首先介紹馬克斯。民初江亢虎成立社會黨，講馬克斯主義。國共合作後社會主義才大為流行。二十年代的知識界除了梁啟超外，很少不講社會主義的。甚至黎元洪在其遺言中也勸國人行「國家社會主義」。到了一九二九年世界經濟大恐慌後，馬寅初也講統制經濟了。然社會主義究竟是什麼，即共黨之人也沒有多少人了解。

三十年代前後，在人云亦云的空氣中，我也曾以社會主義者自命。一九三四年，我到歐洲，看見莫索里尼與希特勒的社會主義，翌年到蘇俄看見史達林的社會主義，那時日本人在東三省自稱「皇道社會主義」或軍部社會主義。我才恍然大悟：馬克斯說社會主義必有強大的無產階級為條件是正確的。社會主義要問由誰來實行，誰代表那「公有」之公，也還要有「公有」的對象。社會主義不能由革命職業家和自稱社會主義者來實行。如說公是國家，要看國家在誰之手。政權在寡頭之手，社會主義即最獨占的資本主義。所以蘇俄的社會主義實際上是「共黨獨占資本主義」，德國是「納粹黨的獨占資本主義」，日本是「軍部獨占資本主義」。在一切個人的私有財產被剝奪後，他們就可由控制你的腸胃進而控制你的神經了。再者，沒有大工業，也便無可「公」之物。看了歐美人之富，想到中國人之窮，我認為即令要共產，也還要先造產。從此我認為中國問題是首先求民族之獨立與民主政治之實現。為了充實民族民主之基礎，民族的或國民的資本主義反而必要。人人有合法的將本求利之權，才能促進生產事業之發展，並保障知識分子個人人格與自由。民主未實現前，由國家統制，即由官僚統制，這恰恰是同治新政與明治維新同時，而結果國力強弱大相懸殊之故。中國之痛苦，被列強及日本侵略之由來，不是由於資本主義，而正是由於資本主義之不發達。此馬克斯主義根本對中國無用之故。

抗戰歸國後，我提倡我以上見解，為許多老朋友所詫異。我不贊成以社會主義解釋民生主義，汪精衛在紀念週中對我大罵，並暗示羅敦偉出面控告我（見《羅敦偉回憶錄》）。幸而不久汪到日本人那裡去了。而此時支持我的，是前中共家長陳獨秀先生。這至少可使許多人了解，這問題不是那麼簡單的。在戰時和戰後，我極力主張政府扶助民營事業，扶植中產階級。又在勝利前反對《中蘇友好條約》。但中蘇條約造成俄帝共奸合流後，通貨膨脹毀滅中產階級後，共黨取得政權了。

第二次世界大戰以後，過去的諸帝國主義者倒了，美俄兩超強起而代之，殖民地半殖民地紛紛獨立，形成所謂「第三世界」。美、俄爭奪第三世界，他們在政治上思想上亦彷徨於美俄之間他們在政治上獨立了，可是經濟上依然落後或在開發中。他們如何發展工業呢？西方經濟學家對他們說，經由與先進國的「貿易」好了。但第三世界也有經濟學家，如拉丁美洲的 Prebisch、印度的 Singer，證明開發國與開發中國家間的「貿易條件」是不平等的。西方的經濟學家中如瑞典的彌爾達也同意這個看法，並勸告開發中國家切不可走西方自由資本主義之老路，也不可走馬克斯主義的道路，最要緊的是要有計畫，維持民族主義之體制，那也就是要防止過大的貧富不均，尤其要避免通貨膨脹。

到了台灣以後，流行的經濟觀念一百八十度的轉變。那些由美國留學回來的，尤其是聯經集團的青年才俊宣傳，凱因斯打倒馬克斯了，再也沒有帝國主義了，台灣的經濟已經是資本主義了，依照我們的成長率，馬上就是開發國了，要消費，要加工出口，要依賴日本，鴉片也得吃，要發展觀光事業，還要發大鈔！不是資本主義就是社會主義，就是共產黨！於是我又曾反對這些只看了幾本美國教科書，既不知戰前的中國，也不知今日世界經濟全盤局勢的謬論。凱因斯是富國救急之術，非我們所能行。他並未打倒馬克斯。新殖民主義這個名詞不斷見於聯合國的文件，不是我們所能否認的。第二次世界大戰後，科學技術空前進步，有「第二次工業革命」之稱。新帝國主義便是新技術的帝國主義。我們在第一次工業革命中落伍，造成百餘年的國難，終造成大陸之喪失。如果又在第二次工業革命中落伍，將永無翻身之日。所以我們當務之急，是在政治上獨立之後求科學技術之獨立。須知今日經濟成長率之計算法是先進國以技術獨立為前提的。沒有獨立的技術，只是勞力的增加率。對美國技術獨立非一時之事，而美國的危險亦較小。貪圖日本人的小便宜，依賴他的「技術合作」，進行加工出口，是讓日本人控制我們的科學技術永遠不能自立，即永為其經濟上之附庸，則害莫大焉。除了日本人為了確保其外交獨立必須重占台灣這一點之外，如不能脫離對日的技術依賴，加之我們的貪污老病非一時所能治，而日本人素來善於製造貪污，我們便只能發展一種買辦資本主義、官僚資本主義，貪污之風只有日益加深擴大。而這種「資本主義」必需在一般企業收入中支付日本的「合作」費用與貪污費用，便只能靠剝削工人，壓榨農民來保障其利潤，此必然要引起社會問題，即將要製造階級鬥爭，給共黨以可乘之機了。

由於一般的人民已開始受到我們的這種畸形的附庸的資本主義之害，似乎許多人又很仰慕社會主義了。但我又希望他們考慮他們所想的社會主義是什麼？如何來實行？由誰來實行？對於我們現在所有的公司行號如何處理？對於滿街的大小店鋪又如何處理？老實說，社會主義原是西方富國中窮人解決他們問題的方案。社會主義可以治西方窮人之病，但不能治中國這窮國中窮人之病。今日要行社會主義只有三條路。一是走英國工黨、德國以色列社會黨之路，我們顯然無其條件。二是將一切工廠銀行都交與政府，亦即國民黨所有。我想誰也不會贊成。三是玩馬列主義。當初共產黨人宣傳馬列甚得同情者，一大原因還是由民族問題出發，相信只有資本帝國主義，社會主義之下沒有帝國主義。其實一國政治經濟學術不獨立，在社會主義下一樣做殖民地。今天中共不是大叫「社會帝國主義」嗎？（這名詞是一九一八年一個奧國人提出的，四十年後，中共才由捷克人使用而使用的）要知道波蘭、匈牙利、外蒙古是「社會主義國家」，現在的越南、高棉也是「社會主義國家」啊！

我依然主張民族的資本主義——這包括發展國家的資本與一切國民的資本。一定要集中最好的經濟專家、科技專家，訂立好的計畫，實現本國工業的獨立。可以利用外資，但必須避免買辦資本主義。還要行民主法治，避免官僚資本與政治寄生資本主義。我們還有普遍發展大中小企業必要，要避免獨占資本主義，也必需保持農工業的平衡發展。還應在稅制上、銀行政策上，處理利潤，使其有相當部分轉入有生產及研究發展過程。也要有良好的勞工立法，充分保障工農及薪水階級的生活，以保持國民的團結。此外，必須避免通貨膨脹，以免人工的製造貧富。要之，務求政治獨立與經濟獨立，政治民主與經濟民主。今天在台灣應該如此，將來在大陸亦然。這才能為第三世界樹一新型經濟。

我不能要求大家相信我的話。但我研究過經濟史，看過世界上討論經濟思想政策問題的書，研究過中國經濟問題，不是人云亦云。不要在受了馬克斯之害之後，又來受凱因斯之害。也不要因為反對西方資本主義就歡迎他們的社會主義，這還是西化。中國以及第三世界出路必須超越二者之外，走合乎全中國人及各落後國需要之路。我的民族主義、民族文化與文學、民族資本之主張是一貫的。這是符合於民生主義與三十年來第三世界經濟學家之研究的。

鄉土文學不是「工農兵文學」之類已如上述。他對台灣經濟提出了問題，即我們表面繁榮後面，仍有廣大的貧困與不幸。否認這些問題，否認帝國主義、殖民地經濟、買辦獨占資本之事實，是沉溺於現狀，拒絕改革。我不贊成社會主義，不知他們是否主張社會主義（主張鄉土文學刊物之《夏潮》因將「社會正義」誤排為「社會主義」，已聲明更正），但即令主張社會主義，則作此主張者頗有其人，亦是學理與思想問題而非政治問題，也不是「文藝政策」所能解決的。

三

「藝術政策」這名詞常被提到，不自現在始。

廣義言之，歷代帝王都有他們的文藝政策，如秦皇、漢武、曹操父子、隋煬帝、宋徽宗、明朝的嘉靖，以至清初諸帝；又如英國的克倫威爾，法國的路易十四，拿破崙第一、第三，俄國的尼古拉第一、第二。特別討論到文藝政策，則與馬克斯主義有關。巴黎公社曾經討論文藝政策，很有趣的，他們主張政府對文藝取中立政策，當時寫實主義畫家庫貝認為政府不應對任何派別與個人予以支援。以後德國社會民主黨討論文藝政策，結論是兩點：黨應承認文藝的自由，但作家亦當盡量抱有進步的世界觀。

到了列寧，才宣布「文學必須是黨的文學」。於是有普羅文化協會及其普羅文學運動。在史達林專政以前，俄國共產黨曾多次討論文藝政策。但大體上還沒有完全否定文學之自由，還容許「同路人」的作家。

史達林獨裁以後，拉普成立以後，普羅文學才成為政策的要求。彈壓控制日趨嚴酷。這最後發展為「什丹諾夫主義」——這是文藝政策之代表。到了中國，便有「毛澤東思想」、「周揚思想」、「江青思想」。

全體而論，沒有文藝政策是成功的。以拿破崙之「雄才大略，文武兼資」，最後了解「筆戰勝劍」。這是值得注意的，政權的保護可以使科學技術進步，卻不能得到文藝的開花；而壓迫則只能造成沉默、阿諛和陷害，如有一時效果，那只能說是由於暴力，而非政策。更壞的是，壓迫常常只能造成反效果。這是三十年代之初我們的「文藝政策」所證明的。

所以，我以為，有憲法保障思想著作之自由，有刑法制裁危害社會之活動，即無文藝政策之必要。如要有文藝政策，那便是在憲法範圍內對學術文藝作一般鼓勵，供給研究、創作的便利，解除寫作的困難，保持自由創作、自由批評的風氣。文學的標準首先必須是文學，而批評首先必須是批評。

而對鄉土文學更用不上文藝政策。如果他是不滿現狀，則中外古今固然沒有一個人人滿意的社會，讓不滿正當發洩，正是安定社會之道。如果不滿的問題確實重大——如我們的經濟問題——則提出問題，那正是應在政治經濟政策上求解決的。

然如果有人宣傳或主張普羅文學或工農兵文學，那當然是另一問題。不過據說主張工農兵文學者只有一二人。如果真有一二主張者，可用兩種方式：一是批評。我想三句話即足。第一句話，普羅文學、工農兵文學是階級鬥爭的文學工具，中國人的使命是團結不是鬥爭，文學的使命也是團結不是鬥爭。第二句話，一切文學都要求真實，即歌德所謂「詩的真實」，工農兵文學模仿社會主義的寫實主義，即掩飾真實與個人崇拜，根本是反文學的。第三句話，要知道工農兵文學的結果如何，看大陸的恐怖，以及毛澤東江青的命運好了。如果不是思想，還有行動，則還有治安機關與法律，也不是文藝政策問題。到了最近，有人指出，所謂主張工農兵文學的「一二人」，一個是《詩潮》的發行者高準。他已有一文自己答辯了。其次，是此書編者。這是由於在一座談會中有人指摘「鄉土文學」是不是「工農兵文學」時此書編者之答覆而來。無論他當時之答辯是否得當，他既聲明沒有主張毛澤東的「工農兵文學」，則還要指定其是，那就是無中生有了。

要求文藝政策即要求什丹諾夫主義與毛江思想。所以，政府也沒有文藝政策。

四

這一次「現代文學」與「鄉土文學」兩派之論爭，在海外引起很大的關心，但我想，如一切討論常常有益一樣，這討論亦然。

這一次的討論，一部分出於誤解，一部分亦與立場有關，也便是一種新舊之爭。二十多年以來，自由中國區域有民國以來空前的安定，有一定的成就，也養成了一定的偏安心理，而在偏安中在各方面都形成「既成勢力」。在經濟方面如此，在教育文化學術方面亦如此。文學上的「既成勢力」大概是：若干自命文壇元老的人物將文藝團體變成專利的衙門，沒有文學上的研究討論，當然使得文學停滯。他們主張對三十年代文藝一概禁止，而他們的「三十年代」算法很長，政府遷台以前，皆在「三十年代」之內。這大概便於他們成為自由中國文藝的開山祖罷。其次，大學的外文系的教授，則以「新批評派」或「象徵派」兼佛羅以德派（不知他們是否自稱象徵派，但他們講「純粹美感」）為主流，還有象徵派新詩人之輩（如《七十年代詩選》），還有一二作家學者，他們都是在美國風、日本風中的成功者。他們的世界觀有三：一、現在的台灣縱非黃金時代，也是白銀時代。二、傳統要否定，民族主義也是很落伍的東西，是新義和團。三、文學在使人快樂，那就是他們提倡的「現代文學」。但美國風有逆轉之勢，於是他們又有生存哲學家所說的「anxiety」了。

因此，至去年，這些文壇的既成勢力對於已出現數年之所謂鄉土文學就忽然感到是一種討厭的異類。為什麼對於今天的經濟奇蹟還不滿意？這不合乎「人性」！民族主義將美國人日本人弄走了如何過活？正如見駱駝謂馬腫背一樣，而且反而恐怕是虎狼來到，所以便要求文藝政策了。《當前文學問題總批判》代表他們的誤解。知識與事實的誤解，已如上述。但他們還有更大的誤解，最好的說法是驕傲與偏見。他們自以為是反共的，反共至少在文藝上就要聽他們的領導。即使他們文字不通，也要受不通領導，否則就不是好東西！我自信反共不後於人，但他們的文學觀與世界觀恰恰是邀請虎狼的。

首先要知道，象徵主義與頹廢之類是促成共黨發展的引火物。一九○五年後俄國的象徵主義與黃色文學流行，刺激了馬克斯主義之發展，因而有一九一七年之革命。這看看俄國史與俄國文學史即可了解。九一八以前上海的象徵派、唯美派甚盛，左派只拿愛倫堡的一句話「一面是莊嚴的工作，一面是荒淫與無恥」就能吸引青年，此我所目擊。台灣的鄉土文學正是反抗「世紀末」文學而起的，幸而有民族主義，他們不是虎狼！然鄉土文學也是一警告，必須改革一切不公不正的情況，停止模仿那「世紀末」文學的呻吟與吶喊，才能阻止狼來！頹廢絕非黃金時代之象徵！要知道在崇洋媚外中，「人性」已經在淪沒與歪曲了。兒子趕老子還算人性？必靠日本美國活命還算人性？不以此為違反人性，反以要求公道，要求自立自強為不合人性，豈不太怪？

如以文學目的在使人快樂，那麼，整個人類文學是失敗的！讀讀文學家的傳記，有幾個人是「快樂」的？在唐代，陳子昂、王昌齡竟皆死於小縣官之手，杜甫窮死，李白發狂而死，只有高適比較幸運。外國也一樣。像歌德之幸運者太少了，法國文壇巨人雨果以議員身分彈劾拿破崙第三過了十八年流放生活，另一大人物左拉為爭正義，窒息而死；托爾斯泰是伯爵，不去享福，暮年出走，在雪地中落荒而死。其他音樂家畫家大抵皆然。樂聖貝多芬一生在窮困中。唯畢加索特別幸運。以文學求快樂，絕對失敗，除非以文學為騙術，騙青年，騙女孩，就歌功頌德也是騙官吏！否定文學傳統，必定文章不通。不通的文章猶如五官四肢畸形殘缺之人，這沒有什麼可驕傲的。中文通，不一定外國文通；然一個中國人中文不通，他的外國文是一定不通的。

民族主義不是了不得的道理，但是世界各國無論強弱文野，立國的第一原理，就中國而言，無非是中國人共同立場之意。這就是要保持中國民族的自尊心，保持中國人之間之公平，不相侵侮鬥爭，團結以求自立，不依附外人，不受外人侵侮，並由九億人之利害觀察世界。違反這原則，必定走到腐敗，墮落和無知。共產主義到處是乘腐敗墮落而來的。但東歐的共產主義已經變為民族的共產主義了。只有我們大陸的共黨還要「堅持無產階級的國際主義」——今天即使黑人也在研究他們的歷史，或者求「根」來加強「自我」與自由信念，只有台灣的現代派詩人要切斷自己的根！

這是崇洋媚外的驕傲與偏見，實即墮落，其可怕有如古代亡國昏君，憑其近利私智，妄計天下之事，以其妙計可以定位安邦，而不知適為引火自焚，反而要仇視忠良。幸而他們不是皇帝。如由他們決定文藝政策，那便是以一種什丹諾夫主義決定買辦主義的寫實主義，製造階級鬥爭！

天驄編的這本書，有澄清這些誤解與偏見之用。據我看有關的資料，天驄是最早看出鄉土文學價值的批評家。這也許是他被誤解為主張「工農兵文學」之故。在此討論集中，他將反面的主要文章也都收進去，這態度是公平的（但說還有許多文字未能收入，乃因恐未得同意發生版權問題之故）。

無論任何問題需要公開討論才能找出真理，而討論必須公平。

「不打不相識」；經過此次的討論，我想可以促進大家之相互理解，有利於團結，共同從事於文藝之正業與正道。

雖非「虎狼」，但鄉土文學對當前流行的文藝傾向確是一種挑戰。我希望「現代派」作家以真實的勇氣接受此一挑戰。此應不是不實之攻擊或文藝政策之要求，而是首先檢討自己。如果追逐西潮及其末流不是出路，描寫自己人民生活原是文藝之永恆主題，則大陸來的青年作家應以更好的文筆，更廣大的眼界，寫更大鄉土的人民（雖然眼不能見，但可以由回想，由各種報導，由研究加想像）。這就是一種競爭——高尚的競爭。

當然，這不是說不要批評。沒有批評，沒有進步。但批評必基於批評原理，必須言之成理。（而《總批判》中對鄉土文學之批評竟無一篇是合乎文學常識或言之成理的）

而我所希望者還不止此。

我沒有創作的才能。但在我長期研究世界文化史、思想史過程中，我知道一點文學史與藝術哲學。基於比較文學史與藝術哲學的知識，使我有下列八點信念：

一、近百餘年中國之不幸，基本原因在科學之落後。然科學與文藝，並非成正比例的發展的。中國的文學與藝術，在世界文化史上是有很高地位的。在「西方文化中心論」崩潰後，這一點日益為西方人所認識。這只要看一九七四年《大英百科全書》將東亞的文學、視覺藝術、音樂與西方的等量齊觀，即可了解。過去許多新文藝家，乃至今日自稱講比較文學史者以及自稱新詩人者妄自菲薄，實由對於中外文藝之二重的知識不足，尤其是對文學之性質、功能之知識不足。

二、文學是運用一民族文字之藝術，表現民族之生活與感情，促進一民族之美意善意，而使其親密團結的。一切藝術之活動，總起於個人與社會之精神交感作用。一個社會的生活萬象及其苦樂悲歡，使藝術家發生感興，創出他的作品，再與社會以感動。所謂社會，總指一國民族與國家而言，而藝術所在的社會，首先必然是自己的民族與國家。此藝術所以總有民族的色彩。而文學還有與其他學術不同的傳達媒介與符號。科學使用國際的符號（如數學），藝術的色彩、聲音也有甚大的通用性。而文學必用一民族的語言和文字，以此語言文字記載的神話、傳說、歷史故事，固然是有民族性的，而此語言文字的文法結構、修辭技巧、詩詞格律，也是有民族性的。

此傳達媒介使文學成為一國民最普遍的精神財富，雅俗共賞。這不是說文學以國家為界。由於人類有共同的心性、命運與願望，所以文學是人道的，此古今中外文學能互相欣賞之故。此文學之共性。然只有一國的人最能描寫一國人民的生活，欣賞那一國的文學，而此亦一國最精鍊文字之詩難於翻譯之故。此文學之民族的個性。而作家個人的個性則又在此民族個性中顯示其特色。

一切藝術之目的在於美化人生與人心。而所謂美化，是始於真，成於美，而終於善的。現實並非都是美與善的。藝術絕不能故意顛倒現實，而毋寧是加強現實之特點，而總暗含抑惡揚善、抑醜揚美之意；但他不是說教或宣傳，而是顯示美醜善惡之對照，使觀者讀者自行體會，有動於衷，使心靈更光明純潔而崇高，改善其行為；亦唯有在此光明純潔崇高之境界，才能使人心發生相感相通之作用而團結起來。文學藝術之原料，總在宇宙與人生萬象之中，作家由此採擷，然後吐絲釀蜜。但他也必須有博大的愛心，對人生的誠意，才能看出他人看不出的東西，而繼之以苦心的經營，暗示一種境界，給其同胞以安慰、鼓舞、啟發，在潛移默化中鑄造一個民族之感情與意志，使其更為人道，也便成為團結一個民族精神的分母、紐帶與水門汀。文學必須是由自己心中流出的真情，而此真情亦因萬人之共感而擴大其源泉，蓄積為一國共同之教化源流。在此意義上，「為人生而藝術」與「為藝術而藝術」本不衝突，因為藝術原是出於人生而也是為了人生的。但是，「為普羅階級而藝術」（共產黨），「為我自己而藝術」（D・H・羅倫斯），或者「為皇帝而藝術」，或者，如《一九八四年》中所描寫的「為老大哥而藝術」，都是違反藝術之本性的。文學必基於善心、正義。因此，鳴不平，甚至伸憤怒。然如果是以暴易暴，亦善心正義之破壞。文學必須能引起人類之共感。「為皇帝而藝術」，「為老大哥而藝術」，只能使一人高興，而大家作嘔。同樣，一個小偷失風，也不能引起同情之淚。

凡此語言詞藻之運用，情景之表達與結構，教化團結之效果，是我們理解與評價文學之要點。

三、文學之發展，亦有與科學不同者。科學是知識之蓄積，可以不斷進步，舊知識舊機器於廢物。文藝求人類情感之通連，而情感無新舊之可說。說二十世紀人類之喜怒哀樂，親子男女之愛，比原始人類「進化」，或者原子彈下之死比石斧打死更為「進化」，總是荒謬的。不過，文藝之種類、表現的技巧、人生的場面及其變化，隨一般文化之進步趨於多采多姿而已。然人類趣味，又有一種反覆性，雄壯與優雅，華麗與素樸，時常循環。而人類卻又喜歡改變，不喜單調。和而不同，斯為美。所以文藝製作總要推陳出新，各人亦爭奇鬥巧。此種花樣翻新，即在同一時期，也是無限的。而所蓄愈多，變化之可能性愈多。此文藝上之新舊之意義與科學並不相同。全部文學史皆為有用。

四、然文藝也是一國國民活力之標誌，且為文化中最敏銳部分。當一個時代，一個民族所蘊蓄之精力旺盛，要出現一個新的文化時代之時，一定先在文藝上顯露出來。但丁預報近世西方之精神。義大利文藝復興推動歐洲文化之復興。西班牙、葡萄牙、荷蘭、英國之勃興，皆以文學之勃興為春燕。十八世紀之法國，十九世紀之德國，亦復如此。十九世紀後期俄國人的文學黃金時代，表示這民族活力，這也是使他能在二十世紀進行危害世界的氣力之源頭。而愛默森以來的文學活動，也才使美國在政治獨立後在心靈上趨於獨立。唐代文學之盛況，在隋代、在初唐已經顯露了。一代之興盛總看見人才之輩出，一二先驅只是其中最敏銳者而已。同理，一個民族、一種文化在衰敗時，亦必在文藝上反映出來。而在一民族已在政治經濟上解體之後，甚至在已被人征服之後，只要他有文學保存其民族精神、希望和勇氣，那也是此民族遲早復興的預約。

五、一國文藝之盛衰與一國一般文化與政治經濟學術之實力有密切關係，然文藝與政治之關係，則常有距離，並非常常一致的。因為政治最現實，而文藝總多少是理想的。他與政治之關係不宜過於密切。直接的壓迫，固然可使文藝受到摧殘，然以政治勢力來直接扶植、溫室保護或揠苗助長，也不會造成真正文藝的發展。文藝需要自由民主，即自然成長、自由競爭。沒有一種文藝潮流是政權開創的（除了八股）。

六、藝術不是商品，必須有個性，不可標準化。因此模仿與創作是相反的概念。一切學問藝術總要經一模仿時期才能入門，然必須脫離模仿始為創作。模仿古人，或同時代的人，是習作所必經，但必經由取精用宏而自出心裁，才可謂之藝術。同理，外國人的成就、潮流，對一國而言，自可供觀摩啟發，亦各國文學上之常事。但到了一國文藝完全模仿外國之時，便失去自己的主體性。文藝失去了自己的社會性就失去了傳達性。這也便失去作者真我的個性，根本失去藝術性。如果藝術是模仿自然，則模仿他人藝術只是贗品，何況將他人的頹廢，當作自己之新潮。

七、文藝是一國人民命運之記錄。中國文化、文藝雖然過去在世界上有光榮地位，然因科學落後，百餘年來受列強侵略，繼之以文化輸入與侵略，外患內亂之餘，全民族實質上固然慘不堪言，在精神上尤慘不堪言。我們以世界上人口最多之國，然以我之所見所知，百餘年來全世界人類命運之不幸，被虐害被侮辱之悲慘，無有過於中國人者。此種悲慘有三回合：始而是外國人輪流以其勢力害中國人。繼而是國人原欲學外人之學以禦外者，結果是藉外人之勢，假外人之言以自欺自害。終於是外國人與一部分中國人互相配合，以害最善良之老百姓。在文學上，除了抗戰時期看見民族精神之昂揚外，似乎還沒有對中國人之命運為深刻之記錄與描寫的。其他固有文藝亦在破落狀態。如果僅僅是保存國樂、國畫、國劇之類，也絕不能說是復興文化。復興必須有新的東西加入。而如不能對當代中國人生活之苦難充分表現出來，並將其感情意志深刻表現出來，並發生感動啟發作用，就無所謂「新」。如上所見，這絕不是中國民族之活力已盡，而是我們的精力濫用，即在仿古、仿西之中誤用。同時也是許多作家沒有好好培養、磨鍊、發展他們固有的才能，終於自廢；或者，在既瑣屑又殘酷的政治鬥爭中被廢。我們要愛惜人才，人才亦當自愛。

八、然則我們需要何種文藝？曰：需要表現中國人命運、憂患、奮鬥、失敗、愚蠢、恥辱的文藝；表現中國人最好的精神、風格、理想的文藝；也便是洗刷我們的恥辱，使中國人的心靈光明純潔崇高，克服中國人之卑怯、苟且、不誠、不義、自私、分裂、互相殘害，重建中國人的情感之相通，因而重建中國民族之團結與尊嚴，並鼓舞其精神向上向前的奮發，使中國人的生活更善更美更人道化的文藝！

然而這首先必須回到中國人的立場，這一切也是回到中國人立場之當然結果。

要回到中國人立場，必須通過中國民族憂患之體認，克服自外之死症，亦即崇洋媚外之死症。

因為中國人之間不以同胞之義相待，雖有過去壞傳統原因，確是由外力到來而特別惡化的。

以上所說，並非我要以文學作家以外的身分對文學提出什麼指示，這是文學本身之條件或要求。

這是我研究思想、文化歷史，通過中國新文學運動的歷史而得的旁觀者言。

新文學運動第一期的作品與翻譯我大都看過。在民國十七年第一、二期轉變時代，我不贊成革命文學的口號。一九三二年，我以「文學至死是自由的民主的」的主張，批評當時的民族主義文學與普羅文學的宣傳。在抗戰時期，我極力主張「民族的國民的文學」之重建。（我反對「民族主義文學」乃因其是以此為文藝政策，而在九一八證明其空虛；而在抗戰中主張「民族文學」則是上述第四節之二之意，二者不相同。）同時，我提倡復興中國文化和超越傳統西化俄化而前進。在大陸為俄化潮流所淹沒，中國新文藝在毛澤東「工農兵文學」的刀子之下玉石俱焚之時，我想由史學論證中國之光榮與憂患，重建中國人的立場。然而西化主義則日益氾濫，並且走到反民族主義道路，我才不得不力主民族主義。於今崇洋媚外之風居然說文學要「橫的移植，不要縱的承繼」。沒有承繼，一定不通，已如上述。翻譯可謂移植，而中文不通，也不能翻譯。以不通之文模仿外國詩，也還是不通。不通不僅不是文學，而且是反文學了。他們又說：「文學的目的在求快樂」。我們的聖賢說：「生於憂患，死於安樂。」西洋的《聖經》說，「憂患生強忍，強忍生練達，練達生希望。」西方還有人說文學是「世界苦的表現」，或者「苦悶的象徵」。也許樸魯斯特說得更為確實：「快樂有益於肉體，憂患則發展心靈的力量。」又十九世紀一位俄國詩人說：「在俄羅斯，誰能快樂而自由？」實際上今天全世界的文藝主調，也並非快樂之聲。在憂患重重的今日中國，能求快樂者，在大陸只有毛江及其後裔（他們自稱「心情舒暢」），而在這裡，只有哀莫大於心死之徒而已。凡此自斷其根以求快樂之妄言，是麻木墮落的徵候，亦西化中毒之結果。如果大陸同胞以為我們皆如此全無心肝，不僅我們終將成為無家可歸之人，且將毀滅自己。

而此時我看見許多本省青年作家和畫家能正視自己同胞的憂患，要在自己土地上創作中國人的文藝。我希望他們能本此正確方向認真切實的努力；即多讀，多看，多想，多觀察體驗；且在與文藝有關的學問上，如中國過去的文學、西洋文學、第三世界的文學、美學與文藝批評，以及中外歷史、哲學、社會科學上，多看和多想；並且在自己和相互之間多批評多研究討論；使自己的作品更深入、提高而老練，也便使中國新文藝能再度在這裡發展起來。新五四運動以來大陸上求自由呼聲曾與我們以鼓舞。希望這裡也有人經由同胞愛心與民族精神的發揮，能對大陸同胞作回報的鼓舞，如此互相感動，發揮文字之大功。從前鄒容說，「文字收功日，全球革命潮。」更有把握的，是大陸與台灣青年作家互相鼓舞，共同發揚民族主義之光熱，使中國人由自外之劫運回到中國人立場之上，在同胞愛之發揚中實現中國之再統一。於是，天驄的這本討論集，也便是在這氣運旋轉中的一大重要的記錄了。願題之曰：

歐風美雨逐人來，新舊相仇並可哀。

豈有效顰稱好色？未聞托鉢致多財。
愴懷逐臭成焦土，欣見還家闢草萊。
東海招魂吹太簇，中原撼蕩奏天開。

六十七年三月一日

——原載《中華雜誌》一七七——一七八期，一九七八年四月——五月

——本文依據《文學與歷史——胡秋原選集第一卷》（東大圖書公司，一九九四年二月）編校

輯二 論戰

文學來自社會反映社會

陳映真

一、文學和社會

我總覺得，文學像一切人類精神生活一樣，受到一個特定發展時期的社會所影響。兩者有密切的關聯，因為一個時代有一個時代的「時代精神」。以歐洲的浪漫主義時代來說，它在文學方面有各別國家和民族的不同，但和前一時代——即所謂的「擬古典時代」的文學相較，浪漫主義文學有一共同的特點，即個人的甦醒和解放。文學中奇詭的幻想；對於神秘、恐怖的激情；叛逆的熱情；對於肉體的、活躍的「人」底甦醒；誇大的感傷主義；對於傳統道德、紀律、觀點等諸束縛的反抗和強烈的自我中心主義等，風靡了整個歐洲。如果從全局去看，浪漫主義時代的宗教尋求個人與神之間直接的交通——即通過讀經和祈禱直接從上帝求取美感，而不是通過層層的神職階級體系；在政治上的「自由、平等、博愛」，乃至於經由革命而打倒封建貴族專制，建立近代市民民主政體；在經濟學說上有了以個人為社會幸福最高裁判的資本主義經濟學說。其他在音樂、繪畫、哲學、法律理論上，都浸淫了一種新的精神，即所謂浪漫主義的精神。許多思想史家都說，這種精神，是某一個年代，某一個國家的某一個人——例如法國的盧梭，喊出某一個主張——例如盧梭的「回歸自然」，引起共鳴，成為強大的風潮。然而，如果有一個用功的學生問：為什麼這個精神不早一天或晚一天發生，為什麼在「擬古典」時代和「浪漫」時期之間的所謂「前浪」時期，也同樣有思想家表現出同樣深刻，同樣敏銳的個人以甦醒和解放的思想，卻未蔚成氣候？那麼，這些思想史家，怕是難於解答的。因此，另外有些思想史家，便在每一個思潮背後，找社會和經濟的根源。於是他們發現到：就在浪漫主義思潮昂揚的時代，已是歐洲在產業革命之後，工業資本主義開始發展的時代。現代工業生產，創造了史無前例的社會財富，建立了前所未有的新興城市，以及一群新的人類——產業資本階級。這些人和過去的封建的、貴族的傳統毫無瓜葛，他們以新的生產手段，創造了一個充滿發展前途的、富裕的新世界。物質財富的開發和生產、科技的發展，對於前所未知的世界的不斷征服……，使他們以新的態度肯定了人的能力和價值。他們敢想、敢做，而且想了、做了，就產生空前巨大的成果。對於新興的工業資本階級，「人」甦醒了、解放了。一切封建貴族的價值和成就，相形見絀。於是他們像甫進入青春時期的少年一樣，內心充滿了熱情、好奇、自信、反叛、創造、幻想、感傷等情緒。這便隨著新興工業資本階級在經濟社會上的領導性，而領導了整個歐洲的精神生活。它表現在文學上，就有了文學的浪漫主義；在政治上，有了自由主義和民主主義；在經濟上，有了亞當•斯密的以「最大多數人的最大幸福」指導的資本主義經濟學；在宗教上、音樂上、繪畫上和哲學上，也都有同一個浪漫精神貫穿其間。一個時代的「時代精神」，一定有它作為時代精神的基礎的根源的，社會的和經濟上的因素。我這樣講，絕對沒有要告訴大家：社會或經濟是文學絕對的唯一的影響因素的意思，就好像數學上的變數一樣，比方說X＝2Y這個函數的關係，只要X值改變，Y的值一定也變。文學和社會、政治、經濟的關係，並沒有這麼機械，這麼呆板。我們只是說：社會或經濟是思想的或精神生活（當然也包括文學）的一個比較重要的因素。

二、三十年來的台灣社會

今天我們要談的是三十年來的台灣的社會與文學，讓我們先談談三十年來台灣的社會經濟，也許可以找出一些特點。我們知道，一九五三年是美援正式參加我們國民經濟的一年，一九六五年是停止美國經濟援助的一年。只要研究台灣經濟的人都知道，美援對於台灣經濟發展有很重要的作用。日本在太平洋戰爭以前，有意要把台灣創造成日本帝國主義南侵的基地。從那時開始，它才在傳統的「農業的台灣」、「工業的日本」政策上做了一次修改，於是台灣的工業開始有了比較大規模，比較重要的工業設施。但是不久，第二次大戰到晚期時受到盟國的轟炸，經濟封鎖和通貨膨脹的結果，整個地殘破了。光復之後我們政府來到台灣，當時台灣的經濟可以說幾乎完全癱瘓，快到破產的階段。當然，一些基本的工業設施和工務工程還在。為了使社會安定，為了提高經濟，以免和許多戰後國家一樣，受到共產主義在貧窮地區滋長，美國即根據這個政策，援助台灣以及戰後的西歐，其目的就是在穩定經濟，防止左派力量成長；另一目的就是創造一個有購買能力的市場。我們曉得美國在第二次大戰裡愈打愈有錢，生產力愈來愈高，所以他在歐洲和其他地區，就必須用經濟性的援助來幫助他，一方面穩定當地的政權，使得不被赤化，一方面創造一個有購買力的市場，來買美國的東西。同樣，美援在台灣整個經濟和財政上有非常重大的功能，甚至於在決定台灣哪一種工業應如何做，都得經過美國同意和審核才能動用他的錢。可是，事實上，這十幾年來，台灣地區從公營事業慢慢地開始成長了，特別是韓戰以後，越戰之後更是蓬勃發展。而在這十九年來的台灣國民經濟生活裡面，美國的資金、技術、資本、政策和商品，對我們台灣經濟有絕對的支配性的影響。一九六五年美援停止，並不意味著美國經濟因素對台灣影響的終止，就好像他所宣稱的一樣，他認為台灣已是一個在經濟上可以「自立」的地區，當然，能否自立是另一個問題。他的意思是說，台灣已經可以自己生產一些比較初級的東西，而且有了相當的購買力了。一九六五年以後，美國對台灣在經濟上採另一種參與的方法，即投資的方式，就是資本上的輸出。銀行一家一家地設立，美國資本的工廠亦然。美援停止之後，日本資本也來台灣了。一直到今天，日本的資本、技術和商品對台灣有非常顯著的影響。《中華雜誌》一直如此大聲疾呼：我們和日本的關係每年都是入超。一直到這兩年，我們才開始進行六年經濟計畫。此一計畫有一基本精神，就是要用我們自己的力量站起來，開始有了十項建設的設施，開始有資本密集工業的籌畫。這一切目的都是為了擺脫過去三十年來太過於偏重外來資本，外來技術影響而做的努力，也許這努力很困難，可是值得我們支持。這是一條好的道路。不錯，三十年來，台灣的國民經濟即使像今天這樣，已經有了某種程度上的成長，是在什麼樣的條件下發展的呢？就是：開始是美國，後來是日本的資本和技術的一種絕對性的影響下成長出來的。這是三十年來台灣社會經濟非常重要的特點。

三、西化——三十年來台灣精神生活的焦點

在這樣的社會經濟特點下，我們來回想一下，這三十年來台灣經濟生活的各個方面，就可見到一個特點，就是——西化，受西方的影響或東方日本的影響很大。首先，我們看政治上的影響，我們所要討論的不是我們政府的政治設施，而是政府以外的政治上的運動和想法。在五〇年代和六〇年代交接時，有一個自由化運動，那時候有一家被禁止了的雜誌——《自由中國》雜誌，是「在野黨」和黨外政治運動的機關刊物。它的方向是西方的議會民主主義，他們所要求的是政治上的西方式自由民主，他們想依照西方的樣式組織在野黨，他們的理想和目標完全是西方的議會政治路線。當然，這也反映了剛剛在台灣隨著經濟成長而成長起來的、新的台灣的民族工商階級在政治上的要求。這是我們政治上的目標，直到今天我們還有很多人要求政治上的民主和自由化。

我這樣說，並不在對這個運動作什麼價值的判斷，我只是告訴大家；這個運動和整個三十年來的西方經濟對台灣的支配有不可分離的關係。其次，從一般思潮來看，我可以舉出一家「自動關閉」的《文星》雜誌。那時有一位作家，一連串地寫了許多文章，其中表現的思想，無非是個人主義和對權威的懷疑和反抗，在中國未來的方向和道路的問題上，提出了一個口號——「全盤西化」。甚至於大聲疾呼：為了要全盤西化，我們應該不惜犧牲，連西方的缺點也照單全收之。從思想內容上看，這並沒有新奇的地方。我們知道中國在一九二〇年或三〇年代，就有過這種「中西文化」孰優的論戰，而且討論的很深刻、很廣泛。從全局去看，基本上這個問題已經解決了。可是，由於台灣在一九四九年之後，由於各種因素，和整個中國近代思想傳承發生了斷絕，所以在發展的過程上，必須把這些老的，似乎在中國已經解決的問題，重新在台灣再繞個小圈。從台灣的整個歷史看來，這是件非常有趣的事情。這和台灣由於帝國主義和中國大陸分離有很大的關係。比方在早期，台灣也有白話文的論爭，但在時間上隔中國的白話文問題的討論有十年左右了，就是說中國大陸的白話文已經辯論過，在基本上，問題已經解決，而且在白話文已於中國的許多文學作品中開花結果的十年之後，台灣才開始討論這個問題。還有像中西文化論戰也一樣，七〇年代以後的新詩論戰也可做如是觀。西方式的個人主義、自由主義對權威的反抗，對自由的嚮往或對西方傾倒的心態，是三十年來台灣革新思潮的主流。最後，我們再看看，這三十年來台灣的學術界和科學界是怎樣的情形。在談這問題之前，我介紹同學讀一篇文章，即第一〇五期的《大學雜誌》

裡頭，李豐醫師寫的〈把醫學從殖民地的地位挽救回來〉這篇文章是這麼開始的。她說：她是一個醫師，台大醫學院是個教學醫院，每個禮拜要舉行一次臨床病理討論會。三十年來，這個討論會中所使用的語言，是一種以中文語法夾雜英文語彙的特殊語言，由於行之已久，大家習以為常，早已不覺得奇怪了。可是，有一次，來了一位剛從美國回來的李治學醫師，他很努力的用中文在這個討論會上做報告，結果引得全場哄堂大笑。原來在這二、三十年來，大家習慣於那種中不中西不西的語言，如今突然換成中文，講起來可能反而顯得蹩腳，於是大家竟然引為奇怪而笑了起來。可是，在場的李醫師覺得很沉痛，她說：「中國人在中國的地方，因為使用中國的語言來討論中國人的病情，而引起哄堂大笑，卻沒有人以為是很大的笑話；也沒有人認為是一個很大的諷刺。中國人在中國的地方，替中國人看病，卻要用彆彆扭扭的外國文字來寫病歷；中國人在中國的地方，使用中國的材料做研究，卻要用似通非通的外國文字來寫論文，也沒有人視為是笑話，也沒有人認為是一件很諷刺的事……。」接著作者又舉出我們鄰近的日韓，很遠處的歐美，指出這些國家中，沒有一國的醫生是用外國的語言文字來討論他們本國的病歷，寫論文的。惟獨香港是例外。但香港是英國的殖民地，而我們卻是一個獨立自主的國家……。她說：我們學生苦讀了十幾年，好不容易考上了大學，第一件最令她迷惑的是外文的教科書，如海浪滔天而來，搞得昏頭轉向，天天翻字典。如此整個台灣的教育變成了外國高等教育的預備教育，台灣有些學子好不容易捱到了個博士，報紙上偶而也登載一下，但是，在整個學術市場上，就絕對比不上在外國繞了幾圈回來的人。這個問題我們一聽也不陌生，我想大概除了中文系之外，沒有一系的教科書不是外國人寫的，甚至還有些學校的系主任和很多老師也是外國人。在基本上，我並不是反對外國的東西，我一直認為外國的經驗中好的東西我們要接受，外國的東西我們要有批判的分別地加以吸收。然後用到我們民族的具體情況上。我們要了解：什麼叫教科書呢？教科書就是一個國家的學者專家，用他在學術上的成就，面對他們自己的民族或國家的具體問題，提出解答的方向，然後把他的解答和方向，交給他的下一代，使他的下一代能按照自己的智慧、自己的成就去面對自己的問題，然後一代代的承傳下去。沒有一個國家的教科書是用別的國家的語言寫的。就拿醫學來說吧，也許我們想：全世界的癌症一定都一樣，所以美國人治療癌症的經驗，一定也會變成我們的經驗。可是，外國有色人種在鼻咽癌和肝癌上的病例很少，但在台灣卻很多。假如你是醫學院的學生，你讀了外國的內科學，那麼在肝癌那一章，也許你就發現書上說這病例很少見，他們沒有多少資料研究。關於肝癌的解答，你在這本以外國情況為基礎的教科書上是找不到的。實際上，在台灣，我們在鼻咽癌和肝癌的研究上已有相當的成就。可是，我們的有關研究論文並不是寫給我們看的，而是用彆彆扭扭的英文發表在別的國家的醫學雜誌上。對於外國醫生，他是看了只是了解有這麼回事，對他們沒什麼實際的價值。但是對於台灣的醫學教育卻是一項不可饒恕的損失。這個問題值得每個同學想想，如果開始的十年我們從沒有變成有，需要借重外國人的經驗，外國已有的成就，這是我可以同意的。然而三十年來我們整個學術界和大學教育，讀的是別人要他們的子弟解決他們自己特殊問題的教科書；二、三十年來我們的老師很少用中國的語言，以中國的材料，針對中國具體條件寫成教料書給我們讀。你們應有權利要求老師寫這種教科書。「對西方的附庸化」，是台灣學術界或者說是科學界的一般情況，至於其他的社會生活更不用說了，尤其最近十年來台灣學生生活普遍有了顯著的改善，家庭生活富裕化，甚至在台灣正景氣時，有學生自己搞起貿易來了。這並不是年輕人的錯誤，是這個客觀而具體的環境下所造成的。再說我們的音樂系，在二、三十年來的教育下，沒有培養出一個真正具有中國民族風格的音樂家，音樂系的學生成天和外國的音樂為伍，充其量只培養一個外國音樂的很好解釋者，那就是演奏家。可是，他們花那麼大的力氣，那麼多的心思，經過那麼痛苦的煎熬，學的竟都是外國的東西，從來沒有自己民族的聲音。我曾聽過一位教授說：沒有一個音樂上具領導性的國家不是音樂上的民族主義者。他以德奧為例，他們的音樂教科書從小學到專門大學，多半都是他們的民族作家。愈低層的音樂教育，愈多是他們自己的民族音樂，他們的民謠，他們民族幾千年來的歌聲。繪畫更不用說了，我們可以從我們學生的畫展中看出紐約、巴黎、東京的影子，畢卡索的影子，許多我們在畫冊上熟悉名字的影子。文化上精神上對西方的附庸化，殖民地化——這就是我們三十年來精神生活突出的特點。這一認識也許使我們驚愕，但卻是不爭的事實。此無他，唯一的解釋，我想，是由於我們整個實際社會生活就是籠罩在別人強勢的經濟支配下的緣故。我們的附庸性文化，只是社會經濟的附庸化的一個反映而已。

四、文化附庸中的台灣文學

在這樣的精神環境，讓我們回顧這三十年來台灣文學是怎樣的一個情形。在台灣年輕一代文藝工作者成長的時期，我也參與了一點，所以我可以就這個問題做一回想，和大家做個探討。首先，我要介紹的，當然是標示文學運動最重要的標誌——文學同人雜誌。先說當時由夏濟安主編的《文學雜誌》。它有兩個組成部分，第一個部分是介紹西洋的東西，西洋的思潮和西洋的作家；第二部分是因為當時來台不久，新一代的台灣作家尚未成長，而當時的幾個作家都是以回想在過去大陸上的經驗為創作的題材，所以我替它起了個名字，叫「回憶的文學」。《文學雜誌》中主要的這兩個部分，並沒有現實上台灣生活的反映。但很重要的一部分還是西方東西的介紹，用很大的熱心加以評介。另外一本《筆匯》雜誌，雖然和學院離得較遠，卻依然被籠罩在一片西化的潮流之下。「五月畫會」的一些成員，當時，還只是師大藝術系的學生，整天在《筆匯》上搞「康定司基」、「達達主義」、「超現實主義」。在文學上，《筆匯》也花不少力氣介紹外國的作家、批評和理論。主要的真正指導他們文學道路和思想的是西方的東西。《現代文學》更不用說了。它可以說是私人辦的當時台大外文系的習作雜誌。《現代文學》的同人，把學自課堂和閱讀西洋文學，以中文實踐。五四新文學的傳承中絕了，他們就在西洋文學中找傳統，模仿西方文學的內容和形式，從事創作。這樣說，絕不是在批評或嘲笑他們，在社會經濟全面附庸於西方的時代，文學藝術不向西方「一面倒」，才是不可能的。《現代文學》培養了很多優秀的作家，像白先勇、陳若曦、歐陽子、王文興等。再說一九六六年創刊的《文學季刊》。如今看來，西方的東西在這個雜誌中仍然占有很大的支配力。我們也曾花過很多力氣，把還看不太懂的西方文學評論很吃力地翻譯出來，然後登了出來，同時又介紹作家和流派等等。當然，我們也培養了許多作家，如大家非常喜愛的黃春明，產量較少但非常賣力精工的王禎和，還有現在作風已改變的施叔青。不過，《文學季刊》和《現代文學》畢竟有些不同之處，後者是全心全意的往西方走，而前者一直在尋找自己的道路，或者主觀上願意走自己的路。而這尋找的工作在一九七〇年以後有了很大的進步。我在《文學季刊》開始寫些隨想的東西，當時也曾把一些不必要的英文字眼夾在文章裡，顯然是崇洋媚外。當時，我對西方的影響已經有了反抗的意思。可是，即使如此，我還是樂此不疲，甚至到今天，有時候和人講話偶爾還有聽句英文單字。這是一種心態，是整個文化空氣之下，我們的處境。

五、七〇年代的變化

在一九七〇年代的開始，客觀事物和我們精神生活都有很大的變化。首先是國際政治上的撞擊，一九五〇年代開始的「自由世界和共產世界兩分」的世界冷戰的時代，已經慢慢結束了，趨向於多元化世界。在一個時代結束，另一新時代在形成的過程中，我們受到很大的撞擊。我們自動的退出了聯合國，然後是一連串的外交挫折。我們過去一個勁往西方看，一個勁往東方日本看，總覺得人家好，所有美好的名詞都和美國、日本連上關係。可是，到了七〇年代以後，我們突然發現這些我們奉以為師、視以為友的「自由世界」重鎮，竟冷酷地背棄了我們。一些本來似乎還很遙遠的事，似乎跟我們沒關係的事，忽然一下子都來到我們眼前了，使我們措手不及。這是國際上的變化。再說經濟方面：經六〇年代末到一九七四年，由於世界性景氣，我們遭逢前所未有的繁榮時期。在這個時期中，一方面是社會財富的增加，一方面也顯示出工商經濟體制內部的問題：顯著的是財富分配的問題，工人的工作條件問題，工人的職業疾病問題，農村、漁村、礦區的社會問題等，引起了青年和社會深刻的關切。再加上「釣魚台事件」的勃發，首次啟迪了戰後年輕一代愛國情緒和民族主義的情感，真切地感覺到依附於強國下自己民族的危機。過去，我們對中國的感情和認識，是地圖上像秋海棠的一片葉子的中國。我們只在中國現代史的課堂上，讀到帝國主義的侵略時，悲忿一番，過會兒就忘了。「保衛釣魚台」的運動發生之後，青年同學才真正的在實際運動中參與了自己民族的命運。

「保釣」後的思潮和文學

這一切的變化，使年輕的一代，從原本只知引頸「西」望，變成愛看自己的本身、自己的社會、自己的同胞和自己的鄉土。他們喊出了一個口號，「要擁抱這個社會，要愛這個社會」。於是，有了社會調查的運動，到山地、漁村、礦區等去調查當地的實際生活情形，他們也展開了服務運動；青年們帶著一顆赤誠的心，到孤兒院、老人院去慰問。總之，他們開始關心自己校園以外的事物，關心實際的社會生活，當然這些關心也許還欠深入，但從發展的過程說，這是三十年來第一次在台灣的青年字典中有了一個新的彙詞——「社會意識」、「社會良心」和「社會關心」。在這樣的思潮下，台灣文學也有了轉變，那就是以黃春明、王禎和為代表的「鄉土文學」。這一個時期的文學作家，全面地檢視了在外來的經濟、文化全面支配下，台灣的鄉村和人的困境。他們不再支借西方輸入的形式和情感，而著手去描寫當面台灣的現實社會生活和生活中的人。在文學形式上，現實主義成為這些作家強有力的工具，以優秀的作品，證實了現實主義無限遼闊的可能性。這一時期的文學思想，表現在一個論戰上，即「現代詩論戰」。在這個論戰中，相對於「現代詩」之「國際主義」、「西化主義」、「形式主義」和「內省」、「主觀」主義，新生代提出了文學的民族歸屬，走中國的道路；提出了文學的社會性，提出了文學應為大多數人所懂得的那樣愛國的、民族主義的道路。他們主張文學的現實主義，主張文學不在敘寫個人內心的葛藤，而是寫一個時代、一個社會。

「鄉土文學」

說到「鄉土文學」，有趣的是，一般所稱「鄉土文學」的代表作家如黃春明和王禎和等，都不同意將他們的文學稱為「鄉土文學」。中國新文學在台灣的發展，有一個過程。經過六〇年代晚期以前的「西化」時代，在七〇年的前夕和七〇年代初年，作家開始以現實主義的形式，以台灣社會的具體生活為內容，檢視西方支配性影響在台灣農村所造成的人的困境。七〇年代以後，楊青矗的工廠和王拓的漁村成了小說的主要場景。他們在現實生活中找題材，找典型的人物，在現實的生活語言中，調取文學語言豐富的來源。在這一個意義上，王拓說：「是現實主義文學，不是鄉土文學」。對「西化」的反動和現實主義，是這一個時期文學的特點。

從歷史上看，「鄉土文學」是抗日文化運動中提出來的口號。由於深恐中國文學在殖民地條件下消萎；由於中國普通話和閩南話之間的差異；由於日治時代台灣和大陸祖國的斷絕，當時，傷時憂國之士，乃有主張以在台灣普遍使用的閩南話從事文學創作，以保中華文學於殖民地，而名之為「鄉土文學」。

當然，今天情況已有大的不同，但相對於過去「鄉土文學」有強烈的反日帝國主義的政治意義，今天的作家，也在抵抗西化影響在台灣社會、經濟和文化上的支配，具有反對西方和東方經濟帝國主義和文化帝國主義的意義。毫無疑問，由於三十年來台灣在中國近代史中有其特點，而台灣的中國新文學也有其特殊的精神面貌。但是，同樣不可忽視的，是台灣新文學在表現整個中國追求國家獨立、民族自由的精神歷程中，不可否認地是整個中國近代新文學的一部分。

殖民地時代反日抵抗文學的再評價

也就在七〇年代的前夜，一些優秀的、年輕的文藝史學家，如張良澤、林載爵和梁景峯，開始著手整理日治時代台灣抵抗文學的歷史。一直到今天，《文季》、《中外文學》、《夏潮》、《大學雜誌》等，陸續不斷地有介紹和評介日治時代台灣抵抗文學的文章。這和三十年來，文學性雜誌上一味評介西方文學的事實，有多大的對比，多大的不同！這些前行代民族文學家，在過去近三十年中，由於文藝界以洋為師，「西洋」掛帥，竟被湮沒了將近三十年的時間，隨著時代的變化，和「現代詩論戰」、「鄉土文學」同時，開始了對先行代抵抗的民族文學家予以再認識和再評價，是有它的必然聯繫性的。

先行代抵抗的民族文學家給予我們的教育是什麼？首先，是他們有明顯的歷史意識，他們的文學，強烈表現了整個近代中國抵抗帝國主義的歷史場景，其次，這些作家表現了勇於面對當時最尖銳的政治、經濟、社會和文化諸問題，不逃避，不苟且，在抵抗中，正面表現人類至高的尊嚴；再次，他們毫不猶疑地採取具有強烈革新意識和傾向的現實主義，作為他們文學表現的工具。

對於台灣先行代民族抵抗作家的再認識和再評價，無疑地將成為新一代在台灣的中國文藝家最好的教材，承傳這一偉大而光輝的傳統，發揚而光大之。

六、結論

七〇年代以前，台灣不論在社會上、經濟上、文化上都受到東西方強國強大的支配。在文學上，也相應地呈現出文學對西方附庸的性格。

七〇年代以後，因著國際政治和國內社會結構的變化，開始了檢討和批判的時代。「保釣」運動激發了民族主義和愛國主義的熱潮，掀起了社會服務和社會調查運動，社會良心、社會意識首次呈現於戰後一代的青年之中。在這個變化下，文學在創作上以現實主義為本質的所謂「鄉土文學」的文學思潮，展開對西方附庸的現代主義的批判，提出文學的民族歸屬和民族風格，文學的社會功能；在文學史上，前行代台灣省民族抵抗文學的再認識和再評價，使日治時代民族抵抗文學中反帝、反封建的意義得到新一代青年的認識。從文學長期向西方一面倒到文學的民族認同；從逃避主義、現代主義、「國際主義」和主觀現實主義，到文學的民族歸屬，到文學的社會功能，到文學的現實主義；從評介西方文學到對台灣先行代民族抵抗文學的再認識和再評價，是一條漫長的發展演變過程，有一定的歷史、社會、經濟的基礎。而我們也從而可以肯定，新一代青年，將沿著這一條曲折迂迴的道路，開發一種以台灣的中國生活為材料，以中國民族風格和現實主義為形式，創造全新的文學發展階段，帶來中國新文學在新階段中的一次更大的豐收！

本講稿由楊豐華小姐整理，謹此致謝

——原載《仙人掌》雜誌第五期，一九七七年七月

——本文依據《陳映真全集（卷三）》（人間出版社，二〇一七年十一月）編校

是「現實主義」文學，不是「鄉土文學」

——有關「鄉土文學」的史的分析

王拓

近幾年來，不能確知是從什麼時候開始，「鄉土文學」這個名詞，漸漸在許多報紙雜誌上，和許多愛好文學的朋友們的嘴上經常地出現，並且還漸漸有形成為文學創作上的一股主要潮流的趨勢。對於這樣的趨勢之是否適當，就我所知，是很有一些不同的意見存在於作家和讀者中的，而且不論是贊成或反對的人，恐怕都還夾雜著一些文學的和非文學的理由在裡面。同時，在喊了那麼一段時間的「鄉土文學」的現在，究竟什麼叫做「鄉土文學」，它的定義如何？也似乎還是非常的籠統含混，還沒有人公開地為它說出一個明確的意思來。

我認為在討論這個問題之前，如果先讓我們來回顧一下一九七〇年至一九七二年這段時間的台灣，在政治、經濟與社會各方面的重大變化，可能會有助於我們對這個問題的瞭解。我一向主張，文學的研究應該把它放在當時的歷史與社會的客觀條件上加以考察，才能理出一個清晰的面貌來。而從一九七〇年至一九七二年這段時間，正是台灣在最近過去的幾年內，遭遇到最重大衝擊的時期，它對思想界、文化界與青年學生的影響，至今還留下許多可以尋找的明顯的痕跡。

一、一九七〇至一九七二年的台灣社會

在這段時間裡，對我們來說，發生過幾件極具震撼與衝擊性的重大事件，依照時間先後來排列，它們依次是：

1. 民國五十九年十一月開始的釣魚台事件。
2. 民國六十年十月二十五日退出聯合國事件。
3. 民國六十一年二月二十一日美國總統尼克森訪問北平。
4. 民國六十一年九月中日斷絕邦交。

釣魚台原是屬於台灣的一組海中小島，距離台灣東北約一百餘海里，原是一些無人居住的小島，我國的漁民經常在其附近海面捕魚。後來因為據說在其海底可能蘊藏大量石油，才引起世界的注目與日本的窺視。而當時的琉球是在二次大戰後即由美國託管，但當時美國已宣布於一九七二年要把琉球歸返給日本。同時美國政府又私相授受，事前未曾照會我國，便把釣魚台也列為琉球的一部分，並宣布將把它和琉球一併交給日本。這個事件雖然由政府發表了釣魚台主權屬於中國的嚴正聲明，但海外的中國同胞和留學生卻由此認清了帝國主義侵略者的真實面貌，深感於弱國無外交的悲痛，遂聯合奮起，對美國和日本展開劇烈的遊行抗議行動，誓為政府後盾，

誓死悍衛國土，因此而展開了如火如荼的保衛釣魚台運動。他們援引了當年「五四運動」的口號，公開而響亮地喊出：

外抗強權！

內除國賊！

這個運動對長期生活在日本與美國表面似經濟合作，而實際則是在進行經濟侵略的國內同胞而言，是一個很具有刺激性與教育意義的事件，使我們看清了美國與日本互相勾結侵略中國的醜惡面孔，使我們長久在美日兩國的經濟侵奪下昏睡的民族意識遽然地覺醒了！於是，幾十年來難得過問國是的國內大學生們紛紛在校園舉行國是座談、舉行示威遊行，也公開地援引了當年「五四運動」的愛國口號：「中國的土地可以征服，而不可以斷送！中國的人民可以殺戮，而不可以低頭！」同時也喊出對日抗戰時「一寸山河一寸血，十萬青年十萬軍」的口號，以表示他們誓死捍衛國土的決心！以抗議侵略者！以激發全國民眾的民族自覺！

我和我的許多朋友們都是在這個運動中被教育過來的人，而今天社會上普遍高漲的民族意識，也正是當年的這個保釣運動所激發起來的。

接著保釣運動是更具震撼，更具沖激的退出聯合國事件。這個事件發生的當晚，我猶記得朋友們在傷心難過時，不禁引吭悲歌的情形，那種悲壯慷慨的愛國熱血，今天想來猶使我感動不已。但是，這個事件同時也暴露了許多搖擺的投機分子，他們已做好逃亡的準備，把金錢都送到國外，買好飛機票，以便一旦台灣有了危險，立刻就要棄一千六百萬的同胞於不顧，遠走高飛了。而這些人正是平時靠一千六百萬同胞的努力支持，而賺了大錢的一些資本家，和不肖的少數民意代表及政府官員。但是，對大多數人而言，悲痛是最能激發力量的，這個事件正好也震醒了、教育了許多平時醉生夢死的人，使得我們社會大眾在痛定思痛之餘，更認清了「自己的命運，操之在己則存，操之在人則亡」。因此，許多年輕的朋友們，遂以當時還能代表社會輿論的《大學雜誌》為園地，紛紛著文表示了他們誓死做政府後盾、決心與一千六百萬同胞共生死的愛國熱忱。其中尤以王杏慶的退回美國密西西比大學所給與的獎學金，最令人記憶深刻，也最令人感動。他在退回獎學金時寫給美國人的一封信上說：

我的國家將面臨一項巨大的革變——政治上、軍事上、或經濟上的。在這岌岌可危的時候，我自認無法擺脫對我的家庭、我的國家及人民的責任。中國書生的傳統是堂堂正正的、無愧天地的做一個人。縱使我的力量在巨變的時代裡極為微小，我也願意接受這個傳統，並為此有所犧牲！

接著，他又在民國六十年十一月的《大學雜誌》上發表了一篇在當時極具有代表性的文章——〈譴責與呼籲〉，他說：

我譴責在這個危亡關頭捨棄台灣一千六百萬人民，而企求向共產政策低頭的海外學人！

我譴責那些利用國難，操縱金融，捲逃資金的不法之徒！

我也譴責那些逃避責任，醉生夢死，高唱後庭遺曲，腐蝕民心士氣的社會寄生蟲！

我更譴責那些昧於私利，掩飾現實缺點，只要求別人而不要求自己，在這個步步危機的時刻還散布麻醉人心的樂觀論調的人們！

現在我們必須勇敢地承認自己的處境；我們唯一能做的就是在一無外力憑藉的前提下，奮力地扎下自己千秋萬世的根基！

我呼籲政府與青年結合一致，以青年人沸騰的熱血和清明的智慧點燃民族復興的第一支火炬！

我呼籲政府以無比的毅力和集思廣益的智慧徹底的、全面的革新政治！惟有此途才是團結民心，生存圖強的不二法門！

我更呼籲所有國人要捐棄個人的私利，任何特權的緊攫不放都必然造成進步的阻礙，而勢必延緩勝利果實的收穫，然而，我們現在再也不能等待和拖延！

王杏慶所表現的這種愛國行動與見解，在當年對青年朋友而言是很具有代表性和教育意義的。由於國家處境所顯示的危急與艱難，使得大多數人不得不張開眼睛來關心它，因此就很明白地發現：正是那些自私自利的、投機的、逃避現實的人，才是社會和人民的公敵。因此也就有了一個深刻的體認：我們能做、應該做而且必須做的，是要在這個地方腳踏實地，向下扎根！因此也自然就要政府拿出魄力和決心來，徹底地、全面地革新政治！

從這裡我們就可以明白地發現，民國五十九年的保釣運動替我們的社會大眾上了很寶貴的一課政治教育，使我們的民族意識普遍地覺醒和高漲；而退出聯合國事件，則不但在民族主義這一課給我們做了加強的教育，同時還使我們認清：要抵抗帝國主義的侵略、要爭取國際的生存權，首先還是在於自己國內政治和社會的徹底革新！所以，青年們批評的矛頭便開始指向了那些社會和人民的公敵！至於後來的尼克森飛訪北平、日本與北平建交而與我片面毀約這兩件大事，更為我們社會在民族主義教育與政治教育上又上了兩次印象深刻的課，而使我們的知識青年不僅只在言論與文字上，開始對帝國主義者與社會公敵展開嚴厲的批評，並且還在行動上，要求更多的社會與政治的參與。當時表現在政治參與上的行動是許多有關國是問題的座談會、是要求更多的言論自由與政治民主、是參與中央民意代表改選問題的大辯論等等。這些轟轟烈烈的愛國行動與熱潮都可以在當年的《大學雜誌》與各校的學生刊物上找到豐富的紀錄。表現在社會參與的行動，是各校社會服務團的紛紛成立，與真正的上山下海去工作、是各種農林、漁村與工礦問題的實地調查與瞭解、是各地工廠危害工人健康的職業病的揭發、與礦災的拯救和工人利益的保護等等，這個可以〈台大社會服務團成立始末〉做一個充分的說明：

保釣運動之後，台灣的青年朋友們甦醒了！大多數人不再甘為埋首沙中的駝鳥，他們開始對國事、天下事付出更大的關切。各大專院校的政治性討論會蔚為學生活動的主要風氣。校內刊物以及社會上的報章雜誌也開始以大量的篇幅來討論我國的處境，以及未來的出路等問題。繼我國被排出聯合國之後，這個趨勢更明顯了。社會各界於痛定之餘，亟思鼓舞振作，以維繫國家與社會的安定，並為未來的發展謀求新的方向。而青年學子們經過了這兩次的洗禮，許多青年朋友已經憬悟到校內清談不足濟事，大家在彼此交換意見的時候，都痛切的指出來，青年們除了要作為「社會的氣壓計」外，更需要作為「洗滌社會、擁抱人民」的先鋒隊！前者是消極的、軟弱的；後者則是積極的、戰鬥的。這一項基本的態勢經過了長期的醞釀，終於觸發了「社會服務團」的基本行動。（見《大學雜誌》四九期，頁六二）

當時的知識青年之所以會在後來產生作「擁抱人民的先鋒隊」的覺悟，除了受以上所敘述的國際政治問題的沖激影響外，另一個主要的原因是在台灣工商業經濟的成長與繁榮後，帶來了財富分配不均的現象所刺激教育出來的。在此之前，台灣的工商經濟在政府長久的、有計畫的鼓勵與支助下，已經有了極顯著的進步和繁榮。民國六十年台灣退出聯合國後，政府在政策上立刻採取一種更富彈性的作法，積極採取政經分離的政策，更加用各種優待、獎勵的辦法來積極吸引外資到台灣投資設廠。由於這個政策的成功，使得台灣雖然在外交上遭到極大的挫敗，但在經濟上卻又一次造成了高度的、驚人的成就。但是這樣的成就，不可諱言的，卻帶來了台灣農村的經濟危機，稻米和農產品的價格與工人的工資在鼓勵工商經濟發展的政策下，繼續被抑低了！被犧牲了！這種現象自然被愛國的、希望在社會裡扎根、熱情地要改革社會的民眾和知識青年所不滿。所以，當知識青年們要把矛頭指向社會與人民的公敵時、當他們提出要「洗滌社會、擁抱人民」的理想時，在當時也得到了社會廣泛的共鳴與熱烈的支持。因此，在知識青年上山下海從事農村、漁村與工礦問題的調查時，許多原來被隱藏掩蓋著的勞工同胞們悽慘的不平的生活現實被無情地揭發了，就我手頭上擁有的剪報資料，可以隨便舉出三個其中的犖犖大者為代表：

1.民國六十一年十月，美商設在淡水的飛歌電子公司，在一年中有七名年輕女工得了奇怪的職業病，並有三人死亡，另有十幾個女工得病後已返回南部的家裡治療，生死未明。《聯合報》曾對這個事件嚴密追蹤，而發現更多的受害者，因此普遍引起社會對美商草菅人命、殘殺我同胞的不負責行為提出了嚴重的抗議。

2.民國六十二年四月，由日商在台中潭子加工區所投資的船井電子公司，規定當該公司的日籍董事長於週會訓話時，全體工人必須在工作崗位上立正聽訓。由於日籍董事長用日語訓話、又無週會儀式，連訓話者都看不到，因此五十餘名工讀的實習學生站了兩分鐘，便全體坐下。日籍經理安村元彬看了極為不悅，就叫了一個王姓學生去訓話。但是王生態度十分強硬，他表示開週會應掛國旗和國父遺像，以表示對我國尊重，公司不照儀式舉行，學生自不必對董事長表示敬意。王生因此而遭開革，其他五十名學生獲悉後極表憤慨，遂集體辭職。這個事情先由《台灣時報》刊出，《聯合報》亦續有報導。這是日本商人虐待中國工人的實例。

3.民國六十二年五月，日商設在台北縣金山鄉的三井金屬礦業公司，因工業廢水流入農田，造成嚴重的公害，而日商先是拒不承認錯誤，續而在輿論與政府的壓力下，雖承認錯誤，但僅允以少許賠償，而引起當地農民嚴重抗議。可見日本商人任意魚肉我國農民、態度蠻橫的一斑情形。

對於這些事件的揭發與抗議，一方面是表示社會大眾在國際政治上對帝國主義強權的反抗，一方面是表示在照顧低層的農工同胞時對殖民主義經濟侵略的反抗，都是民族意識高度的表現！

從以上的敘述，我們可以替這個階段的台灣社會做出一個簡單的結論：這段時間的台灣社會，由於國際重大事件的沖激，與國內經濟極不平衡的發展，而產生了強烈的反抗帝國主義，與反抗殖民經濟和買辦經濟的民族意識和社會意識，要愛國家、愛民族、要關心社會大眾的生活問題。

而這正是刺激時下所謂的「鄉土文學」蓬勃發展的時代背景。

二、一九四九年以後台灣文學的回顧

任何一個時代的文學發展，主要的是受它當時的政治、經濟與社會等客觀的條件所決定，如果當時客觀的歷史條件對某種文學來說，沒有達到一定程度的成熟，就無法要求它的文學能超越時代而成為主流。這也就是說，在一九七〇年以前的台灣文學界，並不是沒有人在主張以台灣鄉土為寫作背景的「鄉土文學」，而是因為在此之前的台灣社會，在客觀的條件上沒有為這種以鄉土為基礎的「鄉土文學」提供一個成熟的環境，所以即使有人在提倡、在耕耘創作，仍然還是無法成為當時文學界的主流。為了使這個問題有一個更清楚的面貌，在這裡讓我們把一九四九年以後的台灣文學歷史做一次簡明的回顧，應該是有意義的。

民國三十八年正是政府撤退來台的第一年，從這年開始以後的頭幾年間，由於政治的與社會的種種巨大的變動與不安，台灣社會在思想上實際是陷於近乎真空的狀態。在文學上，那批隨政府來台的作家，經過長期內戰的煎熬，和政治上、生活上的不安定，要不是走進學院裡與現實脫節，就是寫一些僵硬刻板的八股文學，幾乎沒什麼建樹可言。而這個時期的台灣本土成長的作家，如楊逵、吳濁流、鍾理和、鍾肇政等等，卻又因為長期接受日本殖民主義的教育，用中文寫作的能力都還有待重新磨練；同時又因為某些客觀環境的理由，在這段時間內，發乎都保持著深沉的靜默。

韓戰爆發以後，美援物資開始大量傾入台灣，政治上的安定漸漸帶來了經濟上的活力，一批新興的商人開始在社會上抬頭，在美援的經濟和物資下成為這個社會的中上階層。而漸漸的，原來穿軍裝拿武器侵略中國的日本人，卻換了一身裝扮，穿著西裝、提了○○七的皮包重新又進入台灣，開始對台灣進行另一種面目的——經濟的侵略。台灣就這樣在美國與日本的經濟殖民主義下，以廉價的勞工與農產品換來了一定程度的經濟成長與繁榮。

在這個階段的台灣知識界與思想界，中國傳統的那一套儒家思想在官方的提倡維護下，雖然還勉強維持了一個表面的空殼，實際上卻完全抵擋不住與西方資本主義經濟俱來的那套個人主義思想和自由民主的價值體系。在美國所提倡與領導的全球性冷戰政策下，生活於台灣的知識分子，開始大量地吸收西方的思想：個人對集體、自由對極權、民主對專制，這一套思想的二分法。而對於中國在近代歷史上反抗帝國主義侵略的民族主義傳統，卻又完全的割斷了、忽略了！

生活在台灣的文學作家，便在這種縱的方面割斷了自己的民族傳統，橫的方面卻又盲目地放開胸懷吸收西方資本主義的思想和價值觀念的情形下，開始了他們盲目模仿和抄襲西方文學的寫作路線了。

但是，西方資本主義社會實際又是怎麼樣的情況呢？資本主義的本質是賺錢和占有，表現在人與人或國與國之間的行為便是激烈的「公平競爭」——實際上是弱肉強食、適者生存。在這種情形下所造成的結果是：

一方面由於貧富的懸殊和市場的爭奪，使他們不能不發動各種有形無形的戰爭；一方面由於內在矛盾的日益擴大，也使他們不能不瀕於崩潰的邊緣。所以歷史學者湯恩比（Arnold J.Toynbee）說：「由於機械發明的大大成功，西方中產階級加重了戰爭和階級制度這兩個病症，且使之成為全然不治的痼疾。階級制度現已可能造成社會不可挽回的分裂局面，而戰爭可能毀滅人類全體。因為西方最近的技術發明，已將這種享有特權的少數和非特權的多數在世間財物上分配不平等的情形，從以往的不可避免的邪惡，變成不可忍受的不公平。」有了這些因素，中產階級固然面臨了莫大的危機，即一般人也在這種商業文化的侵蝕下，使得人與人的關係由互相利用、互相排斥，而形成不同形態的傷害。……（中略）在這種失卻對人虔敬的現實下，人們因缺乏互助、了解而呈現的孤獨、寂寞、疏離……等等，自然是俯拾即是。因此，掙扎在如此處境下的現代人，便普遍地產生了一些癥狀……（中略）一方面他的神態顯得非常傲慢，一方面他的意志卻表現得極為薄弱而易於衝動；因此對於意志的喪失特別敏感，也因此經常感到厭世和恐懼，而對於道德觀念和善惡之分更是混淆不清；為了解除這些病狀，他們便不能不尋求人工的刺激，以求達到昂奮；於是，除了煙酒之外，性慾便成了慰藉寂寞的主要方式；而由此不斷的、過度的刺激的結果，便產生包括性慾在內的官能倒錯症；因此不僅同性戀與亂倫的事實增多，音感和色感也陷於錯置和混亂之中；然後隨著刺激的升高，感官生活的花樣也就為之層出不窮，直到個人完全崩潰為止。（引自尉天驄著《路不是一個人走得出來的》四三—四五頁，聯經出版）

而在這樣的資本主義社會裡的西方文學作家們所反映出來的西方社會，當然不是個人、民主、自由的煥發，而是個人的失落、自由的可怕、社會的僵化、神的死亡等等。

它們的主題是兩個佛洛伊德的本質：殺人（或自殺）和性。藝術本身退化為刺激殺人的動機和肉慾之物，成了娛樂和消遣的工具。（同前，頁四六）

隨著中世紀藝術價值的崩潰，很快地，它開始發展它那與生俱來的病態特質，漸漸成為較少創造性，但越來越病態、退化、消極和無條理的藝術。它降為社會的髒物。代替上帝的，它的英雄和主角是飛仔、罪犯、娼妓、神經病患，以及被遺棄的人。它喜好之布景是監牢，和停車間、女房東、姦婦、妓女或誘姦者的睡房；夜總會、酒吧或沙龍；陰謀者的辦公室或者瀰漫著謀殺和其他罪惡之街市。……（同前，頁七七—七八）

這種文學和藝術所透露的是，歐洲文藝復興以來維繫西方人的價值體系的倒塌和毀滅。艾略特的《荒原》、奧登的《不安的年代》，卡夫卡的夢魘世界、卡繆的荒謬世界、海明威的死亡世界，還有像失落的一代、憤怒的一代、被打垮的一代等等，這些具有代表性的文學，是現代西方作家合伙同唱的西方文化的輓歌。

而台灣的作家就在美、日殖民主義經濟制度和美式教育制度下，不知不覺地學習著西方人的感情和思維芳法，跟隨他們世紀末的頹廢的世界觀，仿效他們痲木、荒謬、病態的姿態，不斷地透過報紙雜誌廣泛地介紹艾略特、卡大卡、沙特、卡繆、D・H・勞倫斯等等，還利用西方文學批評的理論和方法來解說《荒原》、《城堡》、《異鄉人》是何等偉大的作品，甚至還回過頭來，用這些西方文學批評的理論和方法來規範、品評台灣鄉土成長的作品。這種現象就造成了台灣文學界相當普遍的缺乏具有生動活潑、陽剛堅強的生命力的文學作品，而到處散發出迷茫、蒼白、失落等等無病呻吟、扭捏作態的西方文學的仿製品。而他們又自封為社會的上等階級，對一般不能理解其偉大作品的凡夫俗子，持著一種傲慢的、不屑一顧的態度。

然而，在這樣的社會風氣與文學風氣下的台灣社會，還是仍然有一批人頑強地、固執地堅守在他們生長的泥土上，以他們生活的鄉土為背景，真誠地反映了他們所熟知的社會與生活現實，甚至於企圖用鄉土的背景來襯托近代中國民族的坎坷，例如吳濁流的《亞細亞的孤兒》和鍾肇政的「台灣人三部曲」中的《沉淪》，都以極大的篇幅來綜攝歷史的進展，以凸出民族的顛沛和個人的悲歡。而像鍾理和則是真誠地反映了現實生活上的艱辛，充滿了寫實主義感人的力量。這種以民族歷史與個人生活為寫作題材，以實際生活的鄉土為背景的具有現實主義精神的創作方向，在當時那種以模仿西方的精神和技巧，以反映中產階級的墮落、頹敗、痲木和倒錯的生活為主的台灣文學界裡，之沒有得到太多的注目是可以理解的。然而，我們也不能忽視了這一股一直默默潛在的力量，當整個社會的客觀條件發生變化時，他就會慢慢取代過去那些僵死的、虛偽的文學風尚，而成為文學上的主流，幫助我們更快地走向一個更健康更正確的道路。而一九七〇年後的台灣社會，正替這種反映現實的文學風尚準備好了必要的成熟的條件。

一九七〇年至七二年這段時間裡的台灣社會的變化，已如上述，而它反映在文學上的，首先就是對過去二十幾年裡的文學風氣的嚴厲批判：

在現實中，工廠、鹽村、農村都有許多問題，我們的教育制度在新舊社會交替下也有很多值得探討的地方，但我們的作家卻不去面對這些困境，反而把外國人的問題，和我們這裡還沒有發生的問題，一窩風的接收過來，把別人的病當成自己的病，別人感冒，我們立刻打噴嚏。所以，目前台灣的現代文學，與台灣的現實生活脫了節，不但自己的病不敢去面對，而且許多小說、新詩，都有意無意地與生活距離很遠。在這種情況下，我們多麼需要一種健康的寫實藝術和文學。但是，很遺憾的，我們所接觸的卻是一些知識分子自瀆的作品。個人去自瀆倒也罷了，然而他們不但不肯承認這個事實，反而打著現代主義藝術至上的理論，來「美化自己的醜陋」。（見尉天驄著《路不是一個人走得出來的》，頁五三）

我們認為：現代文學最大的任務不是別的，而是在於如何透過藝術把人們從以往那種傷害、鬥爭中引向一個合乎理性的新社會。為了達成這一點，一個藝術工作者無可逃避地應該對他生存的環境有所了解，……（中略）只有根植於生活之中，以無比的愛心去擁抱這個世界的痛苦和快樂，我們的藝術才能同中華民族的命運一樣，在經過漫長的悲愴和掙扎之後，成為安慰眾生的聲音。（同上，頁一四九）

這種在文學上嚴厲批判過分洋化、過分盲目地仿效西方文學的墮落、頹敗和逃避現實的風氣；要求文學應該根植於現實生活，和民眾站在同一地位，去關心擁抱社會的痛苦和快樂的這些主張，和七〇年後台灣社會在國際重大事件衝擊下所導致的思想上的覺悟：反帝國主義的民族意識的高度覺醒、反對過分商業化的經濟體制、和關心社會大眾的現實生活的社會意識之普遍提高，都採取著一致的步調，而且正好與那股二十幾年來一直默默耕耘著的、以鄉土為背景、忠實地描寫個人的悲歡與民族的坎坷的作家和作品所表現的健康的、富有活力的現實主義的精神結合在一起了。

三、是「現實主義」文學，不是「鄉土文學」

前面我們把一九七〇至七二年的台灣社會、和一九四九年以後的台灣文學做了一次簡單的回顧，我認為這正是造成時下所謂的「鄉土文學」能夠蓬勃發展，且漸漸在文學創作上有成為主流趨勢的時代背景和客觀環境。現在，我想進一步試著來討論有關「鄉土文學」的一些問題。

許多人在談起「鄉土文學」時，留給我一種印象，就是所謂的「鄉土文學」是以鄉村為背景，以鄉村人物的生活為主要描寫對象，並且在語言文字上運用許多方言的作品。這樣的作品之所以會被時下愛好文藝的知識青年和社會大眾所接受和喜歡是可以理解的。因為一九七〇年後的台灣社會，如前面所分析的，在一連串國際重大事件的刺激下，國內的政治、經濟和社會環境都有著重大的改變，反對帝國主義的民族意識和反對財富分配不均的社會意識普遍覺醒和高漲。為了反對帝國主義，在文化上便自然要求對本位文化重新做一次新的認識、估價和肯定，以作為建設新的本位文化的基礎；為了反對壟斷社會財富的少數寡頭資本家，自然會對現行的經濟體制下各種不合理的現象加以批評和攻擊、自然要對社會上比較低收入的人賦予更多的同情和支持。又因為帝國主義者是以一種偽善的經濟合作的姿態來到台灣進行其醜惡的經濟侵略，所以社會上的反對帝國主義和反對寡頭的資本家常常是互相聯繫著，甚至是合而為一的。而在這種情形下，那些以鄉村為背景、以鄉村人物為主要描寫對象的文字作品，便同時滿足了社會大眾這兩種不同的感情需要。因為在外國資本和外來文化的衝擊下的台灣社會，都市被西化的程度已經和歐美的大都市沒有太大的差別，這不僅是表現在表面可見的建設方面，甚至也表現在人的思想、價值觀念和生活態度上。而鄉村雖然在工商經濟的浸透下也產生了很大的改變，但它較之都市畢竟保留了較多的傳統文化的特色和純樸的生活面貌；同時，鄉村人物在激劇轉變的社會裡、在極力提倡工商經濟發展的政策下，往往都是一群被犧牲、被忽視的人，他們收入少、生活水準低、工作辛勞。因此人們很容易地，就可以從這些以鄉村社會和鄉村人物為題材的小說中，滿足他們民族主義和社會意識的感情。

但是，這樣的作品是不是應該就稱之為「鄉土文學」？或者說，這樣的作品是不是除了稱之為「鄉土文學」之外，就沒有更適當的稱謂了呢？我認為這是一個很值得討論的問題。

就我所知，有許多人是把所謂的「鄉土文學」理解作「鄉村文學」，認為它只是以鄉村社會和鄉村人物為題材，並大量運用閩南語方言的文學。但是就我們前面的分析，這種文學之所以會被普遍接受並引起廣泛的重視和愛好，是基於一種反抗外來文化和社會不公的心理和感情所造成的。因此所謂的「鄉土文學」事實上是相對於那些盲目模仿和抄襲西洋文學、脫離台灣的社會現實，而又把文學標舉得高高在上的「西化文學」而言的，在這種意義下，把「鄉土文學」理解為「鄉村文學」雖然不能說完全沒有道理（它的道理本節上文已略作說明），但是，卻很容易引起一些觀念上的混淆以及感情上的誤解和誤導。首先，它使人們可能想到都市和鄉村的對立，進而使人們誤以為只有以鄉村和鄉村人物為體材的文學作品才是「鄉土文學」，而排斥了以都市和都市人為題材的文學作品。如果「鄉土文學」真是這樣的意義，那麼這種「鄉土文學」便太過狹隘、大過拘限和封閉了。它將無法擔負起反抗「西化文學」和建設我們的民族文學的重任。二、因為鄉村人物的語言仍然是以台語方言為主，而時下一些被認為是「鄉土文學」的代表作品之所以被重視，一部分原因即在於這些作家對台灣方言模擬的運用圓熟、神似。這當然對於國語詞彙的更加生動和豐富有極大的幫助和貢獻，但是如果太過強調，便很容易使人陷入一種偏狹的、分裂的地方主義的觀念和感情裡。三、在機械文明的影響和工商經濟的浸透下，鄉村社會的某些特色是必然要落沒和消失的，例如牛車之被汽車火車所取代、耕牛之被耕耘機所取代、媒油燈之被電燈所取代、進步的醫藥取代迷信的巫醫等等，以及隨著這些物質文明俱來的某種思想和感情的改變，都是歷史和社會發展的客觀規律，不因為人的主觀願望而有所改變。如果太過感情地擁抱這些鄉村社會和人物，以致忽略了歷史和社會發展的客觀事實，便很容易使人們陷入一種懷舊感傷的情緒裡，而成為一種「鄉愁文學」。

再就一般人經常提及的較具代表性的「鄉土文學」作家來看，較早的如吳濁流、楊逵、鍾理和、鍾肇政等；較晚的如王禎和、黃春明等，他們的某一部分代表性的作品，雖然在取材上是以鄉村為背景，以鄉村人物的生活為主要描寫對象，並在方言的運用上顯現圓熟的技巧，但是他們所要表現的，並不止於地方的風俗人情，他們作品的可貴，並不在於這些表面的特徵，而是在於作品中所反映的現實生活中的人的感情和人性反應，他們的悲歡、他們的奮鬥、掙扎和心理的願望，而透過這些作品能使我們對這個社會和人多增加一些瞭解和關切。這樣的作品如果用一般所謂的「鄉土文學」——即「鄉村文學」來概括它，我認為也是很不適當的。

鍾肇政先生——這個被肯定為台灣光復以來的第一代「鄉土文學」的代表作家之一——曾經

這樣說：

我認為「鄉土文學」如果要嚴格的賦予定義，我想是不可能的，沒有所謂「鄉土文學」。用一種比較廣泛的眼光來看，所有的文學作品都是鄉土的，沒有一件文學作品可以離開鄉土，我看到的許多中外的文學作品，百分之九十九還是有它的鄉土味，因為一個作家寫東西必須有一個立腳點，這個立腳點就是他的鄉土。或者，我不如說，那是一種風土。……「鄉土」，人人的眼光都放在那個「鄉」，說那是鄉下的、很土的，這種說法我是不能贊同的。那麼「風土」呢？你在都市裡頭也可以有一種風土，不管你說你的作品是什麼世界路線的，但也離不開風土。（引自《出版家雜誌》五二期，頁六四）

鍾先生在這裡所說的「鄉土」，如果我們的理解沒有錯誤的話，所指的應該就是台灣這個廣大的社會環境和這個環境下的人的生活現實；它包括了鄉村，同時又不排斥都市。而由這種意義的「鄉土」所生長起來的「鄉土文學」，就是根植在台灣這個現實社會的土地上來反映社會現實、反映人們生活的和心理的願望的文學。它不是只以鄉村為背景來描寫鄉村人物的鄉村文學，它也是以都市為背景來描寫都市人的都市文學。這樣的文學不只反映、刻畫農人與工人，它也描寫刻畫民族企業家、小商人、自由職業者、公務員、教員以及所有在工商社會裡為生活而掙扎的各種各樣的人。也就是說，凡是生自這個社會的任何一種人、任何一種事物、任何一種現象，都是這種文學所要反映和描寫、都是這種文學作者所要瞭解和關心的。這樣的文學，我認為應該稱之為「現實主義」的文學，而不是「鄉土文學」；而且為了避免引起觀念上的混淆以及感情上的誤解和誤導，我認為也有必要把時下所謂的「鄉土文學」改稱為「現實主義」的文學。

而這種文學作品在今天之能夠引起一般讀者那樣廣泛的共鳴與愛好，例如黃春明的〈莎喲娜啦・再見〉描寫日本商人腰纏萬貫到台灣來糟蹋台灣的妓女；以及楊青矗所寫的一系列的工人小說，都得到普遍的重視和極高的評價——這正印證了我們在這篇文章裡所分析的：台灣社會自一九七〇年來，由於客觀環境的刺激和教育下普遍覺醒的民族意識，和普遍提高的社會意識所要求、所期待的，正是這種文學。

這種「現實主義」的文學是根植於我們所生所長的土地上，描寫人們在現實生活中的種種奮鬥和掙扎、反映我們這個社會中的人的生活辛酸和願望，並且帶著進步的歷史的眼光來看待所有的人和事，為我們整個民族更幸福更美滿的未來而奉獻最大的心力的。

——原載《仙人掌》雜誌第二期，一九七七年四月

——本文依據《街巷鼓聲》（遠行出版社，一九七七年九月）編校

台灣鄉土文學史導論

葉石濤

台灣的特性和中國的普遍性

美麗之島

台灣位於副熱帶的颱風圈內，四周海洋環流著洶湧的黑潮，因此雨量豐沛，四季如夏，草木青翠欲滴，難怪航經台灣海峽前往日本的葡萄牙水手會高喊「Ilha!Formosa!」而讚不絕口，從此台灣就被歐美人稱為「美麗寶島」了。這樣的瑰麗大自然和副熱帶的氣候，的確給居住在此地的歷代種族帶來深刻的影響，塑造了他們一種獨得的性情；這便是勤勞、坦率、耿直、奮鬥、忍從以及富於陽剛性。在研究鄉土文學史上，這島嶼的大自然及種族性，毫無疑問的，是重要的決定性因素之一。

由於有此瑰麗如繪的風土、豐饒的物產，因此自古以來台灣是四周種族垂涎、窺伺之地。從舊石器時代開始，可能有矮黑人或從長江流域被驅逐的暹羅系種族及中國北方的華夏族等種族已經定居在此地。進入新石器時代以後，玻里尼西亞、美拉尼西亞等太平洋種族，以及從南方漂流過來的馬來系種族、中國大陸的原住種族等接踵而來，似乎在語言、文化、宗教方面迥不相同的許多種族雜居在此地，其中某些不被淘汰的種族便成為山地同胞的祖先。這些種族似乎擁有相當高度的文明，這只要看到從台灣各地出土的彩陶、黑陶文化遺物，台灣東部的太陽巨石文明的遺跡就不難明白了。

中國的影響

然而，始終給台灣帶來重大影響的是一衣帶水的中國大陸的中華民族。台灣的原住種族能夠擺脫新石器時代，直接邁進鐵器時代，毫無疑問是來自大陸的影響。（甚至吸菸習慣也可能是由大陸傳來的呢！）史前時代的事跡，除散見於中國歷代史書以外，幾乎無從查明。不過，自踏進有史時代開始，台灣接二連三地受到異族的蹂躪和統治，其被壓迫、摧殘的歷史事跡，倒斑斑可考。

由於台灣孤懸海外，有時與中國大陸的文化交流斷絕，因此，難免在漢民族為主的文化裡，攙和著歷代各種遺留下來的文化痕跡。如果我們仔細考察台灣的社會、經濟、文教、建築、繪畫、音樂、傳說，便處處不難發現富於異國情趣，有異於漢民族正統文化的地方。在這孤立的情況中，則各種文化熔於一爐的過程中，台灣本身建立了不同於中國大陸文化的濃厚鄉土風格。然而，台灣獨得的鄉土風格並非有別於漢民族文化的、足以獨樹一幟的文化，它乃是屬於漢民族文化的一支流。縱令在體制、藝術上表現出來濃厚、強烈的鄉土風格，但它仍然是跟漢民族文化割裂不開的；台灣一直是漢民族文化圈子內不可缺少的一環；因為台灣從來沒有創造出獨得的語言和文字。因此，當我們回顧台灣鄉土文學史的時候，我們不得不考慮到它的根源以及特殊的種族、風土、歷史等的多元性因素。毫無疑問，這種多元性因素也給台灣鄉土文學帶來跟大陸不同的濃烈色彩，樸實的風格，豐富的素材，以及海中島嶼特有的，來自遙遠國土的，像黑潮一樣洶湧地流進來的嶄新異國思潮影響。

「台灣意識」——帝國主義下在台中國人精神生活的焦點

「台灣鄉土文學」的意義

那麼，到底什麼叫做「台灣鄉土文學」？這種文學是由哪一個種族所寫的？作品的主題應該包括些什麼？它是光寫「台灣」這一塊狹窄地域的文學而排斥國際性嗎？——是探求普遍的人性或只限於描寫特殊的台灣一地的事物？我以為南非白人女作家N・歌蒂瑪（Nadine Gordimer）在她的著作《現代非洲文學》裡，開宗明義地給「什麼叫做非洲文學？」所下的定義，恰好可以拿來應用在台灣鄉土文學上。她說：「所謂非洲的作品就是非洲人本身所寫的作品，以及在非洲這塊土地上，曾經在精神層面和心理層面上有過跟非洲人同樣共通經驗的人所寫的作品；在這種情況下，絕不受語言和膚色的制約。」

很明顯的，所謂「台灣鄉土文學」應該是台灣人「居住在台灣的漢民族及原住種族」所寫的文學。然而由於台灣在歷史裡曾經有過特殊遭遇——被異族如荷蘭人、西班牙人[1]、日本人竊占幾達一百多年的慘痛歷史，所以在這塊土地的鄉土文學史上，亦留下了使用外國語言所寫的有關台灣的作品；甚至台灣人本身也使用統治者的語言去寫作，這只要回憶一下日據時代眾多台灣作家的作品，個中情況也就不難明白。

「台灣意識」

儘管我們的鄉土文學不受膚色和語言的束縛，但是台灣的鄉土文學應該有一個前提條件；那

1 見方豪《六十自定稿》（下冊）〈台灣的文獻〉：「萬曆四十七年（一六一九）即有西班牙教士乘船遇風，在台灣登陸，但略作調查，旋即退去。至天啟六年（一六二六）西班牙人始由菲律賓率艦隊到達台灣北部，活動於基隆、淡水、八里坌、金包里、關渡、三貂角、蘇澳之間，傳教重於通商。至崇禎十五年（一六四二）為荷人逐出；共竊據十六年。」

便是台灣的鄉土文學應該是以「台灣為中心」寫出來的作品；換言之，它應該是站在台灣的立場上來透視整個世界的作品。儘管台灣作家作品的題材是自由、毫無限制的，作家可以自由地寫出任何他們感興趣及喜愛的事物，但是他們應具有根深蒂固的「台灣意識」，否則台灣鄉土文學豈不成為某種「流亡文學」？我們以為一部分留美作家的作品，假若缺少了這種堅強的「台灣意識」，那麼縱令他們所寫的在美國冒險、挨苦、漂泊、疏離感等的經驗和記錄何等感人，也不算是台灣鄉土文學；因為他們的作品跟居住在此地的現代中國人的共通經驗，壓根兒扯不上關係，無異是使用中國語言去寫的某種外國文學罷了。不過這種「台灣意識」必須是跟廣大台灣人民的生活息息相關的事物反映出來的意識才行。既然整個台灣的社會轉變的歷史是台灣人民被壓迫、被摧殘的歷史，那麼所謂「台灣意識」——即居住在台灣的中國人的共通經驗，不外是被殖民的、受壓迫的共通經驗；換言之，在台灣鄉土文學上所反映出來的，一定是「反帝、反封建」的共通經驗以及篳路藍縷以啟山林的、跟大自然搏鬥的共通記錄，而絕不是站在統治意識上所寫出的、背叛廣大人民意願的任何作品。

帝國主義和封建主義下的台灣

那麼為什麼台灣鄉土文學始終是「反帝、反封建」的文學呢？這道理非常明顯；因為在以往的歷史裡，台灣人民一直在侵略者的鐵蹄蹂躪下過著痛苦的日子。除去短暫的明鄭三代及滿清二百多年的統治以外，我們被殖民者荷蘭人和日本人直接統治的慘痛經驗；即令是明鄭三代和滿清時代，我們仍免不了在殖民者的虎視眈眈之下，苟延殘喘。

荷蘭殖民時代

荷蘭人首先侵入澎湖，其第一次在明萬曆三十二年（一六〇四），第二次在天啟二年（一六二二），之後乃定居於台灣本島直到永曆十五年（一六六一）被明鄭趕走為止，先後約有六十年之久。在這漫長的時間裡，荷蘭人留下了有關台灣的政治、經驗、傳教等的龐大文獻。我們在最後一任台灣太守揆一與其同事（Coyett et Socii）所寫的《被忽視的台灣》一書裡，可以看到殖民地台灣的現實情況；這算是以統治者的眼光看到的第一手報導文學吧？如眾所周知，台灣向來是「以農立國」的，誰控制了土地和農民，誰就是此地不折不扣的王者。然而，直接統治台灣的揆一之流的荷蘭官員，其實只是個荷蘭東印度公司的雇員罷了；而那東印度公司並非位於金字塔的塔頂，它的上面還有荷蘭聯邦議會存在，東印度公司必須受荷蘭聯邦議會主權的支配，因此東印度公司擁有的一切土地便屬於議會所有，台灣土地的所有權亦通過議會的特許而授給公司，再由公司租給農民。我們不難看到殖民者的層次井然如金字塔似的劫掠組織，君臨在台灣人民的頭頂上。

因此，荷蘭人令我們先民耕田輸租，以受種十畝之地，名為「一甲」。分別上、中、下則徵粟，其陂塘堤圳修築之費、耕牛農具籽種皆由荷蘭人資給，這便是所謂「王田」了[2]。在這種封建的土地生產制度下，荷蘭人是最大的田主，農民只是個納租的佃農罷了；也許是與佃農還差一籌的農奴吧！因為荷蘭人不僅控制了土地和生產工具，而且所有經濟大權一把抓，騎壓在台灣人民頭上的關係。因此不堪被奴役的先民紛紛揭竿而起來反對暴政，其中最著名的當推在二層行溪河畔潰敗的郭懷一未獲得成功的革命吧！

明鄭藩鎮時代

明鄭光復了台灣以後，仍然沿襲荷蘭人的土地制度，得以形成堅固的封建社會。鄭氏復台後，荷蘭人的「王田」被接受，成為官田，而鄭氏宗黨及文武職官亦招佃耕墾，這便是「文武官」私田，除此而外還有鎮兵屯墾的營盤田存在。因此，幾乎所有的土地都被控制在官府手裡，農民充其量只是繳納田賦、丁稅的工具而已。儘管鄭氏的賦稅並不苛酷，但是在這金字塔似的專制封建社會裡，一般人民的生活可能不算富裕吧？而且鄭氏的社會經濟的一部分須仰賴於對外通商；前後通商的有日本、琉球、朝鮮、菲律賓、澳門、暹羅、麻六甲、爪哇等地，大都拿糖、白鹿皮去購買火砲、望遠鏡、鉛、銅等的戰爭武器，可見鄭氏的經濟一部分乃由外國所控制。

清代

滿清統治台灣有二百十二年。直到光緒二十一年日本北白川宮能久所統率的日本侵台軍入侵台灣為止。在這漫長的滿清統治期間中，民族革命運動大約興起了四十多次之多。真可以說是「三年一小反，五年一大亂」。滿清領台，承襲明鄭時代遺制，後來土地所有制度逐漸改為「大租小租」制度。原來，台灣在清代時，私人墾荒的風氣頗盛。由富人出資招募移民開墾荒地，那富人便稱為「墾首」，移民則稱為「佃戶」；佃戶須向墾首永久繳納一定的租穀，這便是所謂「大租」。後來佃戶之中亦有人將其墾好的土地轉讓與人耕作，徵收一定的租穀，這便是「小租」。換言之，一塊土地上同時有兩個「不勞而獲」的業主存在。這種不合理的雙重剝削的土地制度，到了清末才由劉銘傳辦理「清丈賦課」，認定小租的業主權，但並不完全取消大租的權益。然而，在小租業主的田地上從事勞動的佃農，仍然是「沒有土地」的窮光蛋罷了。日本據台後，一九〇四年公布大租權整理律令，收購大租權才把大租消滅[3]。然而，日本製糖會社和三井、三菱等大財閥的侵入，從台灣農民手裡又掠奪了大約台灣全部耕地一成半的肥沃美田。因此日據時代「沒有土地」的佃農，大約占有全體

2 見鄭喜夫《台灣史管窺初輯》中〈明鄭晚期台灣之租稅〉。

3 見葉榮鐘《台灣民族運動史》。

農民六十％到七十％之多。清代，大租小租的土地所有制度有效於建立專制的封建社會；滿清官僚和大租小租等地主勾搭在一起，形成統治階層，一般農民只是任他們劫掠、欺凌的可憐蟲而已。

清末到日本領台的時代

到了清末列強帝國主義的侵入，使得台灣淪為英國金融帝國主義者嘴裡的一塊肥肉。自從一八五八年開埠通商以來，台灣的金融經濟都被控制在列強手裡。台灣的米、糖、茶等重要物產都由媽振館（即英文 merchant 也）所壟斷收購，生產者須忍受層層的中間剝削。英、美、法、德等列強相繼派領事，劃地為租界，設商行，建棧房，輪船出入，台灣同祖國大陸一樣已是道地的次殖民地了。[4]

日本人是不折不扣的殖民者，他們全盤接受列強的經濟權益，成為台灣人民唯一的統治者。從此以後，台灣人民在日本帝國主義的鎮壓榨取和島內封建地主的雙重欺凌下，淪為三餐不繼的赤貧。

台灣鄉土文學中的現實主義道路

帝國主義下台灣生活的現實意識

如上所述，台灣一直在外國殖民者的侵略和島內封建制度的壓迫下痛苦呻吟；這既然是歷史的現實，那麼，反映各階層民眾的喜怒哀樂為職志的台灣作家，必須要有堅強的「台灣意識」才能瞭解社會現實，才能成為民眾真摯的代言人。惟有具備這種「台灣意識」，作家的創作活動才能扎根於社會的現實環境裡，得以正確地重現社會內部的不安，透視民眾性靈裡的悲喜劇。當一個作家在描寫他生存的時代時，現實的客觀存在固然會決定作家的意識，但作家的意識也會反過來決定存在；而這時候，構成作家意識的重要因素之中，累積下來的民族的反帝、反封建的歷史經驗，將占有一方廣大的領域。民族的抗爭經驗猶如那遺傳基因，鏤刻在每一個作家的腦細胞裡，左右了他的創造性活動。台灣作家這種堅強的現實意識，參與抵抗運動的精神，形成台灣鄉土文學的傳統，而他們的文學必定有民族風格的寫實文學。

「台灣鄉土文學」中的寫實主義

台灣鄉土文學所採取的寫實主義手法，並非現代歐美作家肆無忌憚地在作品裡所追求的那種肉體、精神兩層面的無窮盡的異常性；因為歐美作家的意識，已被發狂的世界——即資本主義社

4 見林曙光《台灣地方人物趣談》中〈順和棧滄桑史〉。

會的拜金思想——所侵蝕，是窮途末日的畸型世界，這完全和我們鄉土文學的歷史經驗背道而馳。我們的寫實文學，寧願描寫冰山浮現在海面上的那一部分可視的一角，而冰山隱沒在海裡的那不可視的部分，只是我們的「掌握」之中罷了。我們雖不否認那潛藏的深層心理的存在，但這部分並不成為主要描寫的對象。普魯斯特、D・H・勞倫斯、喬伊斯帶給我們的，只是「破壞的形象」而已，這種文學可能帶我們走進死亡和毀滅的深淵。因此，我們的寫實文學應該是有「批判性的寫實」才行。我們應該學習十九世紀的偉大作家巴爾扎克、斯旦達爾、狄更斯、托爾斯泰、普希金和果戈里的典範，以冷靜透徹的寫實，同被殖民的、被封建枷鎖束縛的人民打成一片，去描寫民族的苦難才行。須知寫實主義之所以會發揮它的真價，就在於反對體制的叛逆所產生的緊張關係存在的情況下，始有可能。寫實主義手法裡一向存在著明、暗兩個層面，那「明」的一個層面是簡潔、清晰、富有詩意的；而在「暗」的那一個層面卻是諷刺、曲解、幻想以及陰森的；而惟有統合明、暗兩個層面的寫實文學，才夠得上是完美的民族文學。

有待整理的文獻

從荷蘭殖民時代到日據時代，有關台灣的政治、社會、經濟、種族、風土、歷史、文化的文獻真可以說是不啻汗牛充棟了。光說荷蘭人的外交文書、報告書、函牘、航海日誌等多得不計其數，其中較著名的，除上述《被忽視的台灣》之外，還有《Zeelandia 城日記》（熱蘭遮城日記）、《巴達維亞城日記》等。此外，日、英、法、葡等國家有關台灣的文獻五花八門，種類繁多。至於中國人本身所寫的記錄，除正史之外，尚有許多宦遊人士所著的詩文。雅堂先生在《台灣通史》卷二十四「藝文志」卷頭寫著：「台灣三百年間，以文學鳴海上者，代不數睹」；他共列舉了宦遊人士著書八十種凡一百六十卷。而對這未經整理和評價的浩繁卷帙，我們的心情毋寧是慘痛的。

郁永河文學

那麼，以現代人的觀點來看，從荷蘭殖民時代到台灣割讓這將近三百年間的宦遊人士的吟咏詩文及遊記，真的都是屬於稗官野史之流，沒有留下一部經得起考驗的、富於民族色彩的寫實文學嗎？這也並不盡然！我以為仁和郁永河所寫的《裨海紀遊》是一部台灣鄉土文學史上永不能磨滅的偉大寫實作品，可以比美安德烈•紀德的《剛果紀行》吧！郁永河的文章跟《剛果紀行》一樣，流貫整篇作品的是脈脈搏動的濃厚人道精神；他用卓越的觀察力和分析力，栩栩如生地記錄下來滿清領台初期，離荷蘭、明鄭三代不遠的漢番雜居的社會情況。他使用正確、簡潔、有力的筆觸如實地描畫殆盡台灣那雄壯、美麗的風土；榛莽未闢的荒原、蠻煙瘴癘的山河，莫不躍然於紙上。他的作品透露出來的，是跟大自然抗爭的人類充滿鬥志、永不屈服的精神。

郁永河是浙江杭州人，生平喜歡遊歷探險。康熙三十五年冬，正當他由浙江到福建遊歷時，福州火藥局爆炸成災。典守者負債，欲派人到台灣採硫。當時的台灣俗稱「埋冤」，無人敢前往。郁永河雖是個羸弱書生，但毅然接受這採硫的差使。康熙三十六年春，他從廈門動身到台灣，而後從台南府往北投出發。這路途的艱辛及沿途所見風物的描寫，把寫實文學的精華發揮得淋漓盡致。當我們讀到他描寫北投採硫的情況時，禁不住打從心底深處湧上一股激動之情；那硫氣蒸騰的山谷景象無異是人間地獄。我們透過他的文筆領略到那死谷帶給人的可怕印象。

毫無疑問，郁永河的銳利眼光沒有放過漢番之間存在的矛盾。他洞悉土番被欺凌的悲慘情況。郁永河是深惡痛絕這種「種族歧視」和剝削的。他用花布七尺以換取土番一筐硫黃的作法，充分證明他富有仁愛寬厚的精神；這不正是福克納關懷黑人的、悲天憫人的胸懷嗎？

台灣文學中反帝、反封建的歷史傳統

武裝抗日時代

光緒二十一年，清廷把台灣割讓給日本，台灣人民誓死反對，同年五月，反抗割讓，冀復歸祖國於來日的「台灣民主國」誕生。但這共和國是短命的，只維持了十天光景：「共和國的國徽黃虎，綣縮著長尾巴，由於失去給養而倒地斃命」[5]。台灣民主國雖然潰滅，但是台人的武裝抗日民族革命並沒有停止。自光緒二十一年到民國四年約二十多年間，民族抗日運動如火如荼地展開，一直到余清芳的噍吧哖事件以後才逐漸趨於平靜。台人的武力抗暴招致日本殖民者瘋狂的鎮壓和殺戮。以噍吧哖事件為例，台灣人民慘遭屠殺的，約有三萬人之譜，包括幼兒、婦女、老人在內。難怪，這給一個台灣作家的腦裡刻下了難以忘懷的印象，並決定了他探求真理的生涯。楊逵曾經在一次訪問時，心有餘悸，滿腔悲憤之中說出下面的話：「我九歲時，發生噍吧哖事件，那時成天有日本的砲車轟隆轟隆從我家經過。這個形象一直影響我，幼小的我，就在那時受到很大的打擊！」[6]。當然這豈只止於日本殖民者的隆隆砲車輪聲？後來我們在另一位前輩作家吳濁流的小說《無花果》裡，曾讀到他家在抗日革命戰爭裡被焚燬的始末。

5 見 James W. Davidoson：《The Island of Formosa》。

6 見楊素娟編《壓不扁的玫瑰花》。

被凌辱的農民

從荷蘭殖民時代到日據時代，我們一直生活在殖民者的鐵蹄下，英勇抵抗，並努力掙脫加在我們身上的封建枷鎖。由於台灣經濟一直以亞洲式稻作生產方式為其基礎，所以被損害最慘重的，莫過於占大多數的農民了。日據時代的鄉土文學，大都把農民作主要描寫的對象，其道理在於此。然而農民在得不著任何外人幫助的環境下所做的反抗，往往換來的是挫敗和屈辱。特別是像日本殖民者這種頑強的敵人，農民赤手空拳的武力抗爭幾乎是無效的，得到的只是野蠻的報復。

非武裝抗日時代

在日據時代初期二十年間，用武力去抵抗的時期是黑暗、絕望的時代；不用說，在如此的一個時代裡，文學是幾乎不存在的。台灣的鄉土文學是以非武力抗日的政治、社會蓬勃的啟蒙運動為背景而開展過來的；這正如國內的五四運動刺激了三〇年代文學的開花和結果一樣，每一種文學運動必有其時代、社會的背景，作家好比是反映時代風暴敏感的一枝晴雨計。

當我們回顧日據時代文學時，我們可以把它二十多年的歷史分作三個階段；分別是一九二〇年代的「搖籃期」，一九三〇年代的「開花期」及一九四〇年代的「戰爭期」。這三個階段儘管是連續割裂不開的，但每一個時期都有其明顯的特徵；我們可以在每一個時期的主要作品裡看到反帝、反封建思想的開展、深化、反動、衰微等的各種特色。

台灣文學的「搖籃期」

一九二〇年代的「搖籃期」文學是屬於由資產階級與知識分子領導的民族運動的一翼[7]。這只要看到台灣文化協會的政治運動以揭櫫啟發民智、灌輸民族思想、提倡破除迷信、建立新道德觀念，改革社會為其目的就不難明白[8]。因此反映在文學上的是革新的、進步的反帝反封建思想；新舊文學論爭，提倡白話文，可以說是符合時代潮流，吻合政治啟蒙運動的文學主張。白話文運動以民國十二年黃呈聰所寫的〈論普及白話文的新使命〉及黃朝琴的〈漢文改革論〉兩篇論文為其嚆矢。接著留學北平的張我軍投身於主張新文學的陣營，極力鼓吹以北平官話為基本的白話文運動。他用清新的筆觸以「建設白話文學，改造台灣話」為主題，前後發表了〈糟糕的台灣文學界〉、

7 見葉榮鐘《台灣民族運動史》中「凡例」三。
8 見林載爵〈日據時代台灣文學的回顧〉。

〈為台灣的文學界一哭〉、〈揭破悶葫蘆〉等評論，引起了新舊文學孰是執非的熱烈論爭。由今天看來，用語體文去寫作乃是天經地義的原則，何勞大家費心費力地爭論不休？難免令人有啼笑皆非之感；但以當時墨守成規的舊文人而言，這種主張真叫人驚駭，無異是「洪水猛獸」。因此，舊文學的擁護者得到日本漢詩會及漢詩人的援護，主要地以日文報紙的「漢文欄」和雅堂先生的《詩薈》為中心，挺身反擊。但這論爭以革新派掌握文壇主權而告結束。在這論爭裡，我們可以看到文學的新舊論爭其實是觀念之爭，舊文學方面所代表的是傳統的封建思想，而新文學方面所代表的是反傳統的革新思想；這和國內的五四運動如出一轍。儘管代表舊文學一派的舊文人不見得沒有民族思想，但是日據時代的文學始終是和台灣的現實環境息息相關的，它屬於中國抗日民族革命運動不可割裂的一環。但他們顯然未能看透舊文學所擁護的封建舊式體制，其實是殖民者最好的統制工具。如果要打倒殖民者，必須連根剷除封建體制，否則統治者和封建地主階級必然會勾搭在一起，形成一堵難以攻破的銅牆鐵壁。

在此時期裡（一九二五年前後）已有先驅性的作品出現；如張我軍的處女詩集《亂都之戀》及小說〈買彩票〉，賴和的〈鬥鬧熱〉，楊雲萍的〈光臨〉等。這些作品大都發表在《台灣民報》上。《台灣民報》是啟蒙時期的為民喉舌，它在奠基台灣鄉土文學上扮演了重要的角色。一般說來，一九二〇年代約十年間的鄉土文學，嘗試性的作品較多，離成熟還有一段距離。然而它卻醞釀著更高層次的發展。原來這時期的文學受到第一次世界大戰後的民主思想，特別是威爾遜所提倡的民族自決理論顯著的影響，以及和國內五四運動遙遙呼應，頗有些反帝、反封建的色彩[9]。這在新舊文學論爭、台語白話文運動、羅馬字化運動等一連串的主張和行動上表現出來。然而，假若缺少了此時期的一番激烈論爭以摸索文學的使命和評價、磨鍊表現的技巧，那麼一九三〇年代約八年間的「開花期」也就無從發展開來。

台灣文學的「成熟期」

第一次世界大戰後的世界性經濟恐慌給殖民地台灣帶來越來越惡劣的情況；特別是日本殖民者剝削下的佃農幾乎無以為生，農村的凋敝使得農民的覺醒加速發展。在這種經濟情況下，反帝、反封建已不再是觀念的遊戲，而是跟窮苦大眾息息相關的生活現實。因此，資產階級的民族革命運動——即台灣文化協會等的啟蒙運動——業已失掉往昔的指導力量，代之而掌握時代潮流的社會主義革命理論，滲透於台灣各階層的人民之間，逐漸變成民族革命運動的主要思想意識。

《台灣文學》

一九三一年，以台灣作家王詩琅、張維賢、周合源，日本作家平山勳、藤原泉三郎等人為中

9 見《大學雜誌》二十三期陳少廷〈五四與台灣新文學運動〉。

心結成的台灣文藝作家協會，主張「確立新文藝」、「文藝大眾化」，和日本的KOPF聯繫之下刊行了中、日並用的《台灣文學》。台、日作家初次合作的這文學雜誌，是以反抗殖民者的共同思想為基礎發展的，染上了濃厚的統一陣線的色彩。

《福爾摩沙》

其後一九三四年，以東京留學生張文環、王白淵、巫永福等人為中心，組織了台灣藝術研究會，同時刊行了三期文藝刊物《福爾摩沙》（Formosa）。他們標榜「願作台灣文學的先驅者，建立台灣獨得的文學，積極整理及研究鄉土文藝，創作真正的台灣純文學……」，由此可見，《福爾摩沙》的政治性淡薄，似乎較注重文學的創造發展和鄉土風格。張文環後來主編《台灣文學》，有〈山茶花〉、〈夜猿〉、〈藝妲之家〉、〈論語與雞〉等小說發表。去年（民國六十五年）在日本刊行了日文長篇小說《滾地郎》，證明了他的創作能力並未衰退，同時他的富於鄉土色彩的寫實主義的文學風格，也仍然令人喜愛。

《台灣文藝》

毫無疑問，在台、日作家的合作裡仍然存在著令人困惑的各種矛盾和問題，這使得台、日作家的統合活動容易瓦解。因此，接著出現的是清一色由台灣作家本身所組織的台灣文藝聯盟；主要包括賴和、張深切、黃得時、郭水潭等作家。他們在台中舉行台灣文藝大會，開會中始終有劍拔弩張的警察在場監視。然而，他們終於順利通過了規章，發表了宣言。這次大會高唱「推翻腐敗文學，實現文藝大眾化」、「擁護言論自由及文藝大會」、「破壞偶像，創造新生」。有鮮明的旗幟，明顯地表露出來強烈的抵抗精神。台灣文藝聯盟前後刊行中、日文並刊的雜誌《台灣文藝》共十五期。在第二號卷頭，張深切曾經闡明台灣文藝聯盟的根本精神而如此寫道：「我們的雜誌並非『為藝術而藝術』的藝術至上派，而是『為人生而藝術』的藝術創造派」。由此看來，儘管他們的主張非常動人，可是似乎缺少了尖銳的意識形態，而且組織是鬆懈散漫的，往往令人分不清是作家的團體，抑或作家和讀者共同組織的團體。

《台灣新文學》

針對這兩種文藝團體。楊逵後來在《文學評論》上寫了〈台灣文壇的現今情況〉一文，批判了台灣文藝作家協會和台灣文藝聯盟，同時指出台灣的進步性文學所面對的社會性問題與文學大眾化問題。他以為文學既然是表現生活的手段，那麼台灣新文學運動應革除「吟風詠月」、「無病呻吟」的文學遊戲，致力於追求文學的「控訴」精神，排除自然主義文學那種綿密的黑暗層面的描寫，追尋光明，喚起人們心底深處的「希望」（Vision）。

基於上述的信念，楊逵便主編了《台灣新文學》雜誌。《台灣新文學》一共刊行了十四期，由於一九三七年台灣總督下令禁止漢文欄，壓制漢文刊物，終於不得不停刊。《台灣新文學》曾經刊行了一期「高爾基特輯號」；由此可見這雜誌所追求的思想意義何在了。《台灣新文學》的主要作家有賴和、楊逵、葉榮鐘、吳新榮、郭水潭等人。

日文作品

一九三〇年代末，已有許多以日文寫成的佳作陸續問世；以楊逵的〈送報伕〉為首，接連有呂赫若的〈牛車〉，龍瑛宗的〈植有木瓜樹的小鎮〉等作品被刊登在日本著名的文學雜誌；這證明了台灣作家在日本語文的運用駕馭、小說的技巧方面已經可以和日本文壇的第一流作家並駕齊驅。至於這是否台灣作家的光榮和屈辱，那是另外一個值得令人深思討論的問題。總之，在「開花期」裡，無論是以中文寫作的作家或以日文寫作的作家，似乎都一致傾向於寫實文學，而且也頗能掌握社會情況中的矛盾、對立、糾葛等的諸樣相，鞠躬盡瘁地為民族解放盡了力。

特別是賴和，他的創造力在此時期裡有如噴泉似地湧了出來。套用楊逵的話來說，賴和有「偉大的思想和氣節」。此時期裡他的小說有〈浪漫外紀〉、〈豐作〉、〈惹事〉、〈赴了春宴回來〉、〈一桿稱仔〉以及〈善訟的人的故事〉等，主要描寫殖民者那一副猙獰的面孔、台灣平民（農民）的苦難憂苦、新舊士紳的反叛或迎合。不過賴和真正關懷的，倒是被損害最重的農民。而在描寫統治工具的愚蠢和弱點之際，他同時肯定了蠻橫無理的統治是不會永遠存在。[10]

抵抗運動的躍進

一般說來，「搖籃期」的台灣鄉土文學是跟隨著「六三法撤廢運動」、「台灣議會設置運動」、

「台灣文化協會」等的資產階級民族運動而發展開來的。領導者是富裕的地主階級和知識分子為主，深受梁任公的影響；認為台灣民族運動的方式應效法愛爾蘭人之抗英，厚結日本中央顯要以牽制總督府對台人之苛政[11]。但是也由於採取了這種溫和的迂迴方式之故，後來這民族運動也就難免一敗塗地了。須知對於頑強的敵人，這種方式是太失之於「厚道」了。殖民者絕不會平白把民主自由送給被殖民者。隨著台灣殖民地社會內部矛盾的激化，舊文化協會等運動逐漸衰亡，完成了它歷史的使命。跟著抬頭的新一代領導者，已經得到歷史的教訓，深知不流血安得自由的道理，他們接受嶄新的思潮，學習民族運動開展的新方式，摒棄了妥協和迎合。「開花期」的鄉土文學充分反映了許多新的抵抗經驗。因此，此時期的文學有堅強的信念以告發和控訴殖民者，並富有參與實際運動的熱誠。然而時代的轉變，給這「開花期」的文學帶來了慘痛的一擊。

「戰爭期」的台灣文學

一九三七年「七七事變」發生。一九三九年第二次世界大戰爆發。這使得日本殖民者一面加緊

10 見《夏潮》六期梁景峯〈賴和是誰？〉。

11 見葉榮鐘《台灣民族運動史》。

侵略大陸和東南亞細亞，一面在殖民地台灣忙著箝制言論，控制台灣人民的思想。以民國二十六年的禁止漢文及刊物為開端，殖民者加強摧殘反帝、反封建思想，獎勵穿國民服，常用國語（日語），改姓名為日本姓氏等推進了一連串的皇民化（奴化）運動，設立運動的指揮中樞「皇民奉公會」。日本作家群起響應，陸續設置「皇民奉公會文化部」和「文學報國會台灣支部」，進一步地企圖用枷鎖套住台灣作家。在官方的支持下成立的「台灣文藝家協會」，儘管標榜為作家自主性的親睦團體，其實說穿了，只不過是企圖使台灣作家穿上奴化的新衣，為殖民者賣命罷了。

屈服

在這種日漸惡劣的處境裡，除非懷有透視未來理想社會的堅強信念，否則動搖和投降是免不了的。於是有些台灣作家有犬儒主義式的逃避，有些作家有奴顏婢膝的行為，但並非所有台灣作家都屈服的。儘管在「大東亞文學者大會」席上的台灣作家之中，有人做了「感謝皇軍」之類的愚蠢發言，但像楊雲萍就有不同凡響的發言；他反駁日本作家片岡鐵兵的信口雌黃，一針見血地指出很少有日本作家認識台灣文學的事實，且進一步理直氣壯地要求日本政府補助研究亞洲文學的經費。

對立

在這戰鼓笳聲中，儘管套住作家心身的枷鎖那麼沉重，但仍有兩個文學團體存在而活動。其一是以日本作家西川滿、濱田隼雄、池田敏雄及台灣作家邱永漢、黃得時、龍瑛宗為中心的《文藝台灣》集團；另外一個是以台灣作家張文環、呂赫若、吳新榮、吳天賞、王碧蕉、張冬芳以及日本作家中山侑、名和榮一、坂口䙥子等為主的《台灣文學》集團，而這兩個文學團體形成了「思想上對立的兩個陣營」。黃得時曾經在〈輓近台灣文學運動史〉裡寫道：「上述兩種雜誌同樣是代表台灣的文學雜誌。但各具有迥然相異的特色；則《文藝台灣》的成員七成為日本人，以成員互相的向上發展為唯一的目標；剛好相反，《台灣文學》的成員多為台灣人，為台灣全盤文化的向上及新人不惜開放紙面，努力使之成為真正的文學磨鍊的園地。因此，前者的編輯因過分追求美而流為趣味性質，乍看很美，但因小巧玲瓏遠離現實生活之故，得不著一部分人的高度評價。正相反《台灣文學》以寫實主義貫徹始終，富於野性，紙面上洋溢著『雄心』和『剛毅』的精神。」

不過，支配著這兩個文學團體的思想意識皆沒有尖銳化，所以也有人認為這兩種雜誌「相差無幾」。

被壓迫者和流浪者

在強權的威壓下不可避免地，有良心的作家若不是噤若寒蟬，否則就只好暗地裡期待解放的一天到來而默默寫作。但是曾經寫過〈送報伕〉的楊逵，在這篇小說裡，把被壓迫階級的滿腔憤怒和辛酸透露出來，且使日本作家德永直心折而說出：「小說裡瀰漫著美國資本主義征服印地安人的血腥氣味。」楊逵並沒有向殖民者屈服。他在兩幕戲曲〈撲滅天狗（瘧疾）〉裡，假裝提倡撲滅天狗運動而以辛辣的諷刺刻畫出榨取農民的高利貸李天狗的一副嘴臉。在差不多一樣時期裡，另一個作家吳濁流，冒著生命的危險，偷偷地寫著著名的長篇小說《亞細亞的孤兒》。這是描寫沒有歸宿的台灣知識分子到處流浪、漂泊、尋找安居之地的小說。但是真的台灣人是沒有歸宿的嗎？這種知識分子的徬徨和疏離感是否為當時所有台灣人民的心聲？吳濁流的這篇小說毫無疑問的正確地刻畫出台灣知識分子的精神歷經路程，亦說到了台灣人民在日本殖民者統治下的苦悶和痛苦，但被損害最慘重的農民是否感覺到同樣的苦悶？事實上這些勞動者在這篇小說裡並沒有位置，他們也無從參與這被放逐的流亡生活，恐怕他們也無暇顧及這種「奢侈」的苦悶吧？

台、日作家的統一和對抗

在這兩種文學團體裡，都有台、日作家攜手合作。然而在第二次世界大戰下的台灣作家和日本作家的合作關係中，存在著許多複雜的根本矛盾，和多元性的因素：究竟殖民者和被殖民者之間有難以彌縫的裂痕存在，民族性的對立阻礙著雙方真正意願的溝通，所以這種合作未能帶來更高次元的統合，反而往往招致不歡而散的結果。台灣作家的日本經驗大都是痛苦，不愉快的。然而一味苛責日本作家也是不公正的，有一小撮日本作家的確具有遠見和關懷的。如果借用張良澤在〈鍾理和作品中的日本經驗與祖國經驗〉一文結尾話來說明，也許來得妥切。他寫道：「近代中國民族的厄運，應該由中國民族自己負責，我們不能全歸罪於外來民族」。

新生代台灣作家的前途

以新舊文學論爭為其開端的日據時代台灣鄉土文學，在第二次世界大戰的砲火洗禮之中逐漸趨於瓦解和潰滅，但它的根本精神仍然由新一代的台灣作家所承繼；從光復到現在的這三十多年來的此地文學的蓬勃發展，證明了這種精神永不磨滅，猶如那不死之鳥一般，從一片灰燼中重又飛翔起來。但是這三十多年來的台灣鄉土文學所指向的路線，是否通往光明和理想的坦蕩大道，而不是窄門？這的確值得我們深思。忝列為台灣作家中的一個老朽作者，我應該說我底心情毋寧是痛苦而沉重的；夜半為噩夢所驚醒而低頭回憶之時，真有禁不住夜長夢多之感呢！

——原載《夏潮》雜誌第十四期，一九七七年五月

——本文依據《葉石濤全集14・評論卷二》（國立台灣文學館・高雄市政府文化局，二〇〇八年三月）編校

「鄉土文學」的盲點

許南村

最近拜讀了葉石濤先生的一篇力作〈台灣鄉土文學史導論〉，深覺得這篇文章是近兩年間出現的、自五〇年代以來已不得一見的、運用了新的歷史科學以討論文學的好文章。

在這篇文章裡，葉先生指出台灣由於它的地理的、歷史的條件，在精神生活上，自有台灣的特點，同時也有中國的一般性格；葉先生也從一九四五年以前的台灣社會經濟史上，指出帝國主義和封建主義，一直是在台灣的中國人民現實生活最大的壓迫。因此，反對帝國主義、反對封建主義的主題，一直是過去台灣作家最當關切的焦點。葉先生也從而指出歷史上「台灣文學」之現實主義的傳統——有別於墮落的，為寫實而寫實的自然主義——應是具備明顯的改革意識的現實主義，以及具備類如巴爾扎克作品的、帶有強大的、自發的、傾向性的現實主義。

但是，文章裡有一個重要的論題，即作者對於「台灣鄉土文學」一詞，尚沒有十分明確的界定。從〈台灣鄉土文學史導論〉的篇名去看，令人有一個印象，即台灣還有別的文學，例如「民俗文學」、「城市文學」等等，而作者是為其中特定的範疇內的文學——「鄉土文學」寫史，從而序之。可是就〈導論〉的內容去看，作者把從郁永河到吳濁流之間的，即四〇年代以前的台灣重要的文學作家和作品都包羅進去，其實便是一部近代的、在台灣的中國文學的歷史。那麼，所謂「台灣鄉土文學史」，其實是「在台灣的中國文學史」。至少，就葉先生看來，一九四五年以前的台灣的文學，是「鄉土文學」吧。

台灣的新文學所發生的社會環境，是一個殖民地•資本主義的社會形成和發展階段的社會。在這個社會裡，一方面是舊式封建的土地關係趨向終結，一方面是半封建的、小農的土地關係和日本現代化壟斷資本同時並存。日本在台灣的壟斷資本，以糖業資本為主要。製糖工業和農業有深刻的關聯。當時台灣農民的三分之一，就是為日本製糖會社提供剩餘勞動的蔗農。其他的工業，能集結工人達五百名以上的工廠，幾乎沒有，而且大多和農業生產部門，有緊密的關係。因之，農村和農民，便成為當時日本帝國主義下台灣社會中物質的——從而人的——矛盾之焦點。葉先生所說，日治時代台灣作家關切的焦點集中在農村和農民，便正好反映了這一個具體的現實。

那麼，如果日治時代的台灣的文學家，大都以農村和農民為創作的題材，並不是出於當時的作家主觀喜好，而是出於那個特定歷史時期的特定的具體條件下的文學任務。如果葉先生是以日本殖民時代的台灣的文學，有農村、農民的特點，而據以稱台灣的文學為「鄉土文學」，恐怕不能表現出「鄉土」以上的、更具實質性的東西吧。

「鄉土文學」一詞，沿用已有數年，如果從連雅堂算起，已有五十多年了。近來，文學思想界正在對於「鄉土文學」的意涵，展開釐清的工作。鍾肇政在去年說：「……沒有所謂『鄉土文學』」。他認為「所有的文學作品都是鄉土的……因為一個作家必須有一個立腳點，這個立腳點就是他的鄉土」。倘然有人以「鄉下的」、「很土的」眼光去看，鍾先生就「不能贊同」了。另外，石家駒以為，「鄉土文學」在取材於農村的時候，「反映了尚未完全被外來文化吞食的、或者正在和向廣大農村地帶伸展巨爪的外來文化，做著痛苦的……抵抗的農村中人的困境……」。但是他卻認為在「反省、考察和逼視『落後』地區中的人，在氾濫而來的外來強勢的、支配的社會底、經濟底衝擊下的處境」這個主題上，「鄉土文學」和「其他成長於整個六〇年代的許多傑出的台灣年輕文學家的文學主題，有共同的地方」。那麼，就在這個「共同的地方」，「鄉土文學」便消失了它的獨特性。

王拓把「鄉土文學」和二十多年來台灣的「西化文學」對比起來看。相對於「西化文學」之沒有民族風格，脫離台灣的具體社會生活，文學語言和形式的西方化，鄉土文學表現了中國的民族情感，表現了台灣具體的社會生活，並且從民眾所廣泛使用的語言中，求取語言豐富的寶藏。王拓並且進一步把鄉土文學和其所產生的時代，即六〇年代末期以至七〇年代初的國內外政治、經濟的條件，聯繫起來理解，從而擴大地視為台灣的現實主義文學的一個組織部分。

是的。放眼望去，在十九世紀資本帝國主義所侵凌的各弱小民族的土地上，一切抵抗的文學，莫不帶有各別民族的特點，而且由於反映了這些農業的殖民地之社會現實條件，也莫不以農村中的經濟底、人底問題，作為關切和抵抗的焦點。「台灣」「鄉土文學」的個性，便在全亞洲、全中南美洲和全非洲殖民地文學的個性中消失，而在全中國近代反帝、反封建的個性中，統一在中國近代文學之中，成為它光輝的、不可割切的一環。台灣的新文學，受影響於和中國五四啟蒙運動有密切關聯的白話文學運動，並且在整個發展的過程中，和中國反帝、反封建的文學運動，有著綿密的關聯；也是以中國為民族歸屬之取向的政治、文化、社會運動的一環。抵抗時代的台灣文學之中國的特點，應該也是葉先生所關切的，但卻令人覺得在這篇優秀的文章中著筆不力。

除非強調台灣抵抗時期文學之中國的特點，文中所提出的「台灣立場」的問題，就顯得很曖昧而不易理解。

「台灣立場」的最起初的意義，毋寧只具有地理學的意義。它在近代的、統一的中國民族運動產生之前，相應於中國自給自足的、以農業和手工業為基礎的中國社會經濟條件，而普遍存在於中國各地。

然而在日本人占領台灣，使台灣社會變成一個完全的殖民地社會之後，「台灣立場」，有了政治學的意義。台灣的社會矛盾，和殖民地條件下的民族矛盾，互相統一。在社會經濟上被榨取的當時台灣的農民、工人和市民階級，在民族上絕大多數是在台灣的漢民族；而在社會經濟上居於榨取和支配地位的資本家，在民族上又壓倒性地是日本人。在被壓迫者的一方，則以「台灣（人）立場」和「日本（人）立場」對立起來；在壓迫者的一方，也同樣以「內地（日本）人」立場和「本地（台灣）人」立場對立起來。

有過這樣的立論：台灣淪為日本殖民地之後，日本在台灣進行了台灣社會經濟之資本主義改造。台灣從陷日前的半封建社會，進入日治時代的資本社會。在台灣的資本主義社會形成過程中，近代新都市興起，而集結於這些新的近代都市中的，是一批和過去的、封建的台灣毫無聯繫的市民階級。他們在感情上、思想上和農村的、封建的台灣的傳統沒有關係，從而也就與農村的、封建的台灣之源頭——中國，脫離了關係。一種近代的、城市的、市民階級文化，相應於日本帝國對台灣之資本主義改造過程；相應於這個過程中新近興起的市民階級而產生。於是一種新的意識——那就是所謂「台灣人意識」——產生了。立論者將它推演到所謂「台灣的文化民族主義」，倡說台灣人雖然在民族學上是漢民族，但由於上述的原因，發展了分離自中國的、台灣自己的「文化的民族主義」。

這是用心良苦的，分離主義的議論。

讓我們先看日治時代的台灣資本主義改造的實體。日人領台後地籍的整理；山林沼澤的國家管理；賦稅的法律改革；土木工程的興建；農產品——蓬萊米、甘蔗和蕃薯——的商品化改造；地主階級納入中央集權政府之下而打破其封建權力——即收奪了地主在地方上政治、法律和經濟上獨立的權力；製糖工業的日資壟斷，農民的僱傭勞動者化……確實使台灣的社會進入了「不同」於同時代大陸中國的社會階段。

但是，我們還應該看到這一切變化中的殖民地性格。基本上，日治時代台灣的資本主義化，有一個上限，那就是在日本帝國主義經濟圈中，台灣必須以屬於「工業日本、農業台灣」的限制之下。因之，在日治時代，台灣的工業一般地不發達，而且又一般地和農業生產部門分不開。例如當時最大的工業，即日資的製糖工業，工廠規模不大，而且離開廣大的甘蔗生產部門，台灣的製糖企業是無由想像的。

再就當時台灣籍的資本家來說，據矢內原的研究，大都是從過去的封建土地資本轉化而來。和土地資本無關的資本家，只有漢奸分子和股票投機分子。更重要的是，台灣籍的資本家只有分得利潤之權，而無直接經營和管理之權。

這樣看來，在日治時代的台灣，是農村——而不是城市——經濟在整個經濟中起著重大作用。而農村，卻正好是「中國意識」最頑強的根據地。再就城市來說，由於台灣籍資本家也同受日本殖民者在經濟上、政治上的壓迫，有反日的思想和行動。而這些城市中小資本家階級所參與領導的抗日運動，在一般上，無不以中國人意識為民族解放的基礎。這是只要熟悉日治時代台灣民族運動和文學運動的人所深刻理解的。因此，在這個階段中的「台灣意識」，除了葉先生所不憚其煩地、堅定指出的「反帝、反封建」的現實內容之外，實在不容忽略了和台灣反帝、反封建的民族、社會、政治和文學運動不可分割的、以中國為取向的民族主義的性質。如果葉先生的「台灣意識」論，是以台灣這一地區，在其殖民地社會的歷史階級中台灣的中國人民反對帝國主義、反對封建主義、追求國家統一、民族自由的各種精神歷程為內容，那麼，它便首先是中國近代史上追求中國的獨立、和中國民族徹底的自由的運動中的一部分。只有從局部的觀點看，在對抗日本侵略者的層面上去看問題時，有反抗日本的、反抗和日本支配力量相結托的台灣內部封建勢力的「台灣意識」；但從中國的全局去看，這「台灣意識」的基礎，正是堅毅磅礴的「中國意識」了。

也許葉先生的論文，是以台灣的文學之中國的性格為一種「自明的」認識，而未著意加以申論。但筆者有鑑於國內外對於台灣的文學寄予日益深切的關懷，乃就讀後的一點粗糙的感觸，引申成文，盼望一切真誠關切台灣的文學的各界，再作進一步的討論。

台灣的中國新文學，於半個多世紀的時間，在荊棘中頑強地抽長、開花。近二十五年來，新一代台灣的中國文學作家，在暫時的受支配於傾銷而來的美日文學之後，在最近開始了對殖民地時代台灣先輩作家之再評價和再認識的工作。先輩作家的歷史責任感；他們和野蠻而黑暗的現實毅然對決的氣魄；文學題材的社會性、民族性和現實性的傳統，揉和新一代作家對中國語言和方言語言的較為熟練的把握，我們可以十分樂觀的態度肯定台灣的文學必然會有更大的豐收，為整個中國文學貢獻出我們應有的貢獻。在這一點上，我們又很不能理解葉先生對「新一代的台灣鄉土文學」作家的將來，何以抱持著那麼語焉不詳而又怵目驚心的悲觀的態度了。

——原載《台灣文藝》革新號第二期，一九七七年六月

——本文依據《陳映真全集（卷三）》（人間出版社，二〇一七年十一月）編校

談民族主義與殖民地經濟
——訪胡秋原先生

《夏潮》雜誌

經濟問題

問：近來台灣的文化界關於文學及其它文化見解的爭論，主要還是對於台灣經濟結構的看法相異而引起的。尤以「台灣是殖民經濟」的意見，更引起激烈的反應，在此可否請胡先生解釋一下什麼是「殖民經濟」？

答：殖民經濟應該是說殖民地的經濟，殖民地對帝國主義者而言，即指受帝國主義控制的經濟。所謂「帝國主義」，就是一國控制外國地方和人民的政策。工業革命後成為世界上的主要現象。這可說是工業國家對農業國家的侵略政策，以取得原料、市場為其主要目的，而用非經濟的政治、軍事、外交、文化的方法，來控制別國的經濟，以保障他的原料來源，同時以別人的國家為銷售他貨物的市場。這是考茨基的帝國主義定義。霍布森、希爾費丁、盧森堡特別注重帝國主義對落後國家進行資本輸出的作用。

譬如說，外國人過去在中國投資建造種種鐵路，鐵路也是資本，這些鐵路及附近礦山的權利自然也就屬於他們所有了。又像過去的英美菸草公司，在中國的廣告說，「用中國菸葉、用中國人工、在中國製造」，並在中國傾銷，這就是帝國主義資本輸出最標準的例子。

帝國主義者與殖民地的關係，是國與國的勞資關係。帝國主義國家的人民是資本家，殖民地的人民出勞力。不平等條約是工具，軍事是最後武器。二者之間的中介人是買辦階級。

第二次世界大戰以後，英、法兩國，在亞洲、非洲的許多殖民地後來就被德國占領了。他們在東方的殖民地，如印度、新加坡、香港也被日本占領了。最後美國、俄國一反攻，日本的殖民地也就一一垮台，大部分殖民地都獨立了。所以我們可以說，帝國主義的殖民主義，在第二次世界大戰後已經宣告結束了。

過去的殖民地構成了今天的第三世界。但是二次世界大戰以後，又有新帝國主義、新殖民主義的名稱。過去帝國主義的殖民地和現在的第三世界比較起來，有什麼不同呢?就是貧跟富之間的差距比以前還要大，富國更加富了，從前殖民地獨立了的國家更窮了。第三世界雖在政治上獨立，但經濟上沒有獨立。所謂新帝國主義、新殖民主義，可以指資本主義的美國、西歐、日本和社會主義的俄國。他們用軍經援、政治控制或技術合作口號競爭和剝削第三世界。

現在世界上有三種國家，已開發、開發中（我們台灣在開發中之列）和未開發。已開發的國家更富了，開發中、未開發的國家一般稱為第三世界。當然今天第三世界也有富的國家，像沙烏地阿拉伯、科威特有石油，所以他們富了，平均所得聽說還比美國高（實際上也只有少數上層階級與酋長有錢而已。）其他地區人民，如印度、巴基斯坦、衣索比亞還是窮得常常餓死人，有人稱為第四世界。那為什麼許多殖民地完成了政治獨立，還是一樣窮呢？

第一、是過去在壓迫之下，缺乏政治經濟的體驗，雖然現在帝國主義離去，還是在經濟上，習慣的依賴他們從前的母國。

第二、是由於國際貿易的緣故。有人說國際貿易是促進落後國家經濟成長的。但是事實上，並沒有辦法達到這樣的地步，先進國家和落後國家的貿易，仍然會造成開發中國家的不利。

首先對這個問題做科學的研究的，是中南美洲經濟學家 Prebisch，他在聯合國會議中發表的一份報告裡，有簡單的一句話：先進國家和開發中國家的貿易條件是不平衡的，因為開發中國家初級品輸出之需要趨於減少；而他們自先進國輸入工業品之需要則趨於增加。因此，愈是推廣國際貿易，只有增加富國和窮國貧富的差距。瑞典的 Myrdal 和印度的 Singer 又作了許多補充。最近的南北會議，就討論了先進國家和落後國家貿易間不平等的問題。先進國家一切設備、經營情況好，資本大；而由於技術進步，能製造原料代替品，同時食料之消費並不因收入增加而增加。結果開發中國家無法打開外部瓶頸。像阿拉伯國家石油一漲價，就引起經濟危機，和先進國的責難、威脅。但他們說，如果我們（落後國家）的原料不應漲價，那你們（先進國家）的工業產品為什麼要漲價？這也不是無理由的。

我們台灣有些人卻專門幫富國講話，就不知道如何爭取貿易條件的平等、技術之上進，只是一味的說：「我們能輸出，我們賺錢了！」卻不曉得你再造十船的皮鞋輸出，人家他一架波音飛機就把你賺回去了。他們賣你一個電子計算機，你就要造十船的紡織品，用上十萬人的工人，每個月拿個二、三千元，終年忙碌、血汗淋漓，人家一下子就把你給賺回去了。今天開發中國家輸出的是原料或加工品，你的機器靠人家、技術也靠人家，老實說，工業國家侵略農業國家，一如高級工業國家侵略低級工業國家。現在有一個名詞，叫做「技術帝國主義」，過去他們用軍事力量、不平等條約來保障他們的財產；現在不必了，他們的技術好，只要不把科學技術的 Know-how 告訴你，就依然控制你的經濟，剝削你的勞力。所以今天的殖民地經濟，就是技術帝國主義的高級工業國家侵略低級工業國家這個東西。

問：從這個觀點來看，你認為台灣的經濟結構，是不是屬於殖民地經濟型態？

答：整個第三世界，只要一天不能具有獨立的科學技術，就不能脫離殖民地經濟型態。你想，什麼叫「中日技術合作」？你沒有資格講獨立技術，所謂的「技術合作」就是加工啊！凡是用勞力多的，你做！高級的工業技術，他做！這就是今天標準的帝國主義與殖民經濟公式。像裕隆汽車跟人合作，據說我們的自製率達六十％，但是你只能做車身、車輪，而汽車動力、引擎是人家的。你整天敲敲打打，只有貢獻勞力。凡是只能出賣勞力，你的勞力占多數，而借用的技術是人家的，那你賺的錢大部分還是要送人家。為人家出勞力、服務的經濟就是殖民地經濟，殖民地經濟就是依附人的經濟，也就是不能獨立的經濟。這也就是說，把大的利益分給人家，自己賣勞力的經濟，就是殖民地經濟。

過去，帝國主義的殖民時代，外國人也曾經用中國人工製造他的貨物，自己還是要賣人工，為人作嫁。現在，我們已取消不平等條約，成為獨立國家，但我們不利用這條件發展技術，發展民族資本，仍然不能脫離人家的技術而經濟獨立。結果，就是貿易逆差。從前孫中山先生認為中國每年銀圓十五億的貿易逆差已經不得了，說中國要亡國了！現在我們台灣一省每年貿易逆差每年高達十五億美金，那還得了？但是我們還給「中日技術合作」掛招牌，以「中日技術合作」為光榮，以加工出口為得計，就是幫助人家資本輸入並出口，這便是協助帝國主義的利益。

在這殖民地經濟的基礎上，今天日本人有計畫的不讓我們翻身，而我們也不能自立。過去有人幫日本人賺錢，構成買辦經濟。今天台灣的經濟，也有買辦經濟存在？松下、本田機車等等公司的代理商也就是買辦的資本。當然，我們也有一部分的民族資本，但是毫無疑問的買辦資本已占了一個很大的數字。總之，台灣是有殖民經濟的成分。

問：這樣的殖民地經濟對台灣的社會、文化產生什麼樣的影響呢？

答：我想有兩個最大的害處，一個是買辦經濟成分日漸增多，會影響到我們民族經濟的獨立和它的完全發展。今天我們為什麼要學科學、辦教育？就是想把我們的國家弄好，第一是完全獨立。現在有外國人的東西在這裡卡住，我們學的科學不用，偏偏要用他們的，整個國家的建設就要受到限制。中國共產黨過去也曾經靠俄國人，後來俄國人要吃他，中共不願被吃，俄國人便將技術人員一下撤走，一時許多工廠不能動。以我說，一天靠人家，就永遠自己不能夠站起來。其次，經濟上靠人家，不能獨立，結果，跟著經濟依靠人家而來的是崇洋媚外，跟著外國人走，跟著外國人想發財。這就要發生政治上的外國派。外國人的財還不是從中國人發來的？於是外國人就可以用在中國賺的錢買中國人。而在崇洋媚外空氣下，那文化也便一天一天的腐敗了。例如，什麼叫做報紙？報紙是國民的喉舌，民族的良心，外國人能夠控制的嗎？但是他們就偏偏拿廣告來控制，叫你這個消息不要登，那篇文章不要登，你敢登，我的廣告就不來！試想一個國家的新聞不能獨立，你的輿論大都崇洋媚外，也不替自己的政府和老百姓說話，那你的新聞輿論還值多少錢？於是專登些殺人的消息、色情的宣傳，投機取巧的方法，為報紙老板一個人自己發財，而他的新聞也就間接影響到社會上奢侈的風氣，以及政治上貪污的風氣，而且愈來愈壞。然一個國家是沒有那麼多的財富可貪污的。一個國家的工業不能獨立，經濟情況不好，又有崇洋媚外、奢侈、貪污，你想，這個國家怎麼能夠不危險呢？這樣到了一定時期，台灣就由經濟殖民地到政治殖民地。一切帝國主義的目的，就是為了賺錢，現在世界帝國主義不再用打戰的方式來占領外國，而改用「和平」的方法或其他經濟「合作」、「交流」的方法。何必要打戰？打戰，殺你一萬，也要自損三千，就用經濟「合作」，讓你覺得很快活、很舒服而不知道亡國的痛苦！最後應注意的是，日本為了他的安全與政治野心，必須控制台灣海峽，也就必須控制台灣。

問：殖民經濟對台灣既然危害這麼大，那麼，胡先生您認為台灣應該如何做，才能免除這種經濟型態？

答：今天第一件事情就是要實行三民主義。民族主義就是要全體中國人團結起來，自立自強，絕不依賴外國，不受外國欺侮。全民族獨立了，老百姓自己才能當家！民權主義就是要全中國人之間平等，於是才能鞏固全民族的團結。民生主義是要求發展國家工業，發展民族工業，同時，也就是脫離殖民地經濟。孫中山先生說，三民主義就是要把全中國民族團結起來，形成一個獨立自主的國家。中國的存亡問題，就在於我們能不能夠發展工業，而這也必須在技術上趕上他人，這也是中國建國和立國的基本原則。但是，孫先生說要實行三民主義，反對帝國主義，現在卻有人說不行。近幾年來有些假學人說民族主義落伍，而不知今天正是民族主義世紀。最近有位彭歌說反帝就是不反共。他根本不知為什麼反共。一個落後的國家，首先就要把持住民族主義，走自己獨立自主的路。既不可走俄國馬列主義的道路，也不可走西方帝國主義和美國人的道路、日本人的道路。這都是新殖民主義的道路。這兩條道路都走不通，我們要走自己民族的道路。大陸共黨還是在走馬列主義的路，我們必須聯合大陸同胞由馬列主義解放，才是反共救國，如只在這裡想靠日本人、美國人走殖民地之路，有什麼資格反共？

第二件事情，千萬不可以通貨膨脹。一通貨膨脹就民不聊生了！就要造成自己的混亂和分裂了。落後國家的經濟，不能跟人家亂來。最近有人主張發行大鈔，說什麼發行大鈔，印刷成本可以便宜啦，可以幫助大商人交易啦！如非愚蠢，就是包藏禍心。

第三件事情，是要有很堅實的計畫來發展科學技術。第一是要有自己的技術來代替日本人的技術，就能每年賺十五億美元。第二要能在國防上自保。最近清華大學宣傳電動汽車，號稱「新發明」！這個玩意外國幾年前都有了。所謂「電動車」，沒有一樣新東西，只是把一大堆電池放在汽車上，怎麼可以叫做「發明」？必須有新的電池才可叫做發明。我們在科學上自立，不是容易的事。但沒有這個目標，便永遠受制於人。像我們研究發展原子能，到達快成功的地步，美國人就把你的設備拆掉，不要讓你再繼續發展。所以我說，一個國家的科學技術不獨立，這個國家也沒有生存的保障！

第四件事情，落後國家的經濟發展，一定要有計畫，要有專門研究的機構，培養經濟人才，收集資料，靈通消息，同心協力替國家、替中國人發財。經濟發展是要花腦筋的，不能走旁門邪道。人家是個富國，我們是窮國；但外國富國之中，也有富人和窮人。古典派是外國富人的經濟學，社會主義是他們窮人的經濟學。但他們的窮人和我們窮國不同。我們從前迷馬克斯，將大陸送掉了。現在很多人迷凱因斯，以為消費、浪費可以刺激生產的理論。那是大胖子經濟學。咱們瘦子窮國能夠有既浪費，又發財的事嗎？最後要說的是，今天的台灣這個地方，到處都在破壞自然環境，地上天天在挖，不必要的挖，燒森林、亂築堤防，還要築什麼翡翠水庫。簡直是要把環境破壞。下了四小時的雨，到處都發生水災。以前石門水庫一建，每次洩洪，下游的蘆洲、三重本來是很好的地方，結果就變成鹹地，好好的地方不保護，又要去開什麼海埔新生地。說老實話，台灣就這麼大，我們應該愛護這個地方的自然環境，保持水土。這是我們生存的基磐，你把基磐毀掉，那還談什麼建設？

文化問題

問：最近有不少人對於文學有否民族性這問題提出質疑，請胡先生談談您的看法。

答：什麼叫做一個民族？我們自然可以從血統關係來談。但是語言文字才是真正造成一個民族的重要條件。有語言文字，才有文學，才有民族。像French是法文之意，亦法國之意；English是英文，亦英國人；Chinese是中文，亦中國人。於是才有French literature、English literature、Chinese literature，所以，我認為有了一民族、語言、文字、文學，才有這個民族。如果我們把英國文學、德國文學、俄國文學、中國文學加以比較一下，就可以知道文學和民族的關係，就像雞生蛋、蛋生雞一樣，一離開各國民族的文學，哪裡還會有什麼民族可言？既然如此，一國文學即是一國的國民文學。一國的文學以該國的語言文字將一民族生活的特點和感受、願望刻在文學上，具有這民族生活之風格，因此，為這民族所欣賞，所共感；而也因此，經由文學，教導、啟發、感動這個民族的思想和感情。於是，一國文學與其民族也便有一種交互作用：一方面文學反映一民族生活的特性；另一方面，文學也塑造、再塑造，教導和再教導一國國民的精神和生活。

問：依您的看法，文學作品和社會經濟有沒有關係？

答：這個關係當然同樣的密切。文學就是一個民族的社會生活的寫照。一個人不是生活在一個「真空」中，他離不開他的社會，以及經濟的情況。游獵時代有口頭文學。進入農耕時代，文字發明，有種種描寫貴族與平民的文學。繼而都市發達，印刷發明，文學更多彩多姿了。到了工業時代，文學又發生了很大的變化，而且電影、電視種種也都產生了。人類的社會經濟當然影響文學。大家也知道，一切社會經濟、科學技術、文學藝術哲學都是文化的成就。文學是文化的一部門，整個社會文化的變化也影響文學，而人類的生活大都要受到經濟的影響，當然文學也要受它的影響。但也受到一時精神狀態的影響，而後者更為直接，因文學是精神的。

問：現在想請問胡先生，您認為當代中國作家肩負有什麼使命？

答：首先我要問你所謂的「中國作家」是什麼意思？我想是指大陸和台灣雙方來說的。不久以前有一位作家要編一本《中國六十年來代表作選集》，要我選一篇代表作去。我不願參加，如果大陸那個大地方的作家沒有一個選上去，只有這邊的文學作家也沒有什麼意思。但大陸那個地方有兩種文學。一種是在朝的文學，毛澤東的作品，江青的樣板戲！另一種是反毛、江的文學。反毛、江的文學才是真正的文學。可惜的是，這些文學弄不出來，在大陸也沒有地方可以發表。只有共產黨《人民日報》罵那個傢伙反動，這個傢伙反動、反革命，他說過什麼話，你寫過什麼文章，才可能知道大陸文學的一鱗片爪。這樣就不能編成一部完整的選集。說到作家的使命，那又首先要有可稱為文學的作品。

從前乾隆皇帝，在每張名畫上都要填上一首歪詩，蓋上他的圖章，但是任何「清朝詩選」就沒有選上他的詩的！倒是古代的亡國皇帝李後主，大家才選他的詞，因為他的文章好。再就談到文學使命，中國作家也是中國人民，並沒有什麼中國人民以外的特別的使命。每一個中國人首先要求我們這個國家和人民的生活好一點。上面說到文學有文學的功能，即是描寫一個民族生活，使人欣賞感動，而能啟發國民，改進共同生活的。一個作家如果只是寫一首自己欣賞的詩，賺點小錢，出點風頭，這沒有什麼意思。真正的大作家，一定要代表大多數的中國人民說話。中國現在的問題還是沒有解決。孫中山先生說：「余致力於國民革命凡四十年，其目的在求中國之自由平等。」

所謂自由平等，有兩方面意思，即對內的自由平等和對外的自由平等。現在，對外我們怎樣？在大陸的中國人也沒有自由，俄國隨時可以發動侵略我們。我們這裡，美國人也可以出賣我們，甚至已準備跟我們絕交，這是很不平等的。俄國和中國共產黨也是不平等的，毛澤東曾說他們是「父子貓鼠關係」，還說什麼「俄國老大哥」。說「老大哥」是活見鬼，俄國人到現在才只有一千一百多年的歷史，我們已經有五千年的歷史，你怎麼叫他「老大哥」？他要叫我們「爹爹」才行呢?!你這個「爹爹」叫他「老大哥」，還有什麼平等可言？而我們這裡，也要受洋人的欺侮，日本人在日本不能做的事，可以在台灣做。對內的自由平等呢？大陸上人民在恐怖中生活。作家動不動就被抓起來。我們這個地方比大陸自由得多，但由於大陸不自由，此處自由也是有限度的。平等呢？也有很多東西是不平等的。中國之自由平等，也就是是要中國人對洋人自由平等，而這也許先要所有中國人對內都自由平等。這個大目的，孫中山先生努力了四十年都還沒有成功，我們再努力四十年，也未必能完全成功。

老實說，我們中國自從鴉片戰爭以來，就一直在追求這個目的。孫中山先生和蔣總統也都是追求這個目的。如何才能達到這個目的呢？就文人地位而言，民國初年新文化運動主張科學、民主也是為了達成這個目的。可惜以前的新文化運動走錯了道路，弄成崇洋媚外，以至由西化而俄化，中間不無成功，於今離目的更遠了。所以我們要有一個真正的新文化運動，這便是要創造中國的新學術，也只有創造中國的新學術才可以重建中國為一個新的國家。因為必須我們的學術能和人家自由平等才能有對外的自由平等。我們現在所以不能和人家自由平等，是因為我們的學術不如人、科學不如人、文學不如人。另外，我們要對外求自由平等，對內就絕不能壓迫自家人。對內壓迫自家人，既無理由，亦無力量對外講自由平等，是不是？我以為今天要有一個新文化運動，對內求自由平等，對外也求自由平等。文學家以及其他學術專家，應該在各個人的範圍內努力求實現這個目的，這才是真正的文學，真正的文化。這也就是中國文學家的使命。

問：文學既然要求自由平等，那麼，文學作品如果描寫社會的不公平，是否就是醜化社會呢？

答：我們人類都在追求三個最高東西，真、善、美。科學求真，道德（廣義的道德，包括政治、經濟、法律等）求善，文學、藝術求美。我們積極的追求這三個東西，我們消極的也要避免三個相反的東西，即謬誤、罪惡、醜陋。科學是要把謬誤、疏忽、錯誤避免掉。一切的道德，是要使日常生活和法律政治上的行為避免罪惡。文學藝術求美，所以要把種種醜陋的東西——靈魂上的、生活上的醜陋東西——去掉。文學固然本身總是為了求美，但是文學還是可以包括真、善的目標，並且教育大家一起求真、求善。如果社會上有醜陋，你不講、不去寫，那你就不求真、不求善了。

文學是要求人類生活的美滿，唯其求美滿，我們要知道醜的地方。文學是一面鏡子，把社會上不公道、不義、不善的、不美的事情照出來，讓大家都有羞愧心，然後努力把它除掉，以求一個美的世界，此即《樂記》所謂的「移風易俗」。移風易俗就是要把壞的改為好的，好像一個人要把病除掉才能健康一樣。如果文學不寫社會上不公道的事情，諱疾忌醫，讓社會這個千瘡百孔的病人爛下去，那你不是在害人嗎？這個道理很簡單。當然，文學並不應該專門講醜的，總是將美醜對照，而給人一個理想的。也就是說要把社會不合理、不善、不美的東西揭露出來，讓大家看了會覺悟，懂得求善、求美。

像美國文學界有一本書叫《黑奴籲天錄》，講出美國黑奴制度的不公道，終於喚起了美國人的良心，直到林肯的解放黑奴，才真正促成美國的統一。又如俄國作家屠格涅夫寫了一本書《獵人日記》，也曾經推動了俄國改善農奴運動，這在俄國也是件大事。又如波蘭的顯克微支，匈牙利的裴多菲，鼓吹民族獨立，直至今日也鼓舞反共運動。文學在我們中國，自古以來就是要替老百姓講話的，說出老百姓的疾苦、民生的疾苦，文學家天生是老百姓的代言人。社會上不公、不義的事情，如果不能引起作家的正義感與靈感去寫，那就不是文學家了！只是文字上的糊塗蟲而已！只有共產黨，當他還沒有拿到政權時，就攻擊社會的黑暗，一旦拿到政權後，就只要人家歌功頌德了！俄國共產黨在史達林時代有一文學教條，叫「社會主義的寫實主義」，彭歌不懂，把「社會的寫實主義」當作是「社會主義的寫實主義」。俄國的文學要怎樣才能達到這個「社會主義的寫實主義」的標準？

有一個笑話。有一個獨裁者只有一隻眼睛，大概指史達林罷，他要畫家們為他畫像。第一個畫家是拍馬屁的人，他把這個獨眼龍畫成兩個眼睛好好的人，史達林不滿意，說他畫的不是「寫實主義」。第二個畫家來了，他想到前面那位畫家畫兩個眼睛，出了問題，就照這個獨眼龍原來的樣子畫，只畫了一個眼睛，結果史達林說他是個「寫實主義」，但不是「社會主義」。只有第三個畫家合乎「社會主義的寫實主義」原則，你猜他怎樣畫？他畫那獨眼龍的側面像，使好的一隻眼睛露出來，瞎的那隻眼睛則看不出來。說批評社會醜態是醜化社會的人，大概是要將獨眼龍畫成兩隻眼或只畫側面像的人。

問：文學應該求美，也要教育人求真、求善。那麼目前的鄉土文學，有沒有違背您所說的這個原則？

答：目前在台灣所謂的「鄉土文學」，的確是表現了愛鄉心。人都有愛鄉心，一個人沒有不對他的故鄉有愛心的道理。我們一般人說愛國，原來的意義就是愛鄉心。外國文之Patriot，出自希臘文之愛父或父親之地。像春秋戰國時代分那麼多國家，「國」字有個框框的東西。故鄉與故國也是同義。鄉土文學所表現的愛鄉心，擴大來說也就是愛國心。

今天在台灣，最近幾年開始流行的鄉土文學，它是有存在的理由和價值的。就我最近所看到的少數鄉土文學作家的作品，有些本省籍作家寫的比起過去大陸的作家有過之無不及。這也有一個理由，台灣過去在日本的統治下，文學是個荒蕪的時代。儘管那時候也有反抗日本的台灣文學，和正統漢人文學，究竟在語言、文字的運用上，還常常帶有「咔咔咕咕」的日本調調。而現在許多青年人利用很純粹的中國的語言、文字寫的很成功。這表示台灣這個文學的處女地，剛剛在長東西，它是能夠發展的。所以，我覺得現在的鄉土文學還不壞，但是這不過是初步的成功而已，還應該繼續讓它發展。

文學有好有壞，但我們常常要「偉大作品」。什麼才叫做「偉大價值的文學」？最偉大的文學絕不是靠文學作品本身，一定是這個文學作品所描寫得是偉大的事情，將偉大的事情描寫得好，當然它就偉大起來！這也便靠有偉大的觀點。像托爾斯泰的《戰爭與和平》，不僅寫拿破崙侵入俄國的大事情，不但戰爭內容描寫得很生動，也講了大道理，說明了這個戰爭不是俄國少數將軍打勝仗，是全體俄國老百姓打了勝仗。偉大的文學作品，一定要有偉大的事件、偉大的描寫和偉大的觀念等等配合起來的。有人談近年來台灣文學，就提到白先勇。我看了他幾篇文章，文筆還不壞，很俏皮。但是他寫的都是他所熟悉的生活環境，寫大陸上少數有權有勢的達官貴人或名女人來到台灣，感懷過去的情形這一套玩意。另外一些所謂鄉土作家，則描寫了台灣普遍的小人物，農民、工人等等。我覺得這些都是今天台灣社會生活上的一面。我想，我們有一個大題材是可以寫的，那就是中華民國政府和二、三百萬人民撤退來台的這件大事。歷史上也沒有這樣一次大的移民，二、三百萬人形形色色，有好的、壞的、有卑鄙的、高貴的，到這島上來，這也是一件大事啊！二十多年前，一萬多共軍由韓國戰場上到台灣來，現在，共產黨一架米格機的中尉拋棄妻兒飛了過來，這也都是中國近代史上的大事啊！我說這些話沒有別的意思。寫作的基礎是切身的生活體驗，現在台灣的鄉土文學，寫在台灣的卑微或無名的人物，是當然的；但我們也可以站在台灣來看大陸、看世界，這也可以寫出許多東西來。我們的鄉土文學已經有一個很好的開始了，還應該發展它，擴大它的眼界，發生一個更大的力量。我的意思是說，這條路是對的，它應該可以再進步，達到一個偉大的成就。

現在有一些反對鄉土文學的宣傳。像彭歌的文章，先從「人性」的理由來反對，這似乎沒有什麼理由。現在又由「三十年代文學」開放不開放來反對。他似乎認為當時國民政府就是被老舍、茅盾等人弄倒的，現在不應該開放這樣的文學。我沒有對三十年代文學是否應該開放的問題寫過文章。就說三十年代文學可不可以開放罷，首先可以問他：「你看到三十年代文學沒有？如果你能看，你沒有變成左派或共黨，那怎麼知道別人看了就會變成左派或共黨？你可以看，別人就不能看，那別人的知識都要比你彭歌低？」再說老舍，他一直是反共的，他在三十年代寫的《貓城記》就不錯，他是抗戰時候文藝抗敵協會的理事長，也寫過抗戰作品。他是中共政權成立後才由美國回大陸，在文化革命中自殺的。他與中共政權之成立沒有關係。這豈非亂扯！彭歌似乎在勸我們要「警惕」，一如不能等到貪污判罪以後再辦貪污！啊！「警惕」，誠然應該「警惕」。但我想一個人如怕有賊來偷，應首先警惕他的房屋是否牢固，不能整天在房屋四周看，懷疑這個人、那個人有可能是小偷，又大叫賊來了。這一類「警惕」，到底是基於什麼心理呢？我想大概一是杯弓蛇影，二是有迫害狂，三最壞的是幫助作賊喊捉賊的人！

——原題〈訪胡秋原先生談民族主義〉載《夏潮》雜誌第二十期，一九七七年十一月

我們的民族·我們的文化

尉天驄

一

雖然近二十多年來主管教育的機構一直高揚著民族精神教育，但文化界和學術界卻時多時少、時隱時現地出現著對民族歷史和文化的懷疑和否定。五〇與六〇年代之際，一位五四時代的新文化領導人除了以「一種文化竟然容忍纏足、吸鴉片這類惡習如此之久的理由」而重提中國舊文化的否定論外，並公開宣稱：「凡是強調民族主義的，在消極方面，一定是陶醉於過去歷史的，認為過去都是好的，這樣自然不易吸收新的文化、新的思想；在積極方面，一定是抬出老祖宗，認定自身的民族文化是最偉大的，這樣自然是不進步的、頑固的。所以強調民族主義的政黨，一定是保守的、排他的、反動的。」接著，他所領導的一個個人主義的刊物就公開說：「在此時此地，『歷史文化』一詞究竟作何解釋，實在令人莫測高深。」這種「要承認我們事事不如人」的態度，到了六〇年代便形成一種西化的潮流。一些文學藝術工作者宣稱文學藝術的創造只是「橫的移植」而非「縱的繼承」，並說：「我們必須努力度過那最初的（革命期的）傳統之揚棄（其實應該說是破壞）與實驗階段不可避免的矯枉過正，以及表現上的刻意冒險，以建設我們的成熟。」於是所謂「現代化就是澈底地西方化」；而另一些文化工作者更將三〇年代初陳序經的「全盤西化論」予以翻版，一方面打著反傳統的旗幟對中國的歷史文化予以全盤否定，另方面則由全盤否定進而一面倒地推行全盤西化運動；而事實上，全盤西化就是全盤美國化運動。這個潮流大概到了七〇年代後期，才告一結束。

回顧這一段歷史，我們可以找到它的現實基礎。五〇年代，正是韓戰結束，美國的經濟開始顯露空前繁榮的時代，那時台灣與美國剛締結協防條約，受到它的經濟力量的影響，資本主義在此地開始展開有力的發展。如〈民生主義育樂兩篇補述〉所說，這正是一個農業社會邁向工商業社會的轉型期，在這個階段裡，一些政治上、經濟上、社會上、文學藝術上殘存的封建意識和作為，必然成為往前邁進的障礙；站在這一立場上來對原有的民族歷史文化作一批判，的的確確是有著它的進步意義的；也就因為如此，在六〇、七〇年代之間，各大學學院及文化機構中西化運動與反傳統作風才能獲得眾多擁護者。

二

既然如此，為甚麼這種西化運動與反傳統作風在六〇年代後期與七〇年代初會趨於沒落呢？

主要的便因為這種西化運動與反傳統作風並不只是手段，而是把它當作目的看待的。此話如何說呢？因為，緊接著四〇年代的大動亂，五〇年代正是住在台灣地區的中國人選擇未來方向的時候；而美軍協防所帶來的一時期的安定，便助長了某些人那種想忘掉痛苦的過去的心態，認為在所謂的「世界主義」的目標下，可以獲得今後的安定舒適的生活；於是，他們在「反攻無望論」一類的假定下，便想與中華民族的歷史和文化一刀切斷臍帶的關係，然後在此地建立另一個與中國大陸不生任何關係的中國。這種觀念雖然在當時也曾遭到很多人的批評，但時勢造輿論，到了六〇年代與七〇年代之交，由於美國和日本經濟力量的進入台灣所帶來的一時期的繁榮，由於和美國、日本之間密切的文化學術的交往，由於越戰期間和美、日之間的連鎖關係，更由於長時期的與中國大陸所處的隔離狀態，遂使得某些人與西方的關係愈來愈形密切，而與中國本土的關係愈來愈感到稀薄，於是，牙刷主義不僅泛濫於一般中上層社會，甚至連很多學術文化界、尤其執掌全國最高歷史文化教育的院士、教授之流，挾牙刷主義以自豪。在這種風氣的傳播下，前此出現過的「世界主義」一類的觀念便在人們、尤其在中上層社會中流行開來。

然而，很可惜的，這些人只著眼於「世界主義」的理想，而未著眼到自身在政治、經濟、外交、文化等方面所處的附庸地位；但是，到了七〇年代，隨著聯合國事件和國際經濟的大動盪，隨著越戰的結束，不僅使人看出歐美的很多缺點，而開始對西方文化採取批判的態度，而且台灣自身所處的困境，也使人頓悟到自救才能人救，進而體認到：世界主義必須以民族主義為基礎的事實。

於是，隨著民族工業——自十大建設的急起直追，在各種文化建設上也漸漸朝著回歸民族本位的方向進展。鄉土文學的提出、新民謠的開拓、民族形式的討論，就像中國功夫和針灸那樣，一時間成為文化界研究的論題。然而，這種回歸是與五〇年代以前的復古的封建主義者所不同的，而是經過一番西化運動的摸索後，在自己所處的社會上所尋得的新方向。容我們作這樣簡略的綜合：六〇年代的西化運動是對五〇年代殘餘的封建主義的否定和修正，而七〇年代的民族本位的回歸，又是對六〇年代西化運動的否定和修正。在這樣的發展中，客觀的事實告訴我們：在國際間充滿著傾軋、冷戰、詐欺的生存競爭中，一個人只想分享別人的快樂，而不肯自己有所犧牲，只想隨心所欲地選擇自己嚮往的樂土，而不肯用血汗來改造自己的現實，這種專撿便宜的好事根本是無法在世界上找得到的。因此，狹隘的、排外的、封建家族式的民族主義固然是社會前進的障礙，然而，不能因為如此，就一竿子打翻整條船而把自己民族的歷史文化整個否定。很明顯的一個事實擺在眼前，如果文化是一種生活的態度和經驗，而人們的生活又是具有社會性的，則通常我們所說的歷史就必然指的是全民族的事實。今天，科學雖然如是發達，但是，一個人只想赤手空拳改造世界而不藉助任何前人的智慧和經驗，根本是不可能的。所以，所謂民族精神，絕不是一種抽象的認知，而是一種真實的力量的結合；而且一個人也唯有與他的同胞生活在一起，與他們的喜怒哀樂有著息息相關的血肉關係，他才能真實的體認到民族歷史和文化的力量。專撿便宜的生活態度是永遠對此感受不到的，所以歷史教育應該不只是知識的教育，而是一種與現實生活有著密切關係的生活教育。

三

談到文化，我覺得應該指的是人們應付自然環境、人為環境以及其他困苦時的方法，換句話說，也就是一種生活的方式。每一時代有每一時代的困難，要解決這些困難，單單憑「無羽毛鱗介以居寒熱，無爪牙以爭食」的個人是不夠的，他必須從前人求取經驗，更必須與大多數的人結合在一起才能產生巨大的力量。於是，在這種群體共同操勞的工作中，人們不但知道追求好的生活，而且要求合理的生活，進一步更要追求有理想的生活。這話怎講呢？因為在世界上，有人要過好的生活，但他的好的生活卻建立在別人、甚至大多數人的痛苦上，如古代的專制帝王和貴族們所從事的那樣，這是不合理的。與此相對的，公平才是合理的。此外，人們不能只為自己生活而不顧下一代，於是在生活中又必然地要建立他們共同的理想，甚至為了這理想而堅忍地付出了莫大的犧牲。這樣說來，在人們一代一代的生活經驗中，我們不是可以看到兩種情況嗎？其一是建立公平、堅忍、愛人的生活；其一便是自私地為個人打算因而傷害到別人的生活。回顧人類的歷史，無時不是在這兩種情況的交戰下發展下去的。而人們的所謂道德、法律、政治、文學和藝術，也莫不是這兩種情況下的產物。所以，我們回顧一下歷史，便知道人們對傳統也是有了兩種不同的看法的，一種是站在多數人這一邊，一種是站在少數人這一邊。我們可以在傳統中有所選擇，絕對無法把整個傳統推翻掉。我想：今天我們所以認為中華文化的復興有其可能，也就站在這一個觀點而言的。為什麼我要先說明這一點，因為五四運動以後，有一批買辦文人，他們沒有體會到數千年來我們的祖先為自己民族生存所付的代價和所作的努力，而只看到一些不好的事物，因此就拿這些不好的事物來做整個中華文化的代表，於是全盤否定中國文化之餘便一面倒地主張全盤西化起來，甚至認為中國的一切好東西都因外國而產生，他們常常批評中國文化中沒有民主和科學，因而自卑起來。但是，我們可以問他們一下：外國人是不是從開天闢地起就有民主，就有科學？沒有。他們的民主是從他們的君主專制中發展出來的，他們的科學也是從他們的迷信中推廣、演變而來的；如此，為何說中國文化中沒有這些成分呢？

因此，我們雖承認外來因素可以給我們的文化一股衝擊力量，但我們更承認文化演變發展的最主要力量還是內在的原因。即使沒有外國人的影響，我們的君主專制也必然會發展成為民主；即使沒有外國人的影響，我們的生產方法也必然會由農業進展為大工業；這正如它以往從氏族社會進為封建社會、從游牧社會進為農業社會一樣。我們面對傳統文化就應該採「揚棄」的手段，所謂「揚」即光大、發揚那些好的，所謂「棄」即丟掉那些不好的；而一階段一階段「揚棄」的累積，就形成了一部文明史。這是我對中國文化史的一個粗淺看法。

中國有五千年的歷史，在這漫長的歲月裡，各種制度、思想、典籍可說是浩若煙海，然一言以蔽之，我們可以歸納出幾個中華文化的共同精神：

一、在長久對付困難之經驗中，了解了人的價值和力量，由是而產生了知其不可為而為的堅忍力量。大家所熟悉的愚公移山即是。有了這些，中華民族在極端困苦中才不為敵人打倒，尤其近百年來的面對帝國主義，更是這種力量取得勝利的。

二、在長久的共同生活中，了解到人的團結和互助才是克服苦難的最好辦法，這就是中華文化特別重視倫理精神的原因。基於此，中國的老百姓都以公正為榮、以自私為恥。孔子說：「己所不欲，勿施於人」，「己立立人」、「己達達人」，就是指此，而「仁」的意義也是指二人以上的活動；二人以上的活動就具社會性，在社會中能想到別人、顧及別人，才能孕育出民主、平等的精神。關於此，墨子等人也有很多解釋，不贅。

三、由於中華民族長久的生活經驗，知道生活不但有現實面，而且還有理想面，老子所說的「生而不有，為而不恃，長而不宰」，孟子所說的「捨生取義」等觀念，無不以理想主義而為下一代犧牲，文天祥說：「孔曰成仁，孟曰取義，唯其義盡，所以仁至」，就指的是這種犧牲精神，我們在歷史上所看到的仁人志士，在近代史上所看到的烈士，其所以視死如歸，不像今天一些買辦那樣見美金則膜拜，見綠卡則驕傲自己的同胞，就是這種民族精神培育出來的力量。

但是，為什麼歷五千年之久，我們還不能建立一個「老吾老以及人之老，幼吾幼以及人之幼」的大同社會呢？其原因一方面是我們還有很多缺點沒有克服，另一方面是還有很多外在的敵人阻擾我們。去消除這些不良的因素，去開創未來，正是我們從事中華文化復興的一大工作。

四

因此就與現實生活的關係而言，在台灣地區的中國人所體驗到的歷史，應該是充滿血淚，可以給予人們一種鼓舞、一種方向的。因為，就前一階段的台灣歷史來說，它的被割於異族，一方面顯示了封建王朝的腐爛，一方面顯示了國際帝國主義的猙獰；就後一時期的台灣歷史來說，它不僅說明了近代中國所遭遇的命運，也表明了它與國際局勢的演變有著不可分割的關係。如果我們的歷史教育能在這方面做一澈底的剖析，相信生活在此地的中國人必然對自己今天命運的所以如此，會有一層深刻的了解，從而對於未來的發展也就有所認識，對目前該如何做而有所肯定了。無如，我們多少年來的歷史教育只是「為歷史而歷史」；三民主義告訴我們的是民生史觀，而歷史教育中的民生卻往往指的是帝王和貴族的民生，而不是大多數人的民生。帝王貴族只是極少數的一撮人，因此在歷史教育中，人們接受的往往只是過去的奇譚趣事，而不是與今天的自己有著血肉關係的過去經驗，這樣，即使人們能倒背每一條歷史年表，對他會有甚麼作用呢？再加上長時期的升學主義，歷史已不再是活生生的經驗，而只是考試中屬於電腦操作的一個小黑塊，這樣，連「為歷史而歷史」都辦不到，還談什麼影響和力量呢？

就這樣，人們漸漸與自己民族和歷史脫節了，他們認識不到在過去那樣艱苦的處境中，自己的先人是如何克服困難，從生活闖過來的，當然也就往往不知道自己今天所食所衣必需付出的代價；他只羨慕今天的高樓大廈，而不瞭解今天的高樓大廈是過去多少茅草房屋累積起來的，這樣就產生了他那虛無的無根狀態。這種虛無、無根的狀態使之只看見中國人的纏足、吸鴉片，而看不見外國人的貞操帶、賣鴉片和帝國主義。近二十年來，我們在台灣可以看到一個氾濫於知識界和學術界的一個現象，很多家庭即使經濟力量不夠也想盡辦法將子女送往國外。在起初他們的藉口也是什麼「追求現代知識」一類漂亮話；然而到了七〇年代，尤其在美國與中共的交往愈加密切，關係正常化被人們認為即將到來的事實之時，我們才看到這些以留學為名，以逃難為實的真相。這樣，在過去的二十年裡，要栖栖惶惶、隨時準備開溜的他們好好在台灣這塊土地上扎根結果，當然是不可能的了。

知識界抱持歷史的態度既然如此，最後它必然流於小考據、小瑣碎、小趣味的清談，好在歷史不是屬於這少數人的，在台灣我們看到廣大的群眾每天在日曬雨打之下從事生產和建設，也看到成千上萬的戰士枕戈待旦的犧牲奮鬥，面對這些人，我們才發現真正的民族力量。今天的事實如此，過去的歷史也是和此一樣，讓我們在這些人中，去發掘真正的民族歷史和力量吧！

一九七七年七月

——原載《中國論壇》第八期，一九七七年七月

——本文依據《民族與鄉土》（遠景出版社，一九八一年六月）編校

到處都是鐘聲

——「鄉土文學」業已宣告死亡

南亭

在一個特定社會裡，特定的辭彙以及此一辭彙的內涵，都有特定的社會內容。但一個特定的辭彙若被教條式的不斷習用，便會發生名不符實的現象，在語言哲學裡，這種現象叫做「語言的膨脹」，若不將這種膨脹了的語言釐清，人便會成為「語言的奴隸」。

對「鄉土文學」這樣的一個名詞，我們若做一次歷史的溯源，便可發現：它在現在，已經成為一個過分膨脹了的名詞。事實上，「鄉土文學」早已死亡。

但所謂的「鄉土文學」業已宣告死亡，並非指「鄉土文學」的意義在文學史上將被抹滅；相反的，它卻是死亡在另一個更大的、綜合性的文學潮流中。

文學的發展是主觀願望落實在客觀條件下的文化分枝，文學潮流在主客觀情勢的演變下，因而在不斷的叛離和綜合過程中，找尋自己的立腳根基。在世界文學史上，由於文化對抗而產生的，浮現著強烈本土意識的「鄉土文學」或具有「鄉土文學」特質的「民粹主義文學」等，多是短暫的、過渡性的文學。這顯示出「鄉土文學」大致上可以說是本土文化在面臨外來優勢文化籠罩下的一種自我覺醒過程，也是一種更大綜合前的等待。這樣的過程可以是民族第一順位的，例如愛爾蘭文學；也可以是階級第一順位的，如舊俄時期的「民粹主義文學」，日本明治時代的「國粹主義文學」，同時，它也可以是地域主義的，例如美國近代的「南方文學」。當然，這樣大致的劃分並不足以綜觀這種過程的全局，但必須指出的是，在一個多元化的社會裡，這樣的過程在歷史發展中必然出現，它的發展未必就會導致所謂的「分離主義」，正如同美國的「南方文學」未必就會造成南北的分離。

以這樣的觀點來考察台灣近五十年的新文學發展過程，可以發現到：五十年來在台灣的新文學一直是六十年中國新文學的一部分，它的發展主流在不斷的自覺中，從未乖離過中國共同的民族經驗，它是與中國民族認同的。

在日本資本帝國主義統治下的台灣，以中國新文學運動為主流的台灣新文學運動，從民國十三年在張我軍發難下，漸次推展發達。

整個日據時代的台灣新文學，可以說就是以中國為本位的，反對政治壓迫、經濟剝削的文學。在日本資本帝國主義對台灣同胞展開異民族苛酷統治和資本主義化的經濟剝削時，這樣的反應不只反映在文學上而已，當時台灣文化的每一層面上，都陸續的衍化出此種特質，而藉著種種不同的方式與民眾相互聯合，蔚為風潮。

但在文學上，由於台灣在日據時代與中國母國被迫割離，加以日本欽定「國語文」——日文的漸次推行，台灣作家在台灣新文學的發展上，便逐漸的遭遇到言文不一致的困難，由此自覺而產生了「鄉土文學」與「台灣話文」的著名論戰。

起自民國十九年的有關「鄉土文學」與「台灣話文」論戰，在基本論旨上，主張「鄉土文學」最力的黃石輝認為：「你是要寫會感動激發廣大群眾的文藝嗎？你是要廣大群眾心理發生和你同樣的感覺嗎？……如果要的，你總須以勞苦群眾為對象去做文藝，便應該起來提倡鄉土文學，應該起來建設鄉土文學。」

而主張「台灣話文」最力之郭秋生，其論旨則指：「什麼叫做台灣語文，……就是台灣語的文學化啦。」他的這種主張針對的是「文盲層的素地（處女地）」，目的在「建設台灣文學的基礎發展」。由此可以瞭解：當時在殖民地地位下的台灣，面臨強有力異民族的資本主義壓榨和剝削，在台灣的文學家的這種反動，多少是萬般無奈下的產物。當時所謂的「鄉土文學」和「台灣話文」，所欲表現的都是被壓迫者的心聲；為了使文學工作者和基層群眾能夠緊密相連，在言文分離的社會情勢下，他們遂不得不提出了「鄉土文學」和「台灣話文」的主張，這種主張所對抗的是日本侵略者，所認同的仍然是中國白話文。

在整個日據時代，「鄉土文學」和「台灣話文」留下了許多示範作品，可是他們以漢文為母模而衍發的台灣話文，常造成意見表達上的困難。

從台灣日據時代文學史的發展脈絡上，來考察首次提出的「鄉土文學」和「台灣話文」理念，可以說，這樣的理念不過是殖民地人民複雜的文化調適和對抗過程中的一環而已。但兩位一體的「鄉土文學」和「台灣話文」理念，在台灣新文學的發展上卻在後期灌入反帝反資文學的主流，他們與群眾結合的寫實主義主張正是那個時代的需要。日據時代的以中國為本的台灣文學，經過「鄉土文學」和「台灣話文」的洗禮，無論使用中國白話文，台灣話文或日文來表現，其內容上都更堅定的走向了反壓迫、反剝削的寫實主義的文學路線。

光復後的台灣新文學史中，儘管台灣社會經濟與文化體制都已有了全然不同於日據時期的新面目，但所謂「鄉土文學」仍然是個經常浮現的影像。

光復初期台灣同胞對祖國歷史與文化的隔閡，使初見大陸文化的台灣同胞感到一種刺激，在文學上，挾著象徵主義亞流和戰鬥文藝的新文學趨勢，使得台灣光復後的日據時期作家，在文字表達的限制及觀念溝通的欠缺下，退向本土意識的狹隘領域，「台灣話文」的問題在「台灣方言文學」的變形下，再度出現，但是，對於這樣的理念，甚至於〈白薯的悲哀〉充滿於心的鍾理和亦不表贊同，他在致鍾肇政的信中批判了鍾肇政「台灣方言文學」的主張，認為推行「台灣方言文學」的兩個最低條件是：人人皆諳閩語，人人能以閩音閱讀；而這兩個條件在現實環境下是行不通的。鍾理和認為「文學中的方言」和「方言文學」全然不同，前者才屬正當。由近二十餘年來的台灣文學作品來看，鍾理和的見解畢竟被歷史證明為正確的。

光復後的本地新文學界，除了「台灣方言文學」的一抹浪花外，多數的時期均將「台灣作家文學」視為「鄉土文學」或「固有文學」，例如吳濁流和葉石濤等的多數論評文字都是如此。這樣的劃分隨著青年一代作家的不斷出現，逐漸的變得無意義。由鍾肇政和黃春明的不承認有所謂「鄉土文學」，由王拓的認為「是現實主義文學，不是鄉土文學」，可以驗證，五〇年代中期及其以前的「鄉土文學」早在進入七〇年代時，就已經完成了它的過渡使命，演進到今天時，「鄉土文學」早已成為了歷史的名詞。

光復初期至五〇年代中期的台灣農業社會，對當時主宰文壇的作家而言，大致上是一個陌生而奇異的社會，他們沒有可能尋找這樣的寫作素材；再加上文學風向的特殊發展，在健康寫貴的戰鬥文學和以象徵主義為基幹的前現代主義潮流下，以農村為背景的作品亦較難使人注意。在這樣的格局裡，因為戰爭而與世界文學活動斬斷了臍帶的本地作家，大致只能限定在農村社會事務的描寫上，馳騁文學抱負；他們素樸的寫實風格，對當時的文學主流是一種聲音微弱的頡抗。光復後的文學發展，最早所謂的「鄉土文學」，就是指的這一類以台灣鄉村事物為對象，而以素樸的寫實主義去創作的文學，除了極少數作品外，這種所謂的正統「鄉土文學」由於和反帝反資的日據時代主流文學已因社會的改變而脫離，同時，整個社會也缺乏批判事物的能力因而遺失了對社會做正確描述和批判的能力。

在五〇年代中期以後，西方文學界早已是一片現代主義文學氾濫的景象，台灣的文學界在西化的浪潮下，也將這種潮流做了橫的移植，蔚為現代主義的文學世界，省籍不同的作家，都一律聞風景從。因此，儘管葉石濤等仍將此時之本地作家視為「鄉土作家」，並將他們的文學視為「鄉土文學」，但極明顯的，這種泛鄉土主義的概念，其界限是相當含混的。因為許多所謂的「鄉土作家」，他們的文學理念已不再固著於鄉土之上，他們描述的世界也更趨向於普遍的人性，他們寫作的技巧也逐漸遠離台灣傳統的素樸寫實主義。本土意識濃厚的原始鄉土文學特徵已漸去漸遠。在他們的作品中容或尚有若干「鄉土」的風味，但這種風味卻已極為稀薄。我們可以指出，「鄉土文學」在年輕作家群興起後，便已發生了明顯的質的變化，這種變化過程是複雜的，但都是原始「鄉土文學」轉變前的等待期，它是趨向更大綜合的醞釀階段。七〇年代起，這樣的綜合階段便因主客觀情勢的改變而逐漸形成。

七〇年代後的台灣社會經濟和政治環境起了重大的變化，國際逆勢和經濟問題，使得文學界也和其他各界一樣，由長期的樂觀愚騃引起的中產階層式的雕琢和保守中醒來，這種自覺必然的導致對社會、政治、經濟、文化諸方面的全盤再檢討，因而社會的平等要求、政治的革新要求、經濟的反剝削要求，以及文化的回歸鄉土的要求，便陸續產生，所有的這些要求都圍繞在民族、民權、民生三大主義周圍漸次發展。基本上它是一個愛國主義的、反地域主義的新浪潮。

在整個文化系統上，七〇年代以來逐漸增多的文學理論和文學作品，不論省籍，其所一致強調的是，以發揚民族尊嚴對抗帝國主義，以民生主義原則對抗資本主義，以三民主義民主原則對抗資產階層民主。而在形式上，則排斥了愚騃的樂觀主義、及其所產生的心靈貴族式的現代主義雕琢風格，而致力於與群眾接觸更多的寫實主義創作。這樣的趨向，可以肯定的說，它是中華民族本位的、理想主義的、充滿了批判精神的新寫實文學。它篩選了原始「鄉土文學」的具體社會作為文學的主體。這種更具綜合性的文學在「鄉土文學」死後新生，無異是殘燼裡飛出的新鳳凰。

從五十年來台灣的新文學發展史裡，對有關「鄉土文學」作了深層的探討後，我們可以肯定的說：在不同的階段下，「鄉土文學」都有它不同的內涵，而所謂的鄉土文學，愈往後的發展也就愈不「鄉土」，甚至於許多所謂的「鄉土作家」且公開的表示沒有「鄉土文學」，仔細考察此種現象，即驗證了前述說法——「鄉土文學」已成為一個空的概念，它已被一個更大綜合性的潮流吸入肚腹；而這樣的潮流是最有利當代最大多數人，最有力全民族發展的。

因此，在這個時候，無論是支持或反對鄉土文學，恐怕都是唐吉訶德式的奇異行為。現在大家應做的，該是義無反顧的加入這個更具綜合性的新潮流吧！

我們可以拒絕鐘聲，但無法拒絕尾隨鐘聲而來的璀璨新晨，而現在是鐘聲到處響起的時候，這表示了「鄉土文學」在歷史發展的過程上已走入了它的最後歸宿，同時也預示了一個清新、燦麗的清晨即將來臨。

——原載《中國時報》，一九七七年八月十八日

——本文依據《中國自由主義的最後堡壘》（四季出版，一九七九年九月）編校

輯三 | 反思

想像鄉土・想像族群

——日據時代台灣鄉土觀念問題

施淑

一九三〇年因為台灣話文和鄉土認同問題而引發的文學論戰，一般都認為是台灣文學本土論和台灣主體性意識萌芽的開始，論者大概都認為它斷續潛伏在日據時期及二次大戰後部分台灣作家的意識之中，而後集中和全面地表現於一九七七年開始的持續數年的鄉土文學論戰裡。[1]

不論是戰前或戰後，有關「鄉土文學」的觀念及內涵，除了七〇年代的論戰中，代表官方說法的一邊，曾粗暴地將它定性為「自大而又偏狹的地域觀念」，甚至扣上了「工農兵文藝」、「統戰」之類的白色恐怖帽子，[2]一般說來，作為它的觀念核心的「鄉土」，在歷次論爭的開始，似乎一直是個先驗的、不辯自明的而又義界模糊的存在，可是隨著論辯的展開，卻不斷呈現著意義增殖的現象。在七〇年代末的論戰中，雖有王拓〈是「現實主義」文學，不是「鄉土文學」〉的長文，試圖以現實主義的思想方法和藝術性質，澄清環繞著「鄉土」一詞的意念上的紛爭，但仍無法解決這個關鍵性辭彙在論戰過程中，一再被不同的意識型態遮蔽，一再扮演著變動中的權力結構的文學性浮標的事實。這情況隨著八〇年代鄉土文學內部的南北分裂和本土論的興起，而愈益明顯。

從文學史來看，台灣鄉土觀念的發生，是來自於一個因被殖民而破裂的現實世界的。這破裂的意識，首先出現在二〇年代文化協會的啟蒙思想者們有關新、舊社會及新、舊文化的論述，而後爆發於對日本同化政策的抗拒。在相關的論述中，可以看到，因為啟蒙思想者的科學、理性、民主、進化等觀念，他們都毫不遲疑地站在新文化、新社會的一邊；但同樣由於啟蒙思想的緣故，他們卻無法接受以先進姿態出現的殖民主義的同化政策，因為在啟蒙者特有的有關人類及世界發展的烏托邦信仰的前景下，日本的同化政策從根本上違反了他們對民族獨立、自由、平等的要求。以上的思想脈絡，可以在鼓吹台灣「固有文化」、「特種文化」的黃呈聰文章中，找到代表性的論証。

在一九二三年發表的〈論普及白話文的新使命〉[3]一文中，黃呈聰提出如下看法：首先他指出台灣文化與中國的淵源，台灣在政治區分上屬於日本等客觀事實，認為「台灣的文化總要受中國和日本內地的影響」。其次，他批判當時的社會狀況，指出傳統封建文化扼殺台灣人追求人權和發展個性的「天賦使命」，日本公學校教育除了讓台灣人學到普通的日語，少有「科學和一般的

1 相關論述詳見游勝冠：《台灣文學本土論的興起與發展》，前衛出版社，台北，一九九六。

2 見銀正雄：〈墳地裡哪來的鐘聲〉、余光中：〈狼來了〉、彭歌：〈統戰的主與從〉等文，俱收於尉天驄主編：《鄉土文學討論集》，台北，一九七八。

3 李南衡主編：《日據下台灣新文學・明集5・文獻資料選集》頁六－一九，明潭出版社，台北，一九七九。

智識」的傳授，這造成台灣社會的不發達，歸根究底，這來自總督府企圖以日本固有文化來同化台灣人。面對以上處境，黃呈聰呼籲台灣人應該利用懂得漢文之便，學習和普及中國白話文，啟蒙群眾，使之透過閱讀中國「現代的」書刊報紙，獲得新知，改造舊習，使台灣成為「世界的台灣」，躋身「世界國家」之中。他的整個信念是這樣的：

從來偏狹的國家觀念，漸漸擴大到世界國家的觀念，世界的地圖好像縮小了一樣，人類變成一個大家族的現象，以後的人類總要一面在自己的國家裡生活，而一方面要在世界國家裡生活，這是現代文化人的新感覺最熾烈的。所以我們若是從世界地圖上看了台灣的島，如像一巴掌大的，怎樣能得株守如籠中的小鳥呢？我們的文化是要受東洋和世界全體的支配，我們應該和世界的人做共同的生活，才能做世界的台灣了！

黃呈聰這幅放眼天下，讓台灣走出國家定位的局限，把台灣納入東方和世界體系之內的烏托邦圖景，不久即告幻滅，兩年後的一九二五年，他發表了〈應該著（要）創設台灣特種的文化〉，[4] 一反宿念地提出台灣特殊性的存在和必要。文中，他首先對台灣文化做一番歷史的考察，認為到清代為止，台灣人和台灣文化都來自中國，「後來因為地理和環境關係，幾乎成了特種的文化，至今過了兩百多年之久，經許多的改善，很適合於台灣人的生活，其中卻也有台灣人自己創造的，然大概都是根據於中國的文化，來改造適合於台灣，成了一種固有的文化」。按他的說法，這就是台灣的「社會的遺產」。日本占領後，移植進來的日本物質、精神文化，「混在固有的台灣文化裡面，形成一種複雜的文化」，因為它是透過同化政策的強制手段，而不是順其自然的發展，所以他以調侃的語調，指陳當時的現象說：總督府「總要使台灣人萬事學內地（日本）人的模式」，「學日本式的生活法，當局看見便就讚美說已經同化了，和內地人是一樣的，其實外面裝作日本式，而裡面還是台灣式的生活咧」。對於這表裡不一的現象，黃呈聰提出他的擇善而行的、調和論的解決之道：

> 我們台灣是有固有的文化，更將外來的文化擇其善的來調和，造成台灣特種的文化，這特種的文化是適合台灣自然的環境，如地勢、氣候、風土、人口、產業、社會制度、風俗、習慣等——不是盲目的可以模仿高等的文化，能創造建設特種的文化始能發揮台灣的特性，促進社會的文化向上。

以上黃呈聰的論述，雖未直接提到「鄉土」，但他對同化政策的否定，對台灣式、日本式生

4 同上引書，頁七二—七六。

活的意識上的區分，對固有文化、特種文化的堅持和追求，卻無一不涉及一般觀念中的鄉土意識，這個因現實世界的分裂而存在的鄉土意識，在客觀意義上，如不是發展成為以「固有」的面目凝固起來的帶有儀式性意味的民俗天地，成為殖民地台灣的名符其實的殖民主義式的文化保留地，在歷史發展中自生自滅。再不然，這個以台灣特殊性為根本訴求的台灣特種文化及建立其上的鄉土意識，將會是詹明信（Fredric Jameson）所說的與文化帝國主義進行生死搏鬥的第三世界文化。

詹明信在〈跨國資本主義時代的第三世界文學〉一文裡指出，所有第三世界的文化，都不能被視為人類學上所說的獨立的或自主的文化，相反的，這些文化都處於與第一世界文化帝國主義進行生死的搏鬥，而這文化搏鬥的本身反映了第三世界受到資本主義的不同階段或一般所說的「現代化」的滲透。此外，他又指出，第三世界的文學作品都帶有寓言性和特殊性，它們都是「民族寓言（National allegory）」，它們總是以民族寓言的形式投射出政治意義，也即是有關第三世界的文化和社會受到沖擊的問題。[5]從以上的角度來看，前述黃呈聰的主張將不僅只是具有畛域意義的地方特色、地方文化的建立，而是在日本同化政策的壓迫下，以族群或民族認同為根本考慮的反殖民主義的政治抗爭。因此，由之帶動的台灣鄉土文學意識也就不僅只是以地方色彩、風土民情取勝的一般意義的鄉土文學，而是第三世界的台灣文學。只不過上述一切若放在台灣本身在世界地緣政治（geopolitical）上的亞洲屬性來考慮，放在它之作為同樣也是亞洲的日本，這個在世界現代史上扮演帶著落後性烙印的最後帝國的殖民地的事實來加以思考，則詹明信所說的第三世界文學的特質，會在日據時代的台灣發展成什麼具體結果，倒是值得進一步探討的。

在文學想像中，台灣這塊地方和它的名字，好像從一開始就是用來寄託幻想而不是鄉愁的所在。早期的中國史籍和詩文給予它的蓬萊、岱輿、員嶠這些帶著神話色彩的稱謂，指涉著永不可能真實化的仙鄉，它懸浮於中國權力輿圖的九州瀛海之外，一個神州之外的神州，或中國苦難之外的烏托邦。至於後來常被使用的福爾摩沙，這個需要翻譯的外來命名，則是個美麗的許諾，許諾著生息於斯的人們所不知道的幸福，一個實現帝國主義殖民者難以測知的欲望的美麗島嶼。走過幻想的前史，當台灣在世界現代史上得到它的殖民地身分，台灣成了苦難的象徵，一個在文學想像裡同樣需要幻想而不是鄉愁的對象。這一切首先表現在作家對台灣鄉土傳統的矛盾的、疏離的關係上。

從一九二〇年代台灣新文學誕生開始，作家與鄉土的關係一直就不是很和諧的。二〇年代，因為作家大都是文化協會的會員，這重疊的身分，使他們的作品呈現出社會現狀的揭發和批判的雙重性質，用來抵抗日本殖民壓迫和文化壟斷的鄉土意識，在他們的作品中，除了是改革的力量，也是改革的對象。這情況決定了文協的知識分子作家與黃呈聰筆下的台灣固有文化、台灣社會遺產疏離的開始。因為一方面，正如竹內好在《現代中國論》指出的：「東方的近代，是西歐強制

5 Fredric Jameson：“Third World Literature in the Era of Multinational Capitalism”,Social Text, no15, 1986。

的結果」，十九世紀被侵略、被殖民地化的「亞洲悲劇時代」，製造出「脫亞入歐」的日本，產生了中國鴉片戰爭以後的維新思想及其後以「改造國民性」為出發點的五四新文學。以啟蒙理性為指導思想的文協知識分子作家，在創作具有民族寓言意義的作品，抵抗台灣被同化的命運，他們據以判定台灣鄉土的發展方向，台灣特殊文化的創設標準的諸理念，自然也避免不了西風壓倒東風的亞洲式文化抵抗和失敗的命運。這情形可以由當時的代表性作家賴和、陳虛谷、楊雲萍、楊守愚等人的作品，普遍由理性進化的觀念和人道主義角度，檢視台灣封建文化、台灣傳統士紳階級的思想性格，而把他們的同情及希望放置在那些被視為社會異端的新知識分子的去向，找到具體的說明。

一九三〇年，繼文化協會左右翼分裂，台灣社會思想運動由資本主義的溫和改良派變換為社會主義的「大眾化」路線之時，黃石輝以〈怎樣不提倡鄉土文學〉[6]一文開啟了台灣話文和鄉土文學論戰。這次以母語和鄉土為正面和根本訴求的論戰，除了延續二〇年代反殖民同化的精神基調，反映社會主義階級分析的新思考方向，同時還透露著對鄉土認同和族群處境的焦慮情緒。黃石輝的文章在呼求作家以「廣大群眾」、「勞苦群眾」為寫作對象，以「台灣話」為表述工具，以「描寫台灣的事物」為作品內容之外，進一步提出：

> 你是台灣人，你頭戴台灣天，腳踏台灣地，眼睛所看的是台灣的狀況，耳孔所聽見的是台灣

的消息，時間所歷的亦是台灣的經驗，嘴裡所說的亦是台灣的語言，所以你那枝如椽的健筆，生花的彩筆，亦應該去寫台灣文學了。

這段話中，黃石輝之把「台灣文學」等同於「鄉土文學」，而且一再強調寫作和思考的範圍必須是加上「台灣」這個限定詞的天、地、語言、事物、經驗等等。這樣的論述，除了表明他個人的社會主義文藝思想取向，未嘗不含有在強勢的殖民文化滲透下，台灣知識界對鄉土傳統，對台灣特殊性的失落的普遍危機意識在內，也即是前述詹明信所說的遭遇「現代化」沖擊的第三世界文化的掙扎和反應。與此有關，從一九二八年到一九三二年，《台灣民報》及《台灣新民報》曾陸續刊登代表台灣本土「有識階級」討論歌仔戲的文字，對於這個從語言到唱腔，從內容到表演形式、都屬台灣人在台灣固有文化領域裡創造性地轉化（creative transformation）而成的新劇種，在總計約三十篇的報導和批判文字裡，攻擊和批判的理由毫無例外地指向歌仔戲的「傷風敗俗」。[7]這現象或可作為二、三〇年代，台灣知識人在確認台灣鄉土時的文化焦慮的一個旁証。

除了上述的文化意識的疏離，另一方面，在割讓的現實下，面對政治區分上屬於日本，文化

6 本文原載《伍人報》九—十一期，一九三〇年八月，轉引自廖毓文：〈台灣文字改革運動史略〉，《台北文物》四卷一期，一九五五年，五月。

7 邱坤良：《日治時期台灣戲劇之研究》頁一八八—二〇一，自立晚報社文化出版部，台北，一九九二。

傳統上屬於中國的雙重認定，意識到鄉土的精神家園意義的知識分子作家，即使退據到僅屬血緣的、種姓的漢民族意識，但在失去國家民族的政治認同的前提下，所有構成台灣鄉土內容的有形無形的文化符號，甚至黃呈聰及其後的鄉土論者視之為台灣特性賴之以賦形（incarnation）的自然條件和地理環境，都會在殖民政策強制性的人文、物質建設中，使台灣鄉土脫胎換骨成按照殖民帝國主義的價值系統規畫而成的「第二自然（the second nature）」。[8]早在二十世紀之交，隨著格林威治標準時間的實行，因產業結構而來的台灣市鎮的平均分散的發展，台灣人的生活規律即逐漸被納入不同於傳統農業社會的時空意識。[9]一九一〇年，因台灣縱貫鐵路的完工，台灣鐵道部出版了《台灣鐵道名所案內》的旅遊指南，將鐵路沿線的主要風景及殖民政府主要設施做了詳細的介紹。一九一五年，為炫耀殖民統治的成果而舉辦的「始政二十年勸業博覽會」，其中一項就是鐵道部的全島旅遊路線。根據它規創出來的由北到南的七條旅遊路線中，台灣原住民和漢人的世界，分別以「蕃地」和「古蹟」的身分與神社公園、水源地、油田、糖廠、血清作業所等等日本精神和物質文化符號，並列於新的權力空間網絡裡。[10]

薩依德（Edward Said）在分析殖民問題時曾指出，追根究底，帝國主義是一種對地理施加暴力的行為，透過這活動，世界上的每塊土地都被剝削、規畫和納入控制。它的結果是使世界上的土地和人民，依照資本主義的勞動的地域分工形成不同的國家空間，使它們被加上天然的、永恆的差別面貌。[11]上述那幅由台灣總督府鐵道部規畫出來的旅遊地圖，無疑是日本殖民帝國的意識的、精神的物証，而這如假包換的旨在「描繪帝國（describing empire）」的殖民主義式的台灣形象，根據一九二三年英國皇家地理學會會長魯特（Owen Rutter）的觀察印象是：「充滿美景與驚奇之旅，這塊美麗島有著曲折的歷史、豐富的資源和處境鬱卒（unhappy）的原住民族。」[12]但這無所逃於殖民地的天地之間的台灣第二自然，這個按照資本主義的地理想像繪製出來的不平等的空間景觀和地域分類，卻是日據時代生活於曲折的歷史進程中的台灣人民的「天然」的生存空間。

一九三五年《台灣新民報》出版了《台灣人士鑑》，其中有一項是調查當時社會領導階層的餘暇活動，統計中，素以文協反對運動和作家著稱的「台中州人士」，他們的主要休閒活動除了讀書，就是「登山」、「旅行」兩個項目。[13]大約在同一個時候，留學日本的葉盛吉，在他的手記裡屢屢回憶童年時「不可思議」地並存於他心中的故鄉日本和故鄉台灣．根據他的感覺，「前一個故鄉

8 Neil Smith 在 "Uneven Development（不平等的發展）"，一書中指出：資本主義會按照商業地理學改變自然和空間的面貌，造成自然地景的不平衡發展，如貧窮與富有，工業區都市化相對於農業區的萎縮，它的極致發展就是帝國主義。Smith 把資本主義的這種科學化了的自然世界，稱之為「第二自然」。詳見Edward W. Said："Yeats and Decolonization", in Nationalism, Colonialism, and Literature, University of Minnesota Press, Minneapolis, 1990, pp.78-79。

9 詳見拙作：〈日據時代台灣小說中頹廢意識的起源〉，《兩岸文學論集》，新地文學出版社，台北，一九九七。

10 呂紹理：《水螺響起：日治時期台灣社會的生活作息》，頁一〇八－一〇九，政治大學歷史研究所博士論文，一九九五年二月。

11 同注8。

12 同注10，頁一一二，「unhappy」呂紹理譯為「鬱悶」。

13 同注10，頁一一四－一一六。

來自生活，後一個故鄉源於血統和傳統」。[14]這些現象，無疑包含有「固有的」鄉土情懷在內，但潛存於當年登山旅遊的台灣社會人士及幼小的葉盛吉意識中的，恐怕不無被天然化了的殖民地台灣的「名所」和「古蹟」的觀念成分吧！

伴隨著上述被天然化，因而也是被同化了的台灣人文及自然地貌，一九三〇年代前半葉，先後發刊的《南音》、《先發部隊》、《福爾摩沙》等雜誌，在「八方碰壁」的感覺下，分別提出有關台灣文學出路的討論。代表《南音》立場的葉榮鐘首先提出以台灣的風土、人情、歷史、時代做背景的「台灣自身的大眾文藝」，接著又提出超越階級羈絆，表現台灣「全集團的特性」的「第三文學」。根據他的解釋，第三文學是表現因山川、氣候、人情、風俗等「特有境遇」所形成的「台灣人在做階級的分子以前應先具有（的）一種做台灣人的特性」的文學。[15]相似的主張表現在《福爾摩沙》提出的「真正台灣人的文藝」，這雜誌的同仁之一的吳坤煌在〈台灣鄉土文學論〉中則引述列寧、史達林的理論指示，提出以「內容是無產階級的，形式是民族的」為原則的符合未來的社會主義國際文化要求的鄉土文學。[16]以上這些出現在日本統治中期，殖民建設大致底定時的文學觀念，除了反映思想、階級、族群的分化，還顯示出鄉土失落的焦慮，因為不論是有待發掘而後出現的台灣集團特性，或以未來式存在的國際主義精神的鄉土文學，折射出來的正是普遍存在於第三世界文學中的反殖民帝國主義的文化想像，也即是對那實際上已被篡奪、被洗劫的鄉土及族群的召喚。[17]不過隨著日本殖民侵略的擴張，台灣政治地理位置的轉換，這僅存於日據時代台灣文學中的台灣意識和鄉土想像，也在日本南進政策的步伐中扭曲甚至消失於無形。

一九三七年七七事變後，為因應侵略戰爭的需要，日本近衛內閣發表了國民精神總動員計畫，台灣總督府根據計畫的實施要項，向台灣人進行「物心兩方面的總動員」，它配合軍事上的南進政策，把台灣定位為日本帝國「建立大東亞新秩序」的南進基地，台灣的地位於是被根本改變為戰略上的據點。一九四〇年，近衛內閣為「建設高度國防國家體制」，組織了法西斯式的「大政翼贊會」，積極實施新體制運動，台灣也仿效成立皇民奉公會，以所謂「皇民錬成」來「實踐翼贊大政之臣道」。這一連串措施，帶給當時的文化界無限想像，如一九四一年八月，《台灣日日新報》刊登了在台日人作家堺謙三的評論，文中云：以前的台灣「只是殖民地沒有責任」，現在「變成南進基地，成為了心臟」。[18]一九四二年的《台灣經濟年報》更指出：

14 楊威理著，陳映真譯：《雙鄉記》，頁一七，人間出版社，台北，一九九五。
15 葉榮鐘：〈「大眾文藝」待望〉，〈第三文學提倡〉，〈再論「第三文學」〉，各見《南音》第一、八、九—十號。
16 吳坤煌：〈台灣鄉土文學論〉，《福爾摩沙》第一卷第二期。
17 同注8。
18 轉引自柳書琴：《戰爭與文壇——日據末期台灣的文學活動（1937.7—1945.8）》，頁六五，台灣大學歷史研究所碩士論文，一九九四年六月。

無論將本島（台灣）人當作華僑對策的尖兵，使之進入南方，還是作為農業商業移民送出……都需要將本島人作為真正的日本民族的一個組成部分，鍛鍊成為南進大和民族的好伙伴。[19]

相應於上述的戰略任務，為了「最大地發揮國家、國民的全部力量」，使殖民地人民成為戰爭協力者，大政翼贊會頒布了「振興地方文化」，「內、外地無區別」等政策，台灣總督長谷川清也調整了皇民化運動的部分措施，「容許台灣傳統宗教、祭祀、慣習、鄉土藝能、生活方式等，在不違反統治主旨的原則下存在」。翼贊會文化部長更發表了：「讓台灣更立於台灣的特殊性，朝鮮立於朝鮮的特殊性」之類的保証。[20]在這樣新情勢下，一九四〇年以後的台灣文學界也一片情勢大好，在台日人學者和作家，根據歐洲殖民地文學理論，紛紛提倡寫作表現台灣特殊性和異鄉情調的「外地文學」，務使台灣文學成為「在台灣的日本南方文學」。本地作家方面，同樣藉地方文化和台灣特殊性之名，鼓吹建立一個獨立於日本「中央文壇」之外的「台灣文壇」。[21]一時之間，台灣文學界似乎走出了龍瑛宗所說的戰爭初期的「文學的長夜」，台灣作家夢寐以求的表現「全集團特性」的台灣鄉土文學，似乎也在這「實踐臣道」的新體制運動中，獲得解放。但正是在這一方面與納粹德國的法西斯思想遙相呼應，一方面體現曾以脫亞入歐自詡，而事實上保存大量東方封建質素的日本殖民帝國的「新體制」的幽靈下，[22]台灣風土因它的特色而成殖民地文學的標本，帶有台灣的記憶、台灣人的生命經驗的民間傳說、歷史故事，成了「國策文學」的範例。

一九四〇年，台灣女作家黃鳳姿的小說《七爺八爺》、《七娘媽生》，獲選為台灣總督府情報部的推薦圖書，理由之一是有助於「皇民之鍊成」。[23]同一年，西川滿在他的名作《赤嵌記》敘述鄭成功的孫子鄭克壓擔任監國的職務後立志：

策劃在台灣施行新體制，整肅風紀，……在以建設高度國防國家為急務的當前，是不能顧慮個人的自由和平安的。自己無論如何一定要盡忠於監國的職務，繼承祖父的遺業。

小說接著描述沸騰在他心中的信念：

19 轉引自藤井省三：〈「大東亞戰爭」時期台灣讀書市場的成熟與文壇的成立——從皇民化運動到台灣國家主義之道路〉，頁一五，〈賴和及其同時代的作家：日據時期台灣文學國際學術會議〉論文，清華大學一九九四年十一月。

20 同注18。

21 詳見柳書琴論文，同注18，頁八〇—八三，九八—一〇〇。又藤井省三論文，同注19，頁一六—二〇。

22 矢內原忠雄曾云：「台灣總督之政治在制度上是絕對的專制政治。今日如欲見專制政治為何物，往他國或他國殖民地之任何地方均不能達其目的，唯在朝鮮或台灣乃得見到。」，見蔡培火著《與日本本國國民書》的序文，學術出版社，一九七四年中日文對照本。

23 同注18，頁六四。

復興大明。在南方建立大明帝國。……祖父的母親是日本人，是祖父那一代唯一的驕傲。這樣看來，我這五尺之軀內也必定連綿地流著日本的血。我應珍惜這血緣，服從這血緣的指示，向南方前進。[24]

以上這些無一倖免於皇民化的七爺、八爺、七娘媽、鄭克塽，很難想像會帶給台灣人的文化認同什麼樣的災難。伴隨著這些時空錯亂而又充滿法西斯式的人種崇拜的神話、傳說和歷史人物，台灣人的精神系譜會走向什麼樣的世界，更屬未知。不過正是在這未知的世界之前，鄉土台灣，這維繫族群命脈的疆域所在，終於從根本上失去了它的名字，在本土及日本在台作家的筆下，被還原成抽象方位概念的、無極的：南方。

——原載《聯合文學》雜誌第一五八期，一九九七年十二月

——本文依據《台灣鄉土文學‧皇民文學的清理與批判》（人間出版社，一九九八年十二月）編校

24 這兩段譯文用張季琳譯，藤井省三：〈台灣異國情調文學的敗戰預感——論西川滿《赤崁記》〉，頁七、八。本文為藤井氏一九九七年九月在中央研究院文哲研究所宣讀的論文。

本土之前的鄉土

——談一種思想的可能性的中挫

林載爵

一

一九七三年一月，孤立在台中大肚山上的東海大學學生社團東風社出版了第四〇期的《東風》，這一期的《東風》製作了美國黑人文學家鮑爾溫（James Baldwin）的小專輯，包括美國黑人文學與鮑爾溫的介紹，翻譯了鮑爾溫的短篇小說〈桑尼的藍調〉（Sonny's Blues），以及鮑爾溫與人類學家米德（Margaret Mead）的對話錄。[1]同期中，也翻譯了時任哥倫比亞大學音樂系主任屈文中的〈亞洲對西方音樂的影響〉一文。半年之後，《東風》四一期以〈大學生需要革心〉為社論，刊登了〈大學生的貴族心態〉，訪問了漢寶德先生談知識與社會。也發表了陳少廷的〈日據時代台灣的文化啟蒙運動〉。[2]

一九七三年的上半年，在獨處一隅的大學校園裡，一種新的思想的可能性正在萌芽。鮑爾溫描述一個空虛、徬徨、無助，常用錯英文文法的年輕黑人桑尼幾乎沒有機會或能力來反抗白人的文化和社會，他所有的，祇是委身於吸食毒品，或經由藍調音樂來發洩一種古老的、深沉的憂傷。鮑爾溫在訪談中一再提到「我無安身之所」，「生下來是困難的，學走路也困難，老、死困難，為每一個人、每一處地方而活也是困難的，永遠，永遠。但無人有權再加上另外的負擔，另外無人能付出的代價。」他控訴我的祖先「他們像騾子一樣的被拍賣，像馬一樣的被飼養，……我必須牢記，我必須贖罪，我不能讓其付諸東流，我生存於此的唯一理由是忍受見證的痛苦。」當我們讀到這些沉重的句子，新的文學之眼與世界之窗逐漸被打開。在黃春明、王禎和、陳映真的小說之外，我們已經可以感受到世界各地作家的類似體驗。音樂學者周文中在文章中，擺脫了一個世紀以來，西方文化的宰制陰影，十分堅定的說明了亞洲音樂傳統如何可以混養現代音樂，並期待西方作曲家去充分了解，潛心研究，東方文化的價值在這裡開啟了重新挖掘、詮釋的契機，傳統與西化的舊有論述方式已宣告死亡。東風社的青年藉著托爾斯泰的《伊凡・伊列區之死》警告大學生不要像托爾斯泰筆下的貴族一樣沒有理想，也差不多沒有思想，在他的狹隘天地和機械的生活中，直到臨死方凜然發覺自己虛度了一生。大學生的角色，知識與社會的關係再度提出檢討，

1 東海大學東風社，《東風》四〇期，一九七三年一月，頁八〇—一〇八。
2 東海大學東風社，《東風》四一期，一九七三年六月，頁十三—廿一、卅四。

陳少廷在演講中陳述了日據時代台灣知識分子的社會運動。這就是一九七三年上半年美麗的大肚山上的一股新奇的思想氣氛：追尋一段失落的歷史，聯繫殖民後世界文學的共同省思，觀察一個衰敗的文化如何再生，以及個人與社會關係的重新定位，並進一步了解台灣的社會構造。

之後，一九七三年八月《文季》出刊，一九七六年二月《夏潮》創刊，四月《仙人掌》加入，一九七八年蔣勳接編《雄獅美術》，為這一股思想的內涵做了更多的討論與擴大。然而，經過一九七七年四月開始的鄉土文學論戰，以及一九七七年十一月的中壢事件，一九七九年十二月的美麗島事件等黨外運動的激化，跨過一九八〇年代以後，這股思想卻橫遭中挫，被另一股完全不同的思想路線取而代之，從思想史的角度來看，這是一個大轉折，以當時的用語來說，就是由鄉土轉為本土。

二

當代法國歷史學家費夫賀（Lucien Febvre）在研究十六世紀的「不信」（unbelief）的問題時，以當時所使用的文詞（words）作為分析的根據。他認為我們如果要將不適用的文詞予以哲學化，必然會遭遇到障礙，甚至不足或一片空白。在十六世紀時，絕對（absolute）與相對（relative）不存在，抽象（abstract）與具體（concrete）不存在，混淆（confused）與複雜（complex）不存在，

Spinoza 喜歡用的合適（adequate）不存在，虛擬實相（virtual）也不存在，連 insoluble、intentional、intrinsic、inherent、occult、primitive、sensitive 也都不存在（它們都是十八世紀的詞彙）。因此，費夫賀說：「語言與思想的問題就如同裁縫之於不合身的衣服，也就是說他必須不停地根據會不斷變形的顧客身材修改手上的材料，有時衣服太鬆，有時顧客又被綁得太緊，他們必須彼此互相調適，這是會的，但要慢慢來。語言常常即非水壩，也會是水閘，在思想史上當某個語言出現時，其哲學之水流會被堵住，直到有一天，它突然之間衝過水壩，往前奔流而去。」[3]這就是說，沒有這個語言就沒有其所代表的思想，但當這個語言出現時又必須具有飽滿的思想內涵。

鄉土與本土兩個詞彙在一九七〇年代與一九八〇年代相繼出現，正是這種現象的說明。鄉土與本土分別代表了兩種不同的思想類型，各有其內涵。其中中國與台灣的國家認同的差異是最顯著也最引人注目的，但是如果把鄉土與本土的討論從這個方向出發，或者完全據此立論，則容易掩蓋兩者的思想差別，也會模糊了兩者的思想內容。

鄉土是一九七〇年代台灣共同使用的語言，這個語言存在於《夏潮》、《仙人掌》、《雄獅美術》、《綜合月刊》、《中國論壇》等許許多多的雜誌報刊上，大家在討論時都有一定程度的

3 Lucien Febvre, the Problem of Unbelief the Sixteenth Century *Historians at Work* (edited by Peter Gay),Harper & Row, 1975, pp.111-116.

共同了解。例如，當時反鄉土的言論並不是因為鄉土的中國性而攻擊鄉土，反而是擔心它的地域性與階級性而展開批評。[4]但是到了一九八〇年代當本土的用語取代鄉土時，鄉土的中國性卻成為最主要的攻擊目標。因此，從思想史的角度來看，中國結與台灣結並非鄉土與本土唯一而且最重要的差別，它們還有更大的思想意涵的差距。

被殖民歷史的審視

鄉土，作為一種思想類型，它的第一個含意是被殖民歷史的審視。鄉土陣線極力推動被塵封的日據時代台灣反抗史的發掘。透過王詩琅、黃師樵等前輩的回憶與見證，被視為禁忌的台灣近代史再度重現於世，尤其是黃師樵在《夏潮》上的〈台灣的農民運動史〉、〈日據時代台灣工人運動史〉、〈日據時代台灣民眾黨〉、〈台灣工友總聯盟的工會活動〉等一系列文章最為珍貴。但是，鄉土陣線的歷史意識並非只是建立在史料的發掘與整理上，作為一種思想類型，它要強調的是這種反抗運動，「不但是理論鬥爭，而且含有民族思想、階級意識、政治運動種種的色彩。」[5]因此，特別突出蔣渭水從事民族解放運動的歷史地位與楊逵從事農民運動的歷史意義。按照同樣的歷史觀，也重新提出三民主義及中國現代史中反帝國主義與反資本主義的成分，並指出在中國國民黨的理論中，解決帝國主義與資本主義的侵略與壓迫的方式是以群眾運動為基礎的。

因此，這種歷史的呈現不再只是事實的陳述，而是「怎樣談，怎樣看」的問題。[6]譚英坤的〈一九四五年以前的台灣社會經濟〉一文正是這種觀點的代表。他在總結了台灣自荷蘭時期以至日據時代的經濟發展特質之後，問道：我們該從歷史學到什麼？他的看法是：

㈠、台灣社會最為突出的焦點，是殖民地社會這個性格。台灣在進入近代社會之前，便與荷、英、美、法諸國發生密切的關係。台灣的樟腦、茶葉、糖便成為前資本主義的、國際商業資本所追求的商品。

㈡、帝國主義的商業資本和產業資本一直和台灣的經濟結構有著綿密的關係。台灣的勞動一直是外國資本利潤的肥沃的泉源。

㈢、台灣不是那一個強盛的朝代經營的，而是無數勤勞的中國人民，長期用血、汗和眼淚開拓的。

㈣、台灣的命運就是十九世紀以來資本帝國主義下一切落後的亞洲、非洲、中南美洲人民的

4 例如銀正雄在〈墳地裡哪來的鐘聲？〉中說：「鄉土文學走到今天居然變成這個樣子，真正令人寒心，而今天又有人高喊在文學上要『回歸鄉土』了，問題是回歸什麼樣的鄉土？廣義的鄉土民族觀抑或偏狹的鄉土地域觀？如果走的是後面這條路，我們要問那跟三〇年代的註定失敗的普羅文學又有什麼兩樣？」《仙人掌》一卷二號，一九七七年四月，頁一四〇。

5 黃師樵，〈台灣的農民運動史〉，《夏潮》一卷九期，一九七六年十二月，頁十二。

6 訪蘇慶黎，〈站在我們的土地上說話〉（一九七八年九月廿九日），宋國誠、黃宗文，《新生代的吶喊》，台北：自印，一九七八年十二月，頁一四七。

命運。[7]

如果台灣與中國都具有相同的反帝國主義與反資本主義的色彩，則「台灣的歷史位置與中國等同，並包含在世界史裡頭。把『聯合弱小民族的共同奮鬥』的路線，放在世界史的範圍看，中國與台灣同樣成為世界被壓迫的國際性國民革命運動中重要的一支。」[8]這正是鄉土觀點的歷史視野：「將台灣聯繫到『世界其他弱小民族』的國際位置，共為『反帝國主義』陣營的一環，雖然文字符號用的是孫中山的語言，但台灣歷史位置即使是作為『與中國不可分割』一環中，也已跳脫至世界史的角度。」甚至於，「將台灣與中國抬高到相同的地理與政治位置，同置於被壓迫與被殖民的地方，跳脫台灣做為中國邊陲歷史的官方正統說法，台灣抗日運動與中國國民革命的共同目標：反帝國主義，成了彼此等同的重要歷史標記。」[9]

對於日據時代台灣文學的詮釋也是根據同樣的歷史觀點進行的。從一九七三年七月開始，顏元叔編輯的《中外文學》開始發表了有關日據時代台灣文學的論文。「然而，發掘日據下台灣文學的工作，接著被《夏潮》等的賴和、呂赫若諸人的介紹承襲下來，並發展而為這個時期的包括文學作品之刊行在內的整理、研究。」[10]當時所談論到的賴和、楊逵、張深切、楊華等作家，大抵都是放在這個脈絡下來彰顯其作品的意義與精神。

第三世界觀點的提出

台灣之所以能夠放在全球歷史的架構中來了解，是因為台灣與第三世界被殖民國家的歷史處境有其類似之處。唐涓在〈『第三世界』究竟是什麼？〉一文中說：「不管人們喜不喜歡、注意不注意所謂的『第三世界』，我們實際上早已活在『第三世界』裡。我們不同意嗎？我們要辯證嗎？有沒有這個必要？其實這是一個歷史殘留下來的東西。」[11]鄉土陣線要做的是「第三世界的新啟蒙」。一方面重新理解冷戰時期的國際勢力組合，一方面體認台灣的經濟發展是以加工出口為導向的經濟結構，在世界經濟中是附庸的初級加工經濟，因此必須理解同樣受先進資本國剝削的地區，其國家與人民如何進行反應與對抗。

有人談菲律賓的新一代，行動與思想已經完全美國化，傳統的母體文化已被斬斷，將數世紀來的殖民地位，視為天上掉下來的恩寵而不是災禍。[12]有人談世界性的糧食與人口問題、尼羅河大

7 譚英坤，〈一九四五年以前的台灣社會經濟〉，《夏潮》二卷四期，一九七七年四月，頁十四—十五。
8 林問耕，〈台灣民眾運動與國民革命〉，《中國時報》，一九七七年五月十一日。
9 郭紀舟，《一九七〇年代台灣左翼啟蒙運動——《夏潮》雜誌研究》，台中：東海大學歷史研究所碩士，一九五五年六月，頁九五。
10 陳正醍著，路人譯，〈台灣的鄉土文學論戰〉，《暖流》一一卷二期，一九八二年八月，頁三二。
11 唐涓，〈「第三世界」究竟是什麼？〉，《夏潮》四卷四期，一九七八年四月，頁四〇。
12 李雙澤，〈喪失民族精神的菲律賓教育〉，《夏潮》二卷五期，一九七七年五月，頁六五。

壩成巨災、印度貧窮問題的本質、跨國公司輸出污染、中東石油、巴基斯坦的過去與未來等等，從而指出：第三世界的國家在經濟發展上，有某些類似的特徵：一、以強大的壓制力維持社會的穩定，抵制自由團體的意願。二、政治經濟體系經由強制的整合納入國際資本主義霸權提供勞力，同時獲得外國資本以維持現狀。三、私人資本自由競爭，並且由政府將私人資本運用上任何可能的限制減至最少。[13]

將台灣納入這個具有共同特徵的第三世界，正是要指明台灣「黨國─資本」結盟的政經體系。更進一步要質問：第三世界的國家，其獨裁政權的存續條件究竟是什麼？為什麼高壓政治在第三世界的國家普遍存在？為什麼從前的殖民主義和現代經濟的新殖民主義都是人權的大侵害者？為什麼外援和投資對第三世界的國家如此重要？答案是不是維持和確保霸權中心與邊陲的關係？一方面有利於邊陲國家一小群統治者的政治獨裁和經濟壟斷，也能提供多國公司更多的機會來吸收邊陲國家的利潤。整個國際資本主義系統也因為這樣才得以繼續不斷地凝聚資本，進行再生產的過程。[14]

第三世界觀點的提出伴隨著現代化理論的批判。陸文俊指出：「一九五〇年以來，『發展』的意義均被狹義的定為科技與經濟的活動，而忽略政治、社會和科技、經濟的相聯性……國民生產毛額增加的快速對整個社會『發展』並無絕對的關係。……第三世界一定要以本身的社會與文化背景，自己的農工基礎中產生道地的，屬於自己的發展理論，否則任何發展只能是『西化』或『現代化』的延伸，將匍匐爬行，尾隨人後。」[15]唐文標說：人的幸福才是指標；「GNP不外計算了民眾在市場花錢了的消費貨物，這些貨品是否必須？是否令民眾更健康和快樂？」「無目的的經濟成長和利潤至上的結果，世界已被污染到不可人居！」[16]

社會階級的分析

當「殖民社會」的世界性與全球性成為瞭解台灣歷史的基礎時，對台灣社會階級的分析也跟著成為鄉土思想類型的基本內涵。「階級」的觀念擺脫了禁忌的束縛，戰戰兢兢的被提出來。[17]《夏潮》對勞動階級的報導比起政治、社會新聞的報導更加廣泛。內容涵蓋鐵路工人的悲歌、國內工人現狀分析、三合礦工的呼聲、正視童工問題、請吃米飯的人、聽聽農民的心聲。（草屯鎮有位

13 胡晴羽，〈第三世界人權的經濟、政治基礎：以韓國為例〉，《夏潮》五卷三期，一九七八年九月，頁五二。
14 同上註，頁五〇。
15 陸文俊，〈第三世界經濟發展理論的再檢討〉，《夏潮》二卷四期，一九七七年四月，頁七七—八〇。
16 唐文標，〈人的幸福才是指標〉，《夏潮》二卷六期，一九七七年六月，頁四五。
17 最反諷的說法是老國民說的：「『階級』這兩個字，最近大家一提到，都有點觸目驚心，老國民也屢遭警告，所以絕然不敢碰這兩個字。」〈鄉土文學論文集〉，《夏潮》四卷六期，一九七八年六月，頁四八。

農民，從梨山運出三千多斤甘藍菜到草屯市場拍賣，僅得到四百九十多元，一斤約一角五分七釐，普通看一場電影約需四百斤甘藍菜。）

有關勞資糾紛的投訴個案逐漸增多，從一九七八年開始《夏潮》在下層階級生活、報導的文章內容上，由人道主義或社會新聞報導，轉向深度的工農階級社會矛盾的討論上，並深入到漁會、農會、工會的霸權。[18]當然，階級的分析對象也包括在七〇年代日益頻繁的進出口貿易中所形成的商業貿易階層，這個階層，連同國內的大工商業以及外國在此地投資的工商業，基本上支配著社會的經濟生活。[19]

鄉土陣線所主張的現實主義文學正是要「規劃農人與工人，……民族企業家、小商人、自由職業者、公務員、教員以及所有在工商社會為生活而掙扎的各式各樣的人。」[20]更進一步還要「正確地反映社會內部的矛盾。」[21]因此，黃春明所關心的是台灣接受美國、日本資本輸出下的經濟生活形態，從跨國公司資本侵入的角度，審視這種經濟結構的撞擊並觀察小說裡的人物關係，形成一種粗糙的階級矛盾關係。[22]楊青矗的〈工廠人〉則反映了一個勞動者的勞動力價格及他要過的物質生活的寬窘。[23]至今仍然令人十分懷念的宋澤萊的〈打牛湳村〉（刊於《夏潮》五卷二期，一九七八年八月），讓我們進入了打牛湳最深沉的內裡，觀察到打牛湳存在的本質。長久以來都市—工業制度對農村的侵蝕，終使舊有的農村處在變遷、改換的過程之中，其中破壞性最強的莫過於自由放任經濟對農民的打擊，生產與分配不但不得協調，反而被商人操縱，肆無忌彈地侵入打牛湳的瓜販就是這種自由放任經濟的最佳成果，打牛湳和瓜農只好無力地任意被他們擺布、詐騙[24]就是這種階級的分析讓反對人士批評為：「我們看到這些人的臉上赫然有仇恨、憤怒的皺紋。」[25]

然而，社會結構中的族群關係被陳映真用一種極為深沉寬厚的態度來對待：「陳映真在處理大陸人和本省人的人與人之間的關係時，是將他們置於一個從來不認識大陸人、本省人的社會規律下，以社會人而不是畛域人的意義開展著繁複底生之戲劇的。……一群生活在幃幔深垂的天地中的台灣市鎮小有產者與幃幔之外廣泛的生產者之間，那種有產者的倦怠、衰竭與乎生產者世界的不可思議的生活力之對比，都因陳映真之著筆於社會底根源，而消失了畛域底差別。」[26]這正是

18 郭紀舟，前引書，頁一五八—一六二。
19 石恆，〈思想與社會現實〉，《夏潮》四卷四期，一九七八年四月，頁十六。
20 王拓，〈是「現實主義」文學，不是「鄉土文學」〉，《仙人掌》一卷二號，一九七七年四月，頁七三。
21 李拙，〈二十世紀台灣文學發展的動向〉，《鄉土文學討論集》，台北：尉天驄，一九七八年四月，頁一二八。
22 郭紀舟，前引書，頁一〇六。
23 陳映真，〈楊青矗文學的道德基礎〉，《孤兒的歷史，歷史的孤兒》，台北：遠景，一九八四年，頁一二八。
24 林邊，〈隨想宋澤萊的《打牛湳村》〉，《民眾日報》，一九七九年二月二十二日。
25 銀正雄，前引文，頁一三七。
26 許南村，〈試論陳映真〉，《鄉土文學討論集》，台北：尉天驄，頁一七三—一七四。

陳正醍所說的：「其所以對『鄉土文學』矚目，正是對土地與人民的關係普遍提高的結果。……或多或少包含著的社會正義與社會改革意識。」[27]

大眾文化的反省

在鄉土思想的範疇中，大眾文化是被肯定與接受的。我們命定的活在川流不息的大眾文化之中，不管你喜愛不喜愛，不管你擁護或批評，我們活在其中，所期待的只是另一個大眾文化的流行。[28]這另一個大眾文化在一九七〇年代初期已逐漸顯露，那就是回歸鄉土。一九七二年《Echo》發掘了洪通，繼而《雄獅美術》也為洪通做了專輯（一九七三年四月），民歌的創作與演唱已經展開，一九七五年朱銘的寫實主義雕刻，引起了相當廣泛的討論，民族藝術活動也開始受到前所未有的重視。

然而，這股趨勢卻被大眾傳播所利用，蔣勳因此認為有必要清楚判分媚俗的與真正的鄉土文化運動的界線，媚俗性的回歸鄉土「以『復古』、『落伍』來理解『民族』的原則，以『地方性』、『特異性』來理解『平民的』原則，以不自覺的『觀光客』及『文化人』的心態歌頌『傳統』及『民俗』，便使得鄉土文化運動又被扭曲為掛羊頭賣狗肉的東西。」這就是商業操縱下偽裝的「假鄉土」。[29]另外一個問題是這個趨勢容易流為鄉愁與懷舊，他們也有了這種自覺：「文化的『鄉土運動』基本上是一種對本位文化的再體認與再肯定，它對於充滿崇洋媚外的『西化』習氣，和庸俗化的大眾文化具有積極的、正面的意義，但是它也可能與狹隘封閉的、懷舊感傷的『挖掘民俗』活動混淆不清。」[30]

三

鄉土陣線以「文化造型運動」來迎戰上面兩種現象。一九七六年七月，《雄獅美術》由王淳義的〈談文化造型工作〉一文揭開了一連串討論。造什麼型？發動畫家報導布拉格油輪污染北海岸的景象、推出了洪瑞麟專輯、《夏潮》以木刻作為封面、一九七七年一月雲門舞集團員與文化大學學生參與延平北路二段慈聖宮主辦的子弟戲演出、將民歌運動從淡江大學前所未有的二、三千人盛會帶向工廠、農村。

27 陳正醍，前引文，頁七一。
28 唐文標，〈快樂就是文化——草論台灣的大眾文明〉，《夏潮》一卷五期，一九七六年八月，頁廿九。
29 蔣勳，〈鹿港民俗才藝競賽專訪〉，《雄師美術》八九期，頁十九。
30 劉慕澤，〈「這樣的大眾文化」怎麼辦？〉，《仙人掌》一卷四號，一九七七年六月，頁一一五。

鄉土思想類型當然有其各式各樣的限制，例如，在大眾文化的反省上，依舊是「腳不著地的知識分子」無法跨越與民間之間的鴻溝。[31]在社會階級的分析上，重報導而輕分析，重道德評斷而輕實證的了解，但它卻存在了許多思想的可能性。殖民歷史的審視結合第三世界觀點的提出，將能放大台灣的視野，豐富殖民理論的討論，深入殖民經驗的了解，甚至與 Edward Said 出版於一九七八年的《東方主義》（*Orientalism*）進行更早的交流，而與此後開展的後殖民論述作同步的對話，進行「在地歷史」中的特定性與全球資本結構的全球史的接合，從而超越單純的反殖民觀點。[32]也有可能因為對大眾文化的關注，而更早與文化研究掛鉤，從而在歷史學的領域中，不致對已興起的新文化史感到陌生。也有可能對第三世界的文學作品具備高度的興趣，而對 Frantz Fanon 以降，以迄 Salman Rushdie 的作品有更多的理解與欣賞，從而對龍瑛宗刊於一九四七年一月《新新月刊》的散文〈台北的表情〉中的一段描述有更深的體會，他這麼描寫：「……日本的表情已經逐漸從台北消散了其姿態，然而祖國的表情濃厚的來代替這些表情，但是日本的表情是還沒有完全失掉，我感覺，日本的表情還留在日本格樣的房子，這都是暫時不能從台北撤消的，但是，現在的台北的表情怎樣，到底是憂鬱的還是歡呼的？……」透過更深的體會，台灣文學作品中的含意，將有可能被更深廣的詮釋，呈現出更豐富的內容。

然而，在一九八〇年代本土論興起後，這些可能性都遭受中挫。固然在一九八〇年代，鄉土論述在《夏潮論壇》（一九八三年二月復刊）、《文季》（一九八三年四月復刊）、《人間》

（一九八五年十一月）、《南方》（一九八六年十月）、《前方》（一九八七年二月）、《遠望》（一九八七年六月）等的前仆後繼下，依舊存在，但已成支流。

遭受中挫的原因，主要在於鄉土與本土是兩種完全不同的思想類型，而本土取代了鄉土。彭瑞金會說：「從文學發展的過程觀察，台灣文學的本土化是延續鄉土文學運動的運動趨向發展而來，在鄉土文學論戰時，就已經有人指責鄉土文學是充滿地域情結、褊狹的、具有排他性的地方意識文學，但是熟悉七〇年代台灣文學運動史的人一定明白：何以真正具有『本土意識』的『鄉土』作家，並沒有，甚至避免蹚入鄉土文學論戰的渾水，其中最重要的理由，當在於，『鄉土』運動完全是台灣文學本身內在的遞變，既無需外人置喙，更不勞與局外人多費唇舌。」[33]本土之於鄉土是局外人，確屬實情，然而說兩者之間是一種延續或內在的遞變，則有待斟酌，因為兩者是互為「局外」的兩種論述。

蔡源煌認為鄉土文學論戰所造成的四個後遺症中有兩個是：外國文學介紹銳減，及文學閱讀

31 蘇慶黎說：「我就想到今年的中秋節，我去山上看一個從廣慈博愛院回家的女孩，她還在廣慈的時候，楊祖珺曾經教給她和她的同伴們許多李雙澤的歌，像〈美麗島〉等，當我跟她在賞月的時候，我問她記不記得〈美麗島〉怎麼唱，她說記得。我問她要不要唱一遍，她卻搖搖頭。當我提議一起唱歌時，她並不唱〈美麗島〉而唱起我剛剛提到的山地流行歌。」〈歌從那裡來？〉，《夏潮》五卷五期，一九七八年十一月，頁六四。

32 陳光興，〈去殖民的文化研究〉，《台灣社會研究季刊》二一期，一九九六年一月，頁七六。

33 彭瑞金，〈澄清台灣文學本土化的一些疑慮〉，《文學隨筆》，高雄：高雄市立中正文化心，一九九六年，頁五二。

品味的「逆轉」。[34]我們也可以看到在本土論的影響下，「鄉土論」所期期以為不可的懷舊與鄉愁，從一九八〇年代末期以來逐步高漲，在文藝季中，在找尋老照片中，在老街導遊中，歷史成為模型、布景、影像、旅遊、休閒，其中毫無歷史意識，是Fredric Jameson所謂的「非歷史」。[35]在本土論的影響下，對日本殖民統治的評斷卻一轉而集中在其功過上，即所謂要以科學的態度看待日本政府的作為。這就是陳光興的問題（或論斷）：為什麼文化上的去殖民沒有全面性的展開？[36]本文也以這句話作為結束。

——原載《聯合文學》雜誌第一五八期，一九九七年十二月

——本文依據《台灣鄉土文學・皇民文學的清理與批判》（人間出版社，一九九八年十二月）編校

34 蔡源煌，〈評議鄉土文學論戰〉，《中國時報》，一九九一年一月四日。

35 Fredric Jameson著，唐小兵譯，《後現代主義與文化理論》，合志文化，一九八九年，頁二三九。

36 陳光興，前引文，頁七五。

鄉土文學與台灣現代文學

呂正惠

「鄉土文學」，不論在整個中國的現代文學史中，還是在台灣的現代文學發展中，都占據著極重要的地位。由於台灣歷史的特殊性（中國敗給日本而割台，日本戰敗而光復，以及其後國、共兩黨分別統治台灣和大陸），台灣「鄉土文學」的歷史發展尤其複雜，它在不同的時期可以代表不同的意義。可以說，如果不能了解各個階段的「鄉土文學」的差異，也就無法真正掌握台灣的現代文學史。

鄉土文學的源頭：德國

不過，「鄉土文學」這個概念並不是中國人所創造的，而是來源於西方，並且是源自於西方的德國。

德國和西歐的兩大強國——英國、法國——最大的差異在於，它遲至一八七〇年才統一，而英、法在十三、四世紀時已逐漸形成統一的民族國家。在一八七〇年之前，長達好幾百年的時間，德國一直處於許許多多的諸侯分立的狀態之下。因此，德國沒有辦法像英、法兩國以倫敦、巴黎為基礎，形成全國性的文化中心。在十八、九世紀之交，歌德和席勒成為「全國」性的作家，可以說是憑藉著他們個人傑出的才華和超人的成就而得來的。

十九世紀中葉，德國極少出現全國性的傑出作家，大部分的作家都以自己所生長、所熟悉的地域作為取材的重點，他們的作品具有明顯的「地域」的局限性（特別是南德的斯瓦本地區），因此，文學史家就稱他們為「鄉土作家」，稱他們的作品為「鄉土文學」。可以說，「地域性」是這種文學的第一個特點。

就在這個階段，英、法兩國都已經相當的工業化了，倫敦、巴黎成了現代資本主義文明的中心，而英、法兩國的文學也以「現代文明」作為關懷重點。相反的，德國在工業化方面則相對的落後得多，它的大部分地區仍處在傳統的農業生產方式之下。一般而言，這時期德國重視「區域性」的鄉土作家，對工業化、對現代城市文明大都不具好感，他們反而喜歡描寫農村，包括農村的風土與民情。因此，這種「鄉土文學」的第二個特色是：輕視現代文明（工商業化、城市化），偏愛農村及農業文明。

我們可以說，十九世紀的德國，由於它相對於英、法兩國的「落後性」而產生了「鄉土文學」。

落後國家的鄉土文學——以中國大陸為例

德國統一以後，工業化加速進行，不久就成為與英、法並駕齊驅的強國，而且，也與英、法兩國競爭著向外發動侵略與擴張。

當英、法、德（後來加上美、日）憑藉著工業化的優勢向外侵略時，它們主要的侵略對象是亞洲、非洲許許多多的國家和地區。

當時的亞、非地區，完全不知工業化為何物，它們有的淪為殖民地（如印度），有的在亡國的邊緣掙扎、奮鬥（如中國）。在這種情況下，它們都被迫不得不學習西方的工業化和現代化。它們的新文學（現代文學）也是這一「現代化」過程的產物。

落後國家或地區的現代文學，由於它們在經濟生產上的「落後性」，都會產生強大的「鄉土文學」潮流。不過，由於它們完全的「落後性」，也由於它們是整個國家受到侵略或殖民，它們的「鄉土文學」的面貌和特性和十九世紀德國的「鄉土文學」就具有極大的差異性。

對於正要開始現代化的落後國家而言，除了極少數的一、兩個城市（如中國的上海），整個國家都還處在傳統農業及手工業生產的狀態之下。依此而言，整個國家相對於西方現代文明而言，可以說都是「鄉土」的，所以，落後國家現代文學的「鄉土」觀念極其廣泛，常常和「傳統」無法區分——現代文明是「西方」的，是外來的，而自己的國家則是「鄉土的」、「傳統的」，「傳統的」鄉土和外來的「西方文明」變成是一組相對性的術語。當然，為了強調「鄉土性」，作家可能選擇完全不受西方影響的農村或小鎮作為描寫對象，因此也就具有「地域性」和「農村生活」這兩個「鄉土文學」的基本特質；但終極而言，這不過是為了突顯自己民族的「傳統性」罷了。「鄉土」與「民族傳統」密不可分，可說是現代落後國家或地區「鄉土文學」的最大特點。

這種意義的「鄉土文學」，因為作家對西方現代文明和自己民族傳統所持態度的差異，可以分成兩大類，即：「批判的」和「同情的」。我們可以舉二、三〇年代大陸的現代文學為例來加以說明。

對於一個急於改革、急於「救國」的作家而言，他會強調西方文明的進步，相反的，他會「批判」民族文化傳統的落後。因此，他所寫的「鄉土文學」就具有極強的批判性。魯迅就是這種典型的作家。他寫了許多有關故鄉紹興（在浙江省）的小說，目的都在於表明：傳統中國的許多觀念和習慣，都已經成為扼殺生命力的「惡」，必須革除。

不過，這類改革派（甚至有些還可以稱之為革命派）的作家，也會寫「同情型」的鄉土文學。這時候，他們描述的是農民的善良與痛苦，強調他們既直接受到地主的剝削，又間接受到外國帝國主義的迫害。魯迅的不少學生和私孰弟子都寫過這種小說。

不屬於改革或革命陣營的作家，就可能寫出另一種類型的「同情型」的鄉土文學。這時候，「鄉土」代表的是傳統農村生活，質樸、單純，具田園風味，而生活於其中的人則樂天、知足而有耐性。相對而言，他既不喜歡現代文明，也不習慣現代的大都會生活。在中國現代作家中，沈從文可說是這種鄉土文學最著名的代表。他把他的家鄉湘西加以「理想化」，寫成一個極富詩意的「田園世界」，以作為他的精神寄託。

日據時期的台灣鄉土文學

有了以上的說明以後，我們就可以開始討論台灣的鄉土文學了。台灣的新文學（現代文學）發軔於二十世紀的二〇年代。由於它在發展模式上深受大陸新文學運動的影響，所以，可以比較容易的比照大陸鄉土文學的類型來加以說明。

賴和是台灣現代文學初期最重要的作家，被許多人稱為「台灣的魯迅」，他的鄉土作品在思考模式上相當接近於魯迅。他的「批判型」的鄉土文學也是在揭露台灣傳統社會的缺點，如〈鬥鬧熱〉即是描寫台灣社會為了「鬧熱」（節慶活動）相互鬥富、鬥氣，甚至鬧架的惡習。不過，賴和更喜歡寫「同情型」的鄉土文學，寫日本警察如何欺負，甚至迫害台灣農民，寫台灣農民如何受到日本殖民者的經濟剝削，如〈一桿稱仔〉、〈惹事〉、〈豐作〉都是。賴和可以說是勇於抨擊帝國主義的鄉土文學作家的典型。

二〇年代的台灣鄉土作家基本上都和賴和相似。如果跟大陸的鄉土文學相比較的話，可以說，他們所寫的「批判」鄉土傳統的作品較少，同情農民、批評日本殖民的作品比較多。這當然是因為台灣已淪為殖民地，日本不公正的殖民統治成為最主要的矛盾。

三、四〇年代台灣最重要的鄉土作家要數呂赫若和張文環。呂赫若擅長描寫台灣農民的苦難（如〈牛車〉）、婦女在傳統社會的悲慘命運（如〈廟庭〉）、傳統大家庭的敗壞與沒落（如〈合家平安〉與〈財子壽〉）。就後兩篇而言，呂赫若是日據時代批判台灣傳統社會最為有力的鄉土小說家。

張文環偶而也和呂赫若一樣，寫批判鄉土的小說（如〈閹雞〉），但他更喜歡讚頌台灣鄉村的優美風光和台灣農民的質樸淳厚（如〈夜猿〉），看起來很像沈從文式的「同情型」的鄉土作家，但其實他這樣做是另有原因的。

呂赫若、張文環創作的高潮期正逢中國對日抗戰以及日本發動太平洋戰爭，日本為了壓制台灣人對中國的民族感情，並「激發」台灣人參加戰爭，開始厲行「皇民化」政策。日本殖民者宣稱，台灣的一切都是「落伍」的，為了台灣的文明與進步，台灣應該向日本「同化」。日本殖民者的宣傳方式，雖然也迷惑了一些台灣作家，但卻騙不了大多數的作家。張文環有意的描寫「台灣鄉土」的光明面，事實上也就是以另一種不明言的方式來抗議日本對台灣的「污蔑」。

總結來講，日據時代台灣鄉土作家對批判自己的「鄉土傳統」比較保留，他們更熱心於描寫日本殖民者對台灣鄉土的壓迫與剝削，他們有時還刻意的歌頌「鄉土」，這一切都來源於一個最根本的現實，台灣不幸淪為日本的殖民地。

三〇年代台灣鄉土文學論戰

事實上，不論是賴和，還是呂赫若、張文環，都很少（或不曾）把自己所寫的作品稱為「鄉土文學」。不過，從「鄉土文學」的基本特質（區域性、農村生活、民族傳統）來衡量，稱他們為「台灣鄉土作家」還是合適的。

把台灣的現代文學界定為「鄉土文學」，並在理論上提出來討論的，是黃石輝。一九三〇年八月，黃石輝發表了〈怎樣不提倡鄉土文學〉一篇長文。裡面所說的重要看法主要表現在下面三段話中：

> 你是要寫會感動激發廣大群眾的文藝嗎？你是要廣大群眾心理發生和你同樣的感覺嗎？不要呢，那就沒有話說了。如果要的，那麼，不管你是支配階級的代辯者，還是勞苦群眾的領導者，你總須以勞苦群眾為對象去作文藝，便應該起來提倡鄉土文學，應該起來建設鄉土文學。
>
> 你是台灣人，你頭戴台灣天，腳踏台灣地，眼睛所看的是台灣的狀況，耳孔所聽見的是台灣的消息，時間所歷的亦是台灣的經驗，嘴裡所說的亦是台灣的語言，所以你的那枝如椽的健

筆，生花的彩筆，亦應該去寫台灣的文學了。

用台灣話作文，用台灣話作詩，用台灣話作小說，用台灣話作歌謠，描寫台灣的事物。

黃石輝所主張的台灣鄉土文學，按這三段話，主要有三層意思：要描寫台灣的勞苦大眾（指農民和工人）、要寫台灣的經驗和事物，要用台灣話來寫。第二層意思事實上沒有人會反對，第一層意思當時大部分的台灣作家也都贊成。如以前兩項來衡量，當時所創作的台灣現代文學，絕大部分都可以稱為「鄉土文學」。

當時引發激烈爭論的是第三點，即用「台灣話」（指閩南話）來寫。黃石輝的文章所引發的長期論戰，與其稱之為「鄉土文學」論戰，不如稱之為「台灣話文」論戰，因為爭論的焦點幾乎都集中在「用台灣話」這一點上。

在這一次的爭論中，主張「用台灣話」或傾向於這一看法的人，顯然要比反對者多。因此，現在的「台獨派」就藉此宣稱，三〇年代的台灣作家棄「中國白話文」而想使用「台灣話文」，就是要割斷和中國文學的聯繫，要追求台灣文學的「自主性」。換句話說，當時許多台灣作家已經產生了「台灣要獨立」這種念頭了。

事實上，這是一種極主觀的、有意扭曲的「推論」。只要仔細閱讀當時的論戰文章，就可以發現這種看法站不住腳。事實是：黃石輝「用台灣話」的主張，觸到了當時台灣作家最大的「隱痛」：相較於漢文的文言文，他們反而比較不會寫漢文的白話文；而且，更糟糕的是，更年輕的一代，不論是漢文的文言文或白話文，都已無力使用，只能寫日文了。

這種「困境」基本上是台灣的「殖民地」身分造成的。當大陸的新文學家主張用白話文來取代文言文時，很快的就獲得普遍的認同，當時的北洋政府不久即通令全國在各級學校同時教導文言文和白話文。事實上，所謂白話文，是根據以北京話為基礎的「國語」而來的，而當時中國的許多地區在日常生活中並不講「國語」，而是講各種地方話（方言），如上海話、廣東話、福州話、閩南話、客家話等等。因此，白話文學的推廣一定要有「國語」的推行來配合。這一點，大陸各地區一致贊成，因為「國語」愈普及，中國的民族意識和團結心會更強。何況「推行國語」和「講方言」可以並行不悖，在家鄉講方言，和其他地區的人交往則講「國語」，只見其利而未見其害。

但在台灣，情形就不一樣了。日本殖民者當然非常不願意台灣人懷有「民族意識」，所以，它不但強迫台灣人在各級學校學日語、日文，還用盡辦法壓制傳統「漢文書房」，讓台灣人沒有學漢文的機會。日本殖民者當然了解台灣作家提倡「中國白話文學」的用心——他們想藉此和大陸母國「聯繫」起來，當然更不會讓台灣人有學「中國國語」的機會（在學校裡，所謂「國語」當然是指日語）。這樣下來，傳統的「漢文」（文言文）快「絕」了，而現代的「國語」又沒機會學，「漢文」即將在台灣「絕跡」，又如何提倡「白話文學」呢？

黃石輝「用台灣話」的主張，既觸到台灣人的「民族隱痛」，又給台灣作家以「靈感」，既然「暫時」無法學「中國國語」，無法寫順暢的中國白話文，那麼就用「漢字」來寫「台灣話」（閩南話）罷！「台灣話」至少也是中國的一種方言，寫成漢字，至少也是中國漢字，總跟中國有關係，總比寫「日文」強。所以，跟現在台獨派的「解說」剛好相反，三〇年代台灣主張用「台灣話文」恰恰表現出他們強烈的「中國感情」。

有兩點最足以證明這一點。第一，當時有人（蔡培火）主張以「羅馬拼音」來寫台灣話，從實用上來說，這是比較方便的，但很少人贊同，因為不願捨棄「漢字」，「隱藏」於其中的「民族感情」不是很明顯嗎？第二，反對「台灣話文」的人主要擔心，「用台灣話」會跟中國切斷聯繫，而贊同的人則信誓旦旦的說「不用擔心，不會！」，其中最堅決主張「台灣話文」的郭秋生還說了這樣一段話：

> 我極愛中國的白話文，其實我何嘗一日離卻中國的白話文？但是我不能滿足中國的白話文，也其實是時代不許滿足的中國白話文使我用啦！

「不能滿足」是指他無法很好地使用中國白話文，「時代不許」是指日本殖民者不會讓他有機會學好，通讀上下文就可以理解其意。那麼，他提倡「台灣話文」的無奈之情不就昭然若揭了嗎？

事實上，不論這一次的論戰如何發展，都敵不過日本的殖民體制，就在「七七事變」之前三個月，一九三七年（民國二十六年）四月一日，台灣總督府下令廢止台灣報刊的「漢文欄」，這樣，台灣作家就不得不使用日文發表作品了（前述的呂赫若、張文環，以及日據後期的台灣作家都以日文寫作）日本在發動對中國全面侵略戰爭的前夕所做的這一「動作」，不是也間接的證明了它對台灣作家「民族感情」的疑慮嗎？

不過，黃石輝所引發的這一場「論戰」，也說明了日據時代台灣文學的「特殊性」。原來作為中國一省的台灣，由於淪為日本的殖民地，而產生「歷史的特殊性」：為了對抗日本的「同化」政策，它不太願意批判「民族傳統」；為了護衛「民族傳統」，它不得不曲折的主張「用台灣話」。這種「歷史的特殊性」，使台灣成為中國最特殊的一個「區域」。由於這種明顯的「區域」特質，我們是可以把日據時代的台灣現代文學整個稱之為「鄉土文學」。

五、六〇年代：反共文藝與現代文學

戰後（第二次世界大戰結束以後）台灣文學的發展所經歷的各個階段，並不複雜。但因為目前台灣各種政治立場與認同態度雜然並陳，不同觀點的學者對「台灣鄉土文學」的詮釋也就差異極大，甚至相互矛盾，讓一般讀者如墜五里霧中。

這種不同態度的爭論是在進入一九七〇年代以後開始產生的。因此，本文先對七〇年代以前台灣文學的發展態勢作一簡單描述，然後再分析七〇年代以後一面爭論、一面發展的複雜情勢。

一九四五年日本戰敗投降，它在甲午戰爭中所竊取的台灣隨之歸還中國。當時，統治全中國的是國民黨政權。不過，中國大陸，國民黨不久即和共產黨展開全國性的內戰。到一九四九年，國民黨全面潰敗，退守台灣。第二年，美國第七艦隊介入中國內戰，協防台灣海峽，迫使中國共產黨無法「解放」台灣，完成全國統一。

所以四五年至四九年這一段時間，可以說是戰後台灣史的一個特殊階段。當時，台灣和大陸之間可以自由來往，文化、文學的交流相當方便。這一階段的政治、文學發展長期受到淹沒，現在的後顧研究又受制於各種政治立場，目前還不能完全澄清。

五〇年以後，國民黨在台灣的統治完全確立，為了對抗大陸的共產黨（所謂的「反共抗俄」）它大力推行「反共文藝」政策。整個五〇年代，可以說是「反共文藝」主導台灣文學的時期。

不過，在五〇年代中期，有一批人開始提倡自由主義的，與（反共的）政治保持距離的「純文藝」。開始主要是出現在雷震《自由中國》的文藝版及夏濟安的《文學雜誌》上。後來台大外文系學生白先勇等人創辦《現代文學》，大力推介西方的現代主義作品。與此同時，現代詩社、藍星、創世紀三大詩社先後誕生，它們也陸續鼓吹西方現代詩。終於，整個六〇年代，現代文學或現代主義文學成為台灣文學的主流。

六〇年代是台灣經濟大步起飛的時期，不論在政治、經濟、文化、學術各領域，大家一致期盼「現代化」，其實也就是「西化」（主要就是「美國化」）。六〇年代盛行一時的現代文學潮流，可以說是這整個趨勢的一部分。

台灣內部問題的浮現

台灣社會，尤其是經濟，經過十年的順暢發展以後，內部的種種問題浮現。這大致可以歸納如下：

一、**民主化與省籍矛盾**：自五〇年代以來，國民黨「一黨獨大」已長達二十年。雖然定期舉行地方性的選舉，但整個政治大權無疑掌握在國民黨手中。隨著經濟發展，台灣的中、小企業和中產階級的力量逐漸增強，他們要求「民主化」的呼聲越來越大。而這種「不民主」的政治結構，尤其表現在本省籍人士長期被排斥在政治核心之外。本省文化人對文化媒介、機構長期被外省人「把持」，也一直鬱積著不滿情緒。

二、**下階層問題**：六〇年代的經濟發展，雖然使所有人的生活普遍得到改善，但一般而言，農、漁民、工人等下階層得利最少，廣大農村明顯呈衰退現象。同時也有人認識到原住民族群及隨國民黨來台的許多老兵，其境況可能還要更糟糕。經濟繁榮的外表下所隱藏的這些貧困現象，讓一些具社會關懷的知識分子感到不安。

三、**經濟發展的困難**：七〇年代初期，中東以、阿衝突引發的石油危機，導致世界性的經濟危機，並波及台灣。這是戰後台灣經濟發展第一次碰到的整體性的大困難。這一危機雖然總算安然度過，但一般人終於領悟：經濟不可能一直往前發展。「發展神話」的動搖在人們心中投下陰影。

四、**台灣的政治地位問題**：四九年以後，國民黨政權一直以「中華民國」的身分，在聯合國代表中國席位，而大陸的「中華人民共和國」則視同「非法」。但二十年來，大陸政權一直屹立不搖，由「中華民國」代表中國完全違反國際現實。這一情勢進入七〇年代越來越明顯。七〇年代後期，聯合國中國代表權終於由大陸取得，世界各主要國家紛紛加以承認，並建立外交關係。現在反過來，「中華民國」的身分變成是「非法」的。這給台灣民眾帶來莫大的衝擊。身分的不定及認同的危機，構成近二十年來台灣政治、社會、文學最核心的問題。

七〇年代的鄉土文學思潮

以上所說的這些問題，因七〇年代初期起於美國的台灣留學生的「保衛釣魚台」運動而全部被激發出來。美國片面的把台灣宜蘭外海的釣魚台列島「交給」日本，而國民黨政權（那時候它仍然是聯合國的中國代表）對於這一藐視中國領土主權的行為表現得軟弱無力。這激起了台灣留學生強烈的民族主義意識，許多人因此轉而支持大陸政權，並因此而表現出對社會主義思想的強大興趣。

美國的保釣運動迅即傳播到台灣，台灣大學生加以響應，二十年來受制於戒嚴體制，一直不敢過問政治的大學校園，氣氛為之大變。接著，長期反對國民黨的「黨外」政治人物的結合也越來越明顯，逐漸形成政治上的「黨外運動」。在逐漸鬆動的政治控制下，在文化、文學領域反對國民黨意識形態的思潮終於成形。這就是一般所謂的「鄉土文學運動」。

鄉土文學運動的第一個口號是「回歸鄉土」，意思是要回過頭來關心自己本土的現實問題，不要像六〇年代一樣，一切只往西方和美國看，跟著人家的文學潮流亦步亦趨。也就是要把六〇年代文學的「西化」傾向扭轉過來，重新審視自己鄉土的現實問題，也就是說，要求文學回來「關懷現實，反應現實」——這可以說是提倡寫實主義的文學，以反對六〇年代的現代主義文學。

其次，所謂關懷現實，最重要的就是要求重視台灣下階層民眾所受的不公正待遇。當時許多作品描寫台灣農民、漁民、工人生活的種種問題，也有許多報導文學發掘社會上一向受人忽視的現象，如原住民的惡劣處境問題。就此而言，七〇年代的鄉土文學具有左翼文學的階級色彩，至少，它們基於人道主義，非常同情下階層人民的生活狀況。

總結來講，七〇年代的鄉土文學具有三種傾向：民族的（回歸鄉土）、寫實的、同情下階層的。

正如前面所說的，這也是三〇年代大陸和台灣鄉土文學的主要傾向，只是受制於反共的戒嚴體制，這些傳統到了七〇年代已為人所淡忘。

所以，鄉土文學的另一項重要工作就是，重新發掘和恢復這一傳統。不過，大陸三〇年代的鄉土文學傳統因為和共產黨關係密切，當時的政治環境還不能自由談論，於是，鄉土文學陣營主要的工作還在於：復活日據時代的台灣文學，特別集中在賴和、楊逵、吳濁流和鍾理和諸人作品的介紹上，他們明顯具有反日的民族主義色彩，和同情農民的寫實主義色彩。

八〇年代的「台灣文學論」

七〇年代末，鄉土文學運動差不多顛覆了五〇年代以來國民黨一直企圖維持的反共文藝思想（這思想到七〇年代仍由官方宣傳著，但影響越來越小），以及六〇年代盛行一時的西方現代文學潮流。七七、七八年間國民黨發動宣傳媒體，企圖圍剿鄉土文學，但以失敗告終，此即「鄉土文學論戰」，可以說，進入八〇年代，國民黨已喪失文學意識的主導權。

與此同時，政治上的「黨外運動」也蓬勃發展。一九七九年，藉著「高雄美麗島」事件，國民黨對黨外政治領導進行大逮捕。但在接下來的選舉中，黨外仍然獲得重大勝利，證明國民黨的鎮壓已無法扼殺政治上的反對力量。

八〇年代黨外力量的壯大影響了文學思潮的變遷。七〇年代的「黨外」是追求「民主」的各方勢力的大聯合，但無疑的，其中主導力量來自於本省籍的中產階級和中、小企業，他們當時已越來越明顯的從地區意識發展出「台獨」思想。等到他們於一九八七年組成「民主進步黨」以後，不能接受他們的「台獨傾向」的其他黨外人士逐漸退出。於是，台灣最大的反對黨的政治立場越來越鮮明。

政治勢力變化影響了鄉土文學潮流。七〇年代的鄉土文學運動，也是反國民黨的文化、文學界的大聯合，其主要思想傾向雖如前面所述，但其實內涵頗為龐雜，其中許多本省籍文化人長期以來就意識到省籍矛盾。等到黨外力量幾乎已被民進黨掌握以後，鄉土文學陣營的大部分的本省籍支持者紛紛往省籍矛盾、地方意識、台獨傾向靠攏，並陸續發表文章，重新詮釋「鄉土文學」，最後形成了台獨傾向的「台灣文學論」。這一「台灣文學論」的發展過程和主要想法可概述如下：

一、從「鄉土」到「本土」與「台灣」的轉折：七〇年代的「鄉土」蘊含了更大的範圍，它可以意指「中國」，雖然這一「中國」如何界定人人看法不同。八〇年代以後，傾向台獨的人認為，「鄉土」就是「本土」，也就是「台灣」，既不必跟「中國」扯上關係，也必須跟中國割斷關係。

二、從「社會文學」轉向「地域文學」：七〇年代的鄉土文學重視下階層的生活，強調台灣經濟發展的分配不均，具有階級意識。八〇年代的台獨文學論則轉而論述，台灣文學獨特的地域性與歷史性，把「台灣文學」作為一個整體來考量，弱化甚至不談其中的階級性。

三、從「反西化」到「去中國」：七〇年代鄉土文學的興起，主要在於：反對六〇年代的「向外看」，要求「回歸」鄉土，這明顯具有反西方、反美的民族主義傾向。八〇年代許多人不再強調這一點，反而企圖說明台灣文學跟中國文學毫無瓜葛，有的甚至流露出敵視中國的傾向，台獨意識相當明顯。

四、根據以上幾點主張重寫台灣文學史，形成「新」的台灣文學史觀：自八〇年代末葉石濤的《台灣文學史綱》出版以後，台獨派紛依此觀點論述「台灣文學」，基本上已不再使用「鄉土文學」這一提法。如果說，七〇年代的主流意識是藉「鄉土文學」之名來談論階級文學與民族文學，那麼，八〇年代的台獨論者則把「鄉土文學」改造成「獨立自主」的台灣文學。

戰後台灣文學綜評

綜上所述，我們可以把戰後台灣文學的三種主要傾向簡單歸納如下：

一、六〇年代的現代文學：向西方學習，強調現代性與世界性。（八〇年代以後的後現代是這些傾向的繼承者）

二、七〇年代的鄉土文學：重視民族性與階級性。

三、八〇年代的「台灣文學論」：突出台灣文學的歷史特殊性，並認為台灣文學早已「獨立自主」。

把以上三種觀點加以對比，就可以看出：在戰後台灣文學發展的前二十年（五、六〇年代）中，由於國民黨主控的政治以及台灣社會的快速現代化，文學以「走向西方」、「走向世界」為標的，完全沒有民族傾向及本土傾向，這才引發七〇年代「鄉土文學」的大批判。但由於七〇年代「中華民國」在聯合國喪失「中國」代表權，政治地位發生問題，引發認同危機，「鄉土派」分化成兩種傾向：中國派與台灣派，七〇年代以前者為主導，八〇年代以後台灣派勢力高漲。因此，七〇年代「鄉土文學」興起以後所引發的一連串的大論戰，以及因此而產生的各種論調（如前所述，主要可以分為世界派、中國派、台灣派），基本上都是台灣認同危機浮現出來以後的產物。

可以說，要了解目前「鄉土文學」各種複雜而互相矛盾的解釋，其前提就是要釐清各種政治認同派別與「鄉土文學」的微妙關係。

——原載《澳門理工學報（人文社會科學版）》第四十六期，二〇一二年四月

——本文依據《台灣文學研究自省錄》（台灣學生書局，二〇一四年一月）編校

鄉土文學中的「鄉土」

呂正惠

七〇年代的鄉土文學，就其反現代主義及反殖民經濟的立場來講，具有反帝國主義、回歸民族主義、回歸鄉土的傾向。它的反美、反日，在陳映真、黃春明、王禎和有關跨國公司及殖民經濟的小說中極易辨明，和它的回歸中國本位的立場，也可以從小說及理論陳述的字裡行間去體會出來。

然而，從七〇年代末鄉土文學論戰結束以後，「鄉土文學」的口號卻逐漸為「台灣文學」所取代，而其內容也經歷了相反方向的改變。根據已形成的「台灣文學自主論」，「回歸」所要尋求的變成是「台灣」以及「台灣文學」，而「台灣」及其自主性的主要敵人卻變成「中國」，本來被「反」的美國、日本反而喪失了其目標性，且在必要時，可以接受成為「反中國」的助力。

這樣的轉變從辯證發展的立場來看，是從「A」到「非A」，對原來提倡鄉土文學的人來講，實在是絕大的諷刺。

二十年後回顧這一段歷史時，我想從當時流行最廣的口號「回歸鄉土」中的「鄉土」觀念入手，分析這一觀念在當時歷史條件下的混雜、曖昧現象，以及這一概念最後變成只限定在「台灣」，並被拿來對抗「中國」的轉變因素。因為在二十年後的今天，比事件發生的當時，我們更能以「事後之明」，看到一些當時看不到的「真相」。

六〇年代台灣的知識分子主要的目標是追求當代西方（特別是美國）的知識、藝術與文學，他們不能談政治，因為政治在當時是極大的禁忌，一不小心就可能被捕。但是，他們也不怎麼關心台灣快速的經濟發展，以及伴隨而來的社會變遷。同時，他們更無法思考：一個中國卻存在著兩個政府，以及大陸正在發生更大的變化的這一種特殊的「中國現實」問題。

七〇年代的「回歸」運動基本上是對這一傾向的「反動」，知識分子要求自己走出「純知識」的追求、走出西方知識世界回到自己社會，所以是「回歸」，而「回歸」的精神當然是要關切自己的「鄉土」。

但是，最大的問題就在於「鄉土」這一觀念，七〇年代台灣「一般」的知識分子，在當時的政治條件下，是無法對這一觀念做徹底而全面的思考的。只有像陳映真這種極少數的已有確定的「中國」概念的人，或者當時心裡早已相信台灣應該獨立的人（這種人和陳映真，都是極端少數），才真正了解所謂的「鄉土」是指哪一塊土地，或者是指哪一個範圍。其他的絕對大多數的一般知識分子，恐怕都還沒有意識到「鄉土」這一觀念本身是存在著極大的問題，是很難加以思考的。

問題最凸顯之處在於：當時最大多數的人都還接受自己是「中華民國國民」這一事實。理論上來講，「中華民國」的版圖包括全中國，除了台灣之外，還有大陸。但實際上大陸正由中國共產黨「專政」的「中華人民共和國」統治著。兩邊的人民完全禁止往來，台灣的「中華民國國民」完全不了解，居住在中國絕大部分土地上的其他中國人（理論上來講是自己的「同胞」）到底在幹什麼。他們所知道的只是，那一大片土地正由一群「匪徒」竊據著，而那裡的人民正在忍受這些「匪徒」的「暴政」，而這些都是「中華民國政府」所告訴它的國民的。

七〇年代的中華民國確實面對著許多重大問題，譬如，號稱是一個「民主」政府，但它最主要的民意機關國民大會和立法院的代表卻長久不變；又如他的官僚體制已經很難了解及處理台灣二十年來的經濟、社會變化。除此之外，還存在著一個也許更重大的問題，那就是，「中華民國」在國際上的「合法性」正在喪失，國際社會日漸承認「中華人民共和國」是「中國」的「合法」政權，而「台灣」則是「中國」的一部分。

七〇年代「回歸」運動的特質（也就是其「問題」）在於：它主要關心「中華民國」內部的問題：追求民主、追求更進一步的現代化，並關心一些明顯的社會問題，它沒有真正觸及「中華民國」與「中國」，「中華民國國民」與中國人這一複雜問題，當時極少人意識到，這一問題對自己的切身重要性。

我們可以說，只有到鄉土文學論戰結束，鄉土文學陣營內部產生統、獨爭論，最後形成全台灣社會都意識到「統、獨」對立，所謂的「鄉土」才真正到了需要澄清界定的時刻。從這個角度來看，「統、獨」爭論其實是「回歸」運動的延長。這個時候，「成形」的統派和獨派才真正開始思考台灣社會必需面對的「鄉土」問題。

作為鄉土文學運動主要發言人的陳映真、尉天驄、王拓（也還可以包括引發現代詩論戰、可視為鄉土文學的唐文標），在當時的社會條件下，基本上不是按前述講的方式來思考問題的。

當他們談到「鄉土」的時候，他們主要指的是：鄉土上的人民，也就是居人口多數的中下層人民。由於反對現代主義的精英主義和象牙塔色彩，他們強調知識分子的責任感、藝術的使命、文學對現實所應具有的關懷。他們的人道主義明顯具有左翼傾向。

就小說創作而言，陳映真、黃春明、王禎和同時著力於跨國公司和殖民經濟小說，除了描述台灣對美、日經濟的依賴，還探討了台灣的人在這一依賴關係中所產生的人格的扭曲，特別是民族尊嚴的喪失。這裡的反帝傾向和民族主義色彩是很容易看得出來的。

這些主要的發言人，至少有一部分（譬如陳映真），事實上瞭解到「鄉土」的問題不能只就台灣範圍來思考。不過，在當時的政治環境下，「反共」和「收復大陸」是針對兩岸問題唯一可以公開說出的「見解」。陳映真等人不能公然的提出整個中國的「鄉土」問題來討論，可以說是不得已的。當時也有如《仙人掌》雜誌所代表的，企圖引發大家對五四民族、愛國運動和自由主義改革論的重視。但是，這一論述方式代表的是自由主義的傳統，在當時遠不如鄉土文學主流所暗含的「左」的傾向那樣吸引人。

再深一層而論，自由主義在六〇年代曾與現代主義結合，成為台灣知識分子的精神寄託。回歸運動既以批判現代主義為目標，與現代主義曾有「同盟」關係的自由主義，即使是要復活五四運動的民族主義，其吸引力也不及具左翼色彩的鄉土文學主義。

而且，在台灣左翼思想已被斷絕將近二十年，當知識分子由「關懷」鄉土與社會現實而呈現對現行體制的「批判」傾向時，曾被嚴厲禁絕的左翼思想就具有獨特的迷人之處。所以可能可以說，投向鄉土文學的知識分子有一部分人更重視的是其中的「左翼思想」，而不是「鄉土色彩」或民族主義成份。

不過，對像陳映真這種想法的人來講，情況還要更複雜。在七〇年代的大陸，社會主義思想的正統性尚未消失。陳映真一類傾向的人也許會相信，講「左」和講「中國鄉土」根本就不是矛盾，因為這可以歸結為「社會主義中國」這樣一個說法。所以他們可以不必為「鄉土」的定義問題再去多花心思。

以「左」為重的人，不太關心「鄉土」的確切意義；而具有明顯中國情懷的左派，當然會以為這個問題根本不是問題，既不必辨明，基於當時的政治條件，也不好辨明，這就把一個原本非常重要的「鄉土」定義問題懸而不論，形成一種模糊狀態，使得後來的「分化」有了可能性。

簡單的說，作為鄉土文學運動主流的「左統派」（這裡使用後來的稱呼）在當時幾乎完全沒有「預估」到「鄉土」觀念的矛盾與複雜，因此在他們最具影響的時候，也沒有事先做任何積極的「澄清」。等到八〇年代初台灣文學論崛起，「左統派」才在批判與論戰中正式就這一問題發言。到了這個階段，既是被迫應戰，也就喪失了某種先機和主動。當然，這些都是「後見之明」，以當時的條件而論，實在很難苛責「左統派」。

把「回歸鄉土」和「鄉土文學」中的「鄉土」觀念推演至一個必須明確加以「界定」的關鍵點的，事實上是八〇年代以後的台獨派。他們在西方觀念和國民黨教育下成長，根本無法了解：近代中國在面臨現代西方的衝擊時，「社會主義革命」有其歷史的合理性，不能以「匪徒」來稱呼共產黨，也不能以西方現代體制的觀點來反對中國所試行的社會革命。他們以美國式的西方社會觀念來反對「社會主義中國」，當然對這一「現實存在的中國」就不會有認同感。更何況，國民黨從大陸來接收台灣，「以少數來統治」多數的台灣民眾。他們對國民黨政權的不認同，既不能從中國現代史的脈絡去解釋，就很單純化成「外來政權」問題，變成是「中國人」在壓迫「台灣人」，對「中國」更沒有認同感。

再從他們的「邏輯」來說，「中國」的土地他們從未踏上過，「中國」的民眾他們從未接觸過，怎麼能算是他們的「鄉土」呢？如果說，有一種「鄉土」是他們所熟悉，而具有情感上的「連繫」的，那當然是「台灣」了，他們差不多是以這種邏輯把七〇年代曖昧不清的「鄉土觀念」明確的重定為「台灣」，作為「認同政治」的一種情感訴求。

台灣問題是可以從中國現代史的立場來加以說明的，譬如：中國戰敗，不得不將台灣割地給日本，二次大戰後，中國收回台灣。但隨即中國發生內戰，美國幫不得民心的國民黨守住台灣，台灣又暫時脫離中國本部，而統治中國本部的共產黨，就一九四九年的革命及一九七九年以後的改革開放來講，都有其歷史演進的合理性。可是，台獨派的知識分子，既無法理解這種「歷史理性」，也不願意聽取這種「歷史理性」，他們更傾向於自己的「親身經歷」，從而就把「鄉土」界定為「台灣」了。

我們可以說，台獨派的「認同政治」也是「歷史理性」的產物，是中國積弱不振，導致日本統治台灣五十年，以及美國「保護」台灣四十年的結果，也是中國悲慘的現代史經歷的「結果」之一。這整個的過程，無法以「理性的陳述」獲得台獨派的理解，並願意重新考慮。

也許歷史的問題也只能以「歷史過程」來加以解決。這裡想說的只是，從回顧的眼光來看，鄉土文學時期的「回歸鄉土」，事實上是現在普遍存在於台灣社會的「認同」問題的起點。這種詮釋方式在七〇年代還沒有多少人意識到，目前似乎看起來蠻合理的。這足以證明，「鄉土文學運動」的多重複雜性格。

一九九七年十月

——原載《聯合文學》雜誌第一五八期，一九九七年十二月

——本文依據《台灣文學研究自省錄》（台灣學生書局，二〇一四年一月）編校

鄉土論述的中國情結
——鄉土文學論戰與《夏潮》

晏山農

前言

七〇年代，是理想燃燒的歲月。從七〇年初的海外保釣、七二年的「民族主義論戰」，中繼到七七—七八年的「鄉土文學論戰」，再衍至七九年底的「美麗島事件」，像急促的快板，令人亢奮動容，心緒久久難以平復。然而這道聖火傳遞到台灣，卻比歐美日整整遲了十個年頭。當歐風美雨和霜在六〇年代掀起鋪天蓋地的世紀濤浪時，台灣是既瞽且聾，所以只能瘖啞無語。

究其原因，文化學術界因求自保而遁入潛意識冰層佯作自閉兒是一大關鍵，當然，由於黨國體制的嚴密布網，手無縛雞之力的文人噤若寒蟬、徒呼負負是為常態。偶有一二突變物種試圖「繁衍造次」，其下場在劉大任的《浮游群落》一書就可得到極佳的佐證。於是「荒謬」、「苦悶」、「失落」等藍調譜曲就一路由六〇年代傳唱到七〇年代。

或許是「苦悶」吶喊久了竟弄假成真，更嚴格的講法，應該是內心的鬱結終於外露。愛力克森（Erik Erikson）所強調的「認同危機」（identity crisis），在外交危機（釣魚台事件、台灣退出聯合國、尼克森訪中國、台日斷交）、權力結構僵化（權力接班問題、國會的全面老化），以及經濟社會問題浮現（貧富差距日大、勞農階級未受到照顧、依賴外資日甚）三者交媾下引爆了。

認同危機的產生，是由於每一個青少年都必須在童年的殘留與對成年的憧憬中，製造出一個自己的重心感與方向，與一個行得通的統一感。他必須在自己對自己的看法與別人對自己的判斷和期望之間，找到一個有意義的相同點。在生病時，人才會發現人格是多種互相作用的因素敏感的組合。這樣的組合由遙遠過去培養出來的能力與現在的機遇混合而成，也是由個人成長過程無意識的先決條件與各代之間不穩定的互動製造與再製造出來的社會條件混合而成。危機的產生就是這一鏈條斷裂、失衡所致。[1]明確地說，戰後成長的智識青年也成熟到青春期的反抗階段了。

七〇年代青春期的告白，首見於許信良和張俊宏等人合著的《台灣社會力的分析》。「祇有家教嚴格的舊式大家庭才易於培養出服從於權威的第二代，現代式的小家庭所培養的子弟是目無權威偶像，心無恐懼的，他們保存了較上一代更為純真無拘束的個性，這種個性已促使他們強烈地傾向於追求現代化與合理化。這是這代青年心靈上的基本特徵。」[2]其後，關傑明、唐文標刻鏤

1 愛力克森著，康綠島譯，《青年路德》，遠流出版公司，頁八—九。

2 張景涵等著，《台灣社會力的分析》，環宇出版，頁一九。

於「現代詩論戰」裡的文字，更把戰後台灣青春反叛期的影像予以絕對化，一如詹姆斯•狄恩般。但，尚未形成穩定階級的智識青年，若祇憑著「認同危機」所蘊積的內爆力，是無法蔚為景觀璀璨的社會集體行動。所以，正如江迅在一篇文章中所陳述的，這還涉及各種不同力道的文化霸權集權之較勁，包括：黨國教化詮釋體系的僵化與重組，以及反教化詮釋體系的崛起，商品化詮釋體系的確著等，才能解釋「鄉土文學論戰」的成因與發展。

江迅的說法是，由於台灣原為中國的邊陲，卻在冠上「反共復國」基地的名號後，被賦予核心的角色，這種邊陲/核心的矛盾，黨國教化詮釋體制是用「道統」、「法統」來粉飾門面，而內在的「意符」（signifier）和「意指」（signified）因而斷裂，理由有：一、家庭代間的記憶延續，捍衛了本土生活世界的歷史真實；二、隨著中共在國際舞台嶄露頭角，「漢賊不兩立」的虛幻執念，逐漸為具體現實所顛覆；三、黨國教化詮釋系統的過度工具化，使其走向「自我除魅」的命運。有著如斯的罅漏，反教化詮釋體系才能「登高一呼」進行有機陣線的結盟。[3]

不管是基於「認同危機」所喚起的內在需求，或涉及外在詮釋體系的文化霸權爭戰，有抱負的智識青年最便捷有力的批判性武器就屬民族主義，其最適當的攻防場域就是「本地自一九六二年『中西文化論戰』以來，規模最龐大的一場論爭」——「鄉土文學論戰」。

作為批判武器的民族主義

民族主義作為一種批判性武器，最重要的必須是內外兼修。具體的顯例就是中國五四時期所揭櫫的「外爭主權，內除國賊」口號。而「鄉土文學論戰」儘管定義模糊、焦距時時挪移，還是能夠在對外提出反帝、反西化的同時，對內可以整合到「回歸鄉土」的民族、鄉土脈絡裡，因此「鄉土文學論戰」所高掛的雖是中國意識的招牌，但以「在台灣誕生而生長的中國人」，而指向「在台灣的中國文學」的立場，其中的民族主義色彩就和夙昔有所歧異而呈現新義。[4]

進一步申論，依旅日學人陳正醍的見解，「七〇年代裡的『鄉土文學』的抬頭，是這個時期的整個文化層面以及社會思想方面的『回歸鄉土』的動向之一。這項『回歸鄉土』的動向，反映出如下多層意義：處在七〇年代初期的國際情勢的逆轉裡的台灣知識青年的意識之變化，亦即應對台灣的命運的關心所觸發的『民族、鄉土』意識之高昂；以及包含社會改革意識的對社會大眾之關懷所造成的『鄉土』情懷之形成；還有就是對一向的過份的模仿西洋之反省所形成的對傳統

3 江迅著，〈鄉土文學論戰：一場迂迴的革命？——一個文化霸權的崛起與崩解〉，《南方》，第九期，一九八七年七月，頁三〇—三二。

4 松永正義著，葉石濤譯，〈台灣文學的歷史和個性〉，收於白先勇等著，《彩鳳的心願——台灣現代小說選I》一書，名流出版社，頁一四五。

文化的重新評價等。」[5]在這裡頭，「回歸鄉土」是和「土地與人民」的命題緊密相連，它不可能自外於台灣而暢言中國意識的民族主義。

如果我們承認「鄉土文學論戰」日後確實取得一定程度成果的話，那麼其中的捍護戰士必然得在聯結知識集團的有機戰線，以及「民族、鄉土」的辯證發展上先拔得頭籌才是。基於這樣的理念，論戰前後始終戰志昂揚、火力威猛，沾有社會主義色彩的《夏潮》雜誌就成為本文以下的論述對象。不僅緣於它是論戰的主力，更且是符合上述兩個要項之故。

鄉土派的主陣營

論戰期間，屬於鄉土派陣營的橋頭堡有《夏潮》、《中華雜誌》、《仙人掌》、《綜合月刊》、《文季》、《台灣文藝》、《雄獅美術》、《笠》、《中國時報・人間副刊》、《自立晚報》等，而屬於親官方保守（反動）陣營的，除了隸籍黨政軍的文宣刊物外，就以聯合報系的三報一刊（《聯合報》、《經濟日報》、《世界日報》和《中國論壇》）為發號司令部。[6]

鄉土派陣營看似旌旗蔽天、鼓角齊鳴，實際上後勤支援或打游擊者眾，真正衝鋒陷陣的不如表面數目那麼多。理由在於「鄉土文學論戰」爭議的不是文學，而是社會經濟問題，項公舞劍更指向當時已是「金玉其外，敗絮其中」的國民黨黨國體制。「鄉土文學論戰」既是不同文化霸權競逐優勢的全面鬥爭，沒有三兩三根本不敢上梁山，加上論戰必須配備優勢的批判性武器，所以投入論戰的就比較不可能是「文學」刊物，而以《夏潮》、《仙人掌》、《中華雜誌》為左中右三翼，全面出擊。

三大軍團之中，《仙人掌》首在一九七七年四月號的「鄉土文學特輯」，刊登王拓的〈是「現實主義」文學，不是「鄉土文學」〉、銀正雄的〈墳地裡哪來的鐘聲？〉、朱西甯的〈回歸何處？如何回歸？〉三篇有關「鄉土文學」的正反面文章，開啟了「鄉土文學論戰」的烽火。《仙人掌》扮演的是陳勝、吳廣的角色。其後在一九七九年三月又製作《民族文學的再出發》選集，依循鄉土—民族這一主軸而成就其任務，由於它配備的武器不似另外兩翼那般威猛，所以還是側重於文學方向，力避引起更多爭議的社會經濟層面。

就發言位置來說，《中華雜誌》的創辦人胡秋原，他既是學富五車的碩學宏儒，又以黨國大

5 陳正醍作，路人譯，〈台灣的鄉土文學論戰（上）〉，《暖流》，二卷二期，一九八二年八月，頁二三。

6 聯合報系的三報對於鄉土派採取敵對、打壓的姿態，首尾一貫較為確鑿；但，《中國論壇》作為自由派知識分子的重要集結地，雖有孫震、張忠棟兩位編委為文質疑「鄉土文學」而站到敵對陣營裡，卻未可明言該雜誌是反「鄉土文學」。當時鄉土派的大將尉天驄是該雜誌的首任編委召集人，他在該論壇主辦的一場座談會，試圖將問題拉回到探討文學的本質，卻因當時特殊的情勢，引起不同立場的爭論。總之，《中國論壇》不是「鄉土文學論戰」的戰場。詳見《中國論壇》，第三六一期，一九九〇年十月十日，頁二九。

老的身分坐鎮掌舵，因此此一雜誌呈現的理論深度，以及它發言之後可以取得的安全係數遠非其它鄉土派陣營所能相埒。然而，睽諸整個論戰的發展，《中華雜誌》並未站到第一線，它毋寧是以守護神自居，當鄉土派可能受到官方和親官方勢力的全面圍剿時為其緩頰。這除了緣於《中華雜誌》的主幹自胡秋原以下，幾乎全為外省人，對於本土事務總有一定程度的隔閡，根本的原因在於胡秋原的認知與作為之上。

胡秋原曾經表示，自國府遷台以後，他個人的思考重心就全然放在整體中國的前途之上，所以他在立法院幾不對現實議題發言，也不太寫現實文章，這使得他所創辦的《中華雜誌》和台灣社會的具體實況始終有著距離，而無法成為引領先鋒的主導者。再者，胡秋原大半生和政治結緣，對於中國政治的理論和實際，他都知之甚深。因此，對於什麼話能說，什麼話不能說，他也非常清楚，他的腦子裡早已內化生根為自我檢查系統，使他對事情的拿捏分寸十分恰到好處。[7]

更重要的一點，胡秋原及《中華雜誌》雖然把大中國意識喊得震天價響，然而，那樣的民族主義盡是「可憐新月為誰好，無數晚山相對愁」的遺老愁緒，民族主義更被他們提到無限上綱、徹底道德化的層次，全然不允許摻有雜質，這使得《中華雜誌》永遠高蹈雲端，極少沾染台灣的塵土，雖然在「鄉土文學論戰」以及「美麗島事件」後，《中華雜誌》都曾仗義直言，表現出一派俠客風範，我們必須予以高度的肯定；但，隨著政治威權的崩解，以及《中華雜誌》新主幹理論水平、分析能力的每況愈下，《中華雜誌》終致站到反國會全面改選、反本土化的保守陣營，遂夷為歷史的廢墟。

對同樣標榜大中國意識的《夏潮》而言，它在民族主義理論方面的鋪陳，當然不如《中華雜誌》那麼澎湃狂瀾，那麼的深邃抽象，更沒有無限上綱到聲嘶力竭的地步；但也因為少了遺老懷鄉的包袱，使它自始至終都可以揮灑自如、進退有節。《夏潮》完全是以自信、反思、實踐的信念來詮解立基於台灣的中國意識。我們由《夏潮》構成員表露的有機結盟性格，以及它對「民族、鄉土」的辯證理解就可以看出其時代意義。

《夏潮》——多元的中國意識之實驗

基本上，《夏潮》和《中華雜誌》的構成員有相當多的重疊性，包括陳映真、王曉波、王津平、尉天驄、侯立朝、曾祥鐸等都活絡於兩個刊物之間，這也可以看出兩者彼此扶持的戰友關係。不過，相較於《中華雜誌》的強勢指導，以及和台灣社會的脈動有嚴重落差的特質，《夏潮》則真正落實「立足台灣，放眼中國，展望世界」的新局。

雖說血緣相近，然而，《中華雜誌》的大中國意識相當的血氣方剛、父權性格忒濃，有著一

7 王拓在他甫出獄未久所出版的小說《台北，台北！》（自費出版，一九八五年），書裡頭對胡震華立委的描繪，即是影射胡秋原，並對其政治性格作出翔實的寫真紀實，詳見該書頁三七五－四〇三。

元化的排它色彩；而《夏潮》則是「一方面它深入探討工農問題，替廣大的中下階層人民爭取說話的權利；一方面也放眼世界，對其他第三世界國家賦予關心與同情的了解，並且對日、美等帝國主義提出強烈的批判與質疑，是一本標榜著社會的、鄉土的、文藝的思想文化性刊物。這使得《夏潮》與其他黨外雜誌偏重表面政治現象動態析述，而少思想文化層面的深度檢討相較，顯得獨樹一幟，但同時也被視為有強烈的社會主義色彩。」[8]雖不敢說是唯一，但，《夏潮》展現的多元性與實踐特質，在七〇年代絕對是朵奇葩。不過，《夏潮》可不是一開始就是這番面貌的。

《夏潮》是蘇慶黎（前台共重要領導人蘇新之女）、鄭漢民（即著名的精神科醫師鄭泰安）兩人於一九七六年二月所創辦，原先想以「平凡」作為刊物的名稱，其後之所以取名「夏潮」，意在取「華夏」的「潮流」。它在發刊詞〈吾土吾民〉裡強調「從理性與感性兩方面去探討中國的社會、文化與鄉土，並且重新肯定它們存在的價值和意義；因為，忘記故鄉，便是否定自己！」

然而，前三期的內容與版型是模仿《讀者文摘》，一勁的追尋金陵薰香、十里洋場內裡的野趣鬥狠，只落個東施效顰。直到第四期以後改以簡單樸素的面貌呈現，內容則「走向較深入的探討和批判，從文學與藝術、社會、文化與歷史、鄉土民情與世界性幾個方向去回顧過去、正視現在，並前瞻未來。」[9]《夏潮》才找到自己應走之路。

從哀憐一個印象模糊、濃妝豔抹卻年華老去的白頭宮女（文化中國），轉為正視素淨卻有些失憶的台灣兒女，《夏潮》企圖打造的華夏雕像總算擺脫唯心取向的長江黃河意象，真確地由具體的鄉土出發。此後，《夏潮》致力於發掘台灣寶貴的遺產，例如連載黃石樵關於日據時代的反抗運動史，黃煌雄關於蔣渭水生平的詮釋，另外，有計畫地介紹楊逵、賴和、吳濁流、吳新榮、張文環、張深切、呂赫若、楊華、鍾理和等遭湮沒的台籍文藝家，讓他們的思想與心血可以出土。這樣的努力成績已經為日後的「鄉土文學論戰」儲備戰鬥糧。

除了重新詮釋前人的心血，《夏潮》更積極為現今社會的病症把脈，醫療問題、勞工問題、牙刷主義、股票問題、工業污染問題、賭博問題、農民問題、娼妓問題、漁民問題、原住民問題、翡翠水庫問題等都是關心的事項。於今觀之，這些批判社會病態的文章往往情溢乎辭，專業探索的能力尚不足，然而，這是綰合理論與實踐的前奏，是力避陷入小知識分子過於耽溺自憐的漩渦的良策。另外，《夏潮》放眼世界，關心第三世界，批判日、美經濟、文化侵略的用心，也使這份刊物保持對外透氣的狀態，不致過度膨脹自己。

於是，我們將會驚訝的發現，七〇年代《夏潮》的作為和方向，完全是循著葛蘭西（Antonio-Gramsci）關於文化霸權和陣地戰（war of position）的理論在穩步前進。按葛蘭西的見解，「在西方，

8 李祖琛著，《七十年代台灣鄉土文學運動析論——傳播結構的觀察》，國立政治大學新聞研究所碩士論文，一九八六年元月，頁八四。

9《夏潮》第四期〈致讀者書〉，一九七六年七月一日。另據蘇慶黎在接受某基金會專訪時表示，《夏潮》第四期以後能有更廣闊的視野和明確的方向，李南衡先生居功甚偉。

國家與市民社會之間存在著調整了的相互關係。假使國家開始動搖，市民社會這個堅固的結構立即出面。國家祇是前進的塹壕，在它後面有工事和要塞的堅固鏈條。」「在政治藝術中也發生了像軍事藝術中所發生的情況：運動戰漸次變為陣地戰。」[10]簡要的說，在資本主義較為發達的社會，市民社會成為階級戰爭的主戰場，那麼就必須對資產階級政權的意識形態支柱作長期的文化出擊，這便是「陣地戰」作為文化霸權戰略的要義。

談到「陣地戰」，首先就得對內外形勢進行「情況的分析，力量的對比」，然後展開多元包容的聯合陣線。要知道，《夏潮》最重要的生力軍是左翼知識分子和本土派的結合。《夏潮》裡的左翼系譜包括蘇慶黎、唐文標、王拓、南方朔、汪立峽、王墨林等，而先後在《夏潮》裡筆耕的本土派包括王詩琅、葉石濤、鍾肇政、張良澤、謝里法、楊青矗、曾心儀、黃煌雄、陳永興、林梵（林瑞明）、李筱峰等。此外，當時還有不少青年知識菁英的名字，包括蔣勳、李元貞、司馬文武、蔡伸章、林載爵、陳國祥等都常出現於《夏潮》版面。如此的組合在統獨壁壘分明的九〇年代看來，簡直就是天方夜譚。然而，由於《夏潮》和《中華雜誌》相重疊的人馬——我們可以稱之為民族派——多數和台灣社會（陳映真應該歸到左翼，而必須除外）脫節，以致談問題總有隔靴搔癢之嫌。所以，左翼的反思力、敏銳視野必須和本土草根性及地方反對勢力彼此相結納，才可能發揮相加相乘的戰鬥力。《夏潮》承接了前一階段《大學雜誌》所積蓄的知識抗爭力量，更為日後《美麗島》政治力量的集結提供臨床實驗，《夏潮》此一角色在既往都被疏略了。[11]

左翼和本土派在《夏潮》不但相濡以沫，到了七八年中央民代選舉之時，左翼也投入黨外助選的洪流——王拓本人更是直接參選，甚至，七九年底「美麗島事件」後，蘇慶黎、汪立峽等也都被約談或跟監；不過，《夏潮》的人馬只有王拓被捕，遂減損了《夏潮》系統的受難者光環。總之，《夏潮》和黨外民主陣營確曾建立起深厚的革命感情來。

革命情感其實不該純以一時的聯合陣線視之。因為，「陣地戰」不僅是謀略，且是恆久的戰役。《夏潮》左翼深知，彼時民主的要求遠高於一切，所以和本土反對運動合作乃是大勢所趨；另外，左翼力量或者為政治高壓所逼，或是尚處於素樸階段，所以反倒有著社會民主主義的精神，使得《夏潮》頗似第二國際時代，綻露「百花齊放、百鳥齊鳴」的生氣活力。與此相較，民族派陣營由於包袱沉重，導致左支右絀、喪失先機。至於有些機會主義者，日後曾對黨國體制搖尾乞憐，九〇年代以後還大談「時窮節乃見，一一垂丹青」，就更等而下之了。[12]

---

10 Antonio Gramsci, Selections from the Prison Notebooks, ed. & trans . by Q. Hoare & G. N. Smith (New York: International Publishers, 1971), pp.238-243.

11 蘇慶黎在專訪時表示，《夏潮》人馬可粗略區分為社會主義派和民族主義派兩大類。其中社會主義派又可分為：a.素樸的社會主義者——蘇慶黎、王拓等；b.嚮往中國的社會主義者——陳映真、尉天驄、周渝、蔣勳、奚淞、汪立峽等。民族主義派的代表是王曉波，還包括曾祥鐸、侯立朝等。至於本土派的加入則是因應戰線擴大後的需求所致。不過，《夏潮》的所有參與者都有某種程度的社會主義的認同共識。

12 關於民族派某機會主義者搖尾乞憐的事例，可參見《夏潮論壇》，一九八六年五月號及七月號。

論戰期間《夏潮》的「民族、鄉土」觀

在構成員方面，《夏潮》為因應「陣地戰」而進行了有機陣線的努力，那麼，《夏潮》又是如何靈活地呈現它的「民族、鄉土」觀呢？

讓我們從《夏潮》在論戰期間的挑戰與回應談起——

首先，葉石濤在《夏潮》發表了〈台灣鄉土文學史導論〉一文，雖然他並不否認台灣是屬於漢民族文化的一支，但，他也揭示了「台灣的鄉土文學應該是以『台灣為中心』寫出來的作品；換言之，它應該是站在台灣的立場上來透視整個世界的作品。……那麼所謂『台灣意識』——即居住在台灣的中國人的共通經驗，不外是被殖民的，受壓迫的共通經驗；換言之，在台灣鄉土文學上所反映出來的，一定是『反帝、反封建』的共通經驗以及篳路藍縷以啟山林的，跟大自然搏鬥的共通記錄，而絕不是站在統治者意識上所寫出來的，背叛廣大人民意願的任何作品。」[13]

許南村（陳映真）緊接著在《台灣文藝》發表〈「鄉土文學」的盲點〉，指出葉石濤關於「台灣意識」的說法「是用心良苦的，分離主義的議論。」「實在不容忽略了和台灣反帝、反封建的民族、社會、政治和文學運動不可分割的、以中國為取向的民族主義的性質。」[14]

顯然，論戰伊始，屬於同陣營的葉、陳二人就對「鄉土文學」、「台灣意識」有不同的見解，最近有論者分別從（一）歷史視野不同；（二）台灣本位與中國本位的詮釋立場不同；（三）台灣特殊性與中國共性的不同，來詮解二人爭論到了八〇年代昇高的原因。[15]不過，當時雙方都點到為止未讓彼此的歧見擴大。

陳正醍指出，「關於對地區性的排拒與反駁，如果就七〇年代的『鄉土文學』而言，約略可以說是由於拘於『鄉土文學』這個名稱而來的『誤會』之類，不論這種攻擊如何促使論爭的昇高，仍然不過是論戰裡屬於副次的要素而已。」[16]就歷史生成的角度，這是較持平的看法。畢竟在七〇年代，「中國意識」是論戰各方共用的護身符，暫時還拆解不得；至於，有人認為其他的論戰主題「一路都是許多人卑劣的假冒思想警察惹出來的遊戲」[17]，這就不是實事求是的論調了。

緊接著，在官方召開「第二屆文藝會議」（一九七七年八月二十九日—三十一日）前夕，《夏潮》的主事者似乎嗅到風暴來臨前的腥風血雨，因此特在三卷二期（七七年八月）製作了「當前台灣文學問題專訪」，國民黨的大老任卓宣特別標舉「民族文學、平民文學、社會文學就是三民主義的文學」，

13 葉石濤著，〈台灣鄉土文學史導論〉，《夏潮》，二卷五期，一九七七年五月一日，頁六九。
14 許南村著，〈「鄉土文學」的盲點〉，收於尉天驄主編，《鄉土文學討論集》，自費出版，一九七八年四月一日，頁九七—九八。
15 游勝冠著，《台灣文學本土論的興起與發展》（台北：前衛出版，一九九六年七月），頁三一一—三一九。
16 陳正醍作，路人譯，〈台灣的鄉土文學論戰（下）〉，《暖流》，二卷三期，一九八二年九月，頁六六。
17 彭瑞金著，《台灣新文學運動四十年》（台北：自立晚報，一九九一年三月），頁一六六。

另外，趙光漢則指出「鄉土文學就是國民文學」，這些冠冕堂皇的辭調都有打高空之嫌，但，作為護身的安全傘似還管用。同樣的，三卷五期（七七年十一月）〈訪胡秋原先生談民族主義〉一文，也有類似的效果。到了四卷五期、六期（七八年五、六月）胡秋原寫就〈中國人立場之復歸——為尉天驄先生《鄉土文學討論集而作》〉，鄉土派顯然是處在上風，論戰的硝煙似有雲散的跡象。

到了七八年元月，陳鼓應發表〈序《這樣的「詩人」余光中》〉於《夏潮》，不過這像散彈槍，而不是烏茲衝鋒槍。再度讓《夏潮》萬箭齊發的箭靶是，呂正惠形容為「『落後』的社會裡徹底西化的知識分子」[18]的台大外文系教授王文興。七八年元旦，耕莘文教院邀王文興主講〈鄉土文學的功與過〉，結果這位在論戰期間幾乎緘默到底的象牙塔人，竟然是語不驚人死不休，掀起了滔天大浪。

他批評普羅文學（工農兵文學）交了白卷，他不反對「鄉土文學」的創作，但反對它的理論，並明舉「鄉土文學」有四大缺點：一、文學必須以服務為目的；二、文學應該力求簡化；三、公式化；四、排他性。王文興認為「文學的目的，就是在於使人快樂，僅此而已。」「文學藝術，當然是有階級的區別，我們絕不否認這一點，否則的話，我們在學校、在大學裡用不著設立文學系，我們祇要小學的國語就夠了。」[19]

上述還只是象牙塔人針對文學本行的一己之見，不見得有何駭異之處。問題在於，他身處象牙塔卻跳出來高談經濟文化問題，終於激起公憤。王文興開宗明義表示「反對『新義和團』思想」，他藉由經濟、文化兩方面大談其高調，經濟方面，他認為「外來投資是互惠，不是侵略」、「應該允許貧富不均現象存在」、「把美日請出去，我們靠什麼過活」、「台灣農業並沒有凋弊，農民也未受到剝削」；在文化方面，他認為「反對西化便是反對文化」、「文化侵略和政治侵略不能算侵略」。而其中，「這幾年經濟成就的功勞，工商界當然是居首功，……說老實話，耕作稻米的農民，對於經濟的成長幫助不大。」的言詞更已成為王文興的「治世名言」。[20]

王文興以一介學院書生，卻承攬了較彭歌等御用文人更重的抗拒、打壓「鄉土文學」角色，委實是歷史的弔詭；不過，他在非文學方面的看法，確實觸怒了以社會主義為主調的《夏潮》。往後《夏潮》就集中火力大力圍剿王文興，曾心儀、李慶榮、胡秋原、王拓、黃順興、石恆都先後痛批王文興，導致此後有相當長的時日，王文興成為人人喊打的過街老鼠。其實，早在胡秋原、任卓宣、徐復觀等出面作為「鄉土文學」陣營的奧援後，論戰已近尾聲，王文興的動作卻激起餘波，且反彈的聲浪更為猛烈，因為王文興所反對的正是《夏潮》的根本。

誠如陳正醍所言，「論戰裡的『鄉土文學』攻擊的中心目標，在於王拓所說的『現實主義』

18 呂正惠著，《小說與社會》（台北：聯經，民國七十七年五月），頁二一。

19 夏潮編輯部記錄（錄音），〈王文興教授談：「鄉土文學的功與過」〉，《夏潮》，四卷二期，民國六十七年二月，頁六四—六八。

20 夏潮編輯部記錄（錄音），〈王文興教授的經濟觀和文化觀〉，《夏潮》，四卷二期，民國六十七年二月，頁六九—七四。

及構成其基礎的社會、經濟觀。」[21]《夏潮》關於文藝的看法，其實是以文藝社會學的姿態來對待，我們可以拿葛蘭西的講法作為詮解，「『民族的』和『人民的』這兩個詞語是同義詞，或者說幾乎是同義詞，……由於義大利的知識階層遠遠脫離人民，也就是說遠遠脫離『民族』，他們同等級制度的傳統有著千絲萬縷的連繫；……應該把問題引伸到整個民族——人民文化，而不單單拘泥於文學創作。」[22]只要把文中的義大利改為台灣，論述完全成立，這正是《夏潮》靈活辯證「民族、鄉土」的作為；雖然，其行徑已經傷害到文學本身。

結語

七〇年代，「中國意識」是論戰各方的最大公約數；但，這並非如陳映真等人所認為的「不證自明」的先驗範疇，而是政治高壓和各文化霸權集團互試對手身手的策略，這樣的「中國意識」不是留有遺老汗漬，就是純粹的掛羊頭賣狗肉，是失根的唯心論囈語。直到《夏潮》以社會主義的基調，真切地落實台灣的土地與人民後，台灣—中國同時放到第三世界的辯證互動才鮮活起來。

八〇年代以後，《夏潮》強調的台灣—中國二元辯證破滅了。一方面是由於「美麗島事件」讓黨外運動的本土陣營取得絕大的主導權；二者，中國展示的霸權身段，讓台灣產生極大的疑懼，於是統獨陣營徹底決裂。獨派一方，在強調本土意識的同時，卻斷絕了對第三世界的關懷，以及對美、日帝國主義的批判；統派陣營，往往屈台從中，把統一的口號置於人民與土地的需求之上，他們遂喪失了主導性的文化霸權。更可悲的是，統獨雙方既刻意遺忘《夏潮》時期相濡以沫的感情，它那多元、批判的取徑如今已完全被戕害，歷史的「進化」莫此為甚！

——原發表於「青春時代的台灣——鄉土文學論戰二十周年」回顧研討會，行政院文建會、春風文教基金會、《中國時報・人間副刊》共同舉辦，一九九七年十月

21 陳正醍作，路人譯，前揭文，頁六六。

22 葛蘭西著，呂同六譯，《論文學》（北京：人民文學出版社，一九八三年），頁四八—五〇。

二十年來的鄉土文學

彭瑞金

有人問我，二十年來「鄉土文學」發展的情形，我說，二十年來已經沒有鄉土文學的問題。問的人在電話的另端不自覺地提高聲調懷疑道：不是有第三代、第四代，甚至第五代的鄉土作家出現了嗎？我心想，這是誰生的「謠」呢！哪有繁殖力這麼快的作家，莫非出自幻覺？

不錯，一九七七年的時候，的確發生了一場頗為熱鬧的「鄉土文學論戰」，但那是一場和文學幾乎無關的論戰，那是一場藉文學討論為名，實則是附驥政權的文人與反當權的文人之間、左右意識形態彼此的鬥爭。那場論戰原本有一項非常嚴肅的主題，就是葉石濤提出來的——具有台灣意識的台灣文學，後來論戰變得荒腔走板，首先作文「告發」葉文主張分離主義的人，變成擁護鄉土派，成了鄉土文學的代言人，也成了附驥文人攻擊的對象。不過，那是戒嚴時期，戒嚴時代人的思考邏輯特別奇怪。反對國民黨政府的言論可以直接等於附匪言論，台獨也是反國民黨，所以台獨分子又是共匪的同路人，那時候，罵人台獨是和共匪一起罵的，主張分離主義的言論也是附匪言論。

「鄉土文學論戰」的荒謬性正在這裡，主張工農兵文學的「鄉土派」，是撻伐台灣意識的急先鋒，也是右翼附驥文人討伐的首要對象，而右翼文人其實並不恨「鄉土」，他們只是怕共匪、恨共匪，自然痛恨有人在台灣搞共匪行，講共匪話，但是他們的痛恨卻被冠上「反鄉土派」的肩章臂章。其實，反鄉土派不僅不敵視台灣，反而極力「美化」他們把持時期的台灣，不容別人醜化它，不准人家揭它的瘡疤，不准文學刻畫它的黑暗面，只可惜他們「美化」的手藝太拙劣，幼稚而失真，看起來不真實，只是在拍當權馬屁。吳濁流說，拍馬屁的不是文學。然而，一心一意逃避、逃離「台灣意識」「台灣鄉土」的，卻陰錯陽差成了擁護鄉土的戰鬥士，怎能說它不是一場荒唐論戰呢？難怪他們事後洋洋自得，以論戰的英雄自居，嘲笑別人：打仗的時候，你們在哪裡？其實，這些真相在後一個年代，八〇年代開始的統獨論戰——本來應是鄉土文學論戰前就展開的論戰，一切都揭曉了。

「鄉土文學論戰」解決了什麼？答案是解決了鄉土文學。因為在這之前，站在台灣的土地上、人群中創作，所謂扎根於本土的作品，都披上鄉土文學這個偽裝網且不管願不願意，這種形式存在的本土文學，都要被人劃上邊緣、非主流、非主體文學的等號，意味文學還有中央、另有主流。就這一點而言，當年的反鄉土和擁鄉土派的立場是一致的，只是各自擁抱不同的「中央」而已。論戰畢竟還是掛著鄉土文學的名號，鄉土文學的內涵還是得到了澄清。以台灣為主體、為創作依據的文學，所以要披上「鄉土」的偽裝，完全是因為外來政權以政治力量干預、宰制文藝活動的結果，其實，它們才是唯一真正從台灣的土地上生長出來的本土種文學。無端被捲進這場戰火裡淬鍊，它的正當性立刻被凸顯出來，不僅讓人恍然大悟它正是代表台灣的文學，也把過去騙人的「反共文藝」假面揭穿，更把「西化派」的流浪、自我放逐的虛妄性暴發出來，至於完全依附「政權」存在的「中國文學」和「中國作家」，則像地基被掏空的大樓，一夕之間也證實是沒有人民、沒有土地的空中文學。

論戰的結論下得果斷而明確，揆諸文學史上，恐怕還沒有第二個論戰結束得這麼乾淨俐落的，作家站在自己生活的大地上創作是天經地義的事，而且不論洋之東西、時之古今，這個道理都講得通。說鄉土文學無懈可擊，不如說本土文學應昂首闊步，戰火解除了它的偽裝。所以，經過論戰之後的台灣文學，面臨的是全新的局面，過去數十年，戰前如是，戰後也如是，作家只要守著這個根，鄉土意識不要流失，就對得起列祖列宗了。畢竟文學不能和手裡握著武器的政權正面抗衡，但護根、保本，是幾十年來都在持續努力、一代傳一代的作家，從未間斷的「使命」。有鄉土文學論戰才有鄉土文學，是完全蒙昧於台灣文學發展史的人才這麼說，反而是鄉土文學發展到完全根深柢固，已然可以確定在台灣這塊土地上生生不息，倔強頑強地生存著，對那些虛假、懸空、作偽的「文學」構成威脅了，才掀起論戰的，只是論戰的砲火偏離了目標，文學的質地沒有受到討論，成為不相干的意識型態鬥爭而已。

因是，論戰之後，台灣作家不是急著做爸爸，或閒著等做阿公，出生第二代、第三代……鄉土作家，而是每一個人要趕快分頭去做工，趕快擺脫過去被壓迫的悲情，趕快回復做主人的心情，去建設台灣的文學。過去約二十年，我總是鼓吹作家埋首創作，還有一些前輩、同道則致力於台灣文學史的建構、台灣文學教育資源的開發和拓展、台灣文學生長、發展空間的開拓……在在顯示以主人的心情在經營、已經荒疏太久的一片文學家園，哪有含飴弄孫的阿公閒心情呢？當然，還是有人把「鄉土文學」掛在嘴上，如果不是在講歷史，顯然講的人心中還有另一個文學中央在，這不論是出自鬥爭意識，抑或不改的妾婦心情，恐怕都因為不知今世何世、時間停格造成的吧！

——原載《台灣日報》副刊，一九九七年十月二十六日

——本文依據《歷史迷路　文學引渡》（富春文化，二〇〇〇年十月）編校

本書作者簡介

郭松棻（一九三八—二〇〇五）

小說家。台大求學期間發表生涯第一篇短篇小說〈王懷和他的女人〉（一九五八年），一九六九年取得美國加州柏克萊大學比較文學碩士學位，後全心投入保釣運動，往後二十五年間作品以政治評論為主，直至一九八三年才以筆名羅安達又創作小說。一九七六年以筆名羅隆邁發表〈談談台灣的文學〉於香港《抖擻》雜誌創刊號。

胡秋原（一九一〇—二〇〇四）

作家、史學家、《中華雜誌》創辦人。鄉土文學論戰期間，書寫〈中國人立場之復歸〉一文，一一駁斥反鄉土派作家的相關論點，並廣邀鄉土文學作家參與《中華雜誌》編輯會議和發表文章，陳映真稱胡為「保護、保存鄉土文學」的大傘。

陳映真（一九三七—二〇一六）

小說家，本名陳永善，筆名陳映真，另以許南村、石家駒等筆名發表評論文章。一九六八年因組織左翼讀書會罪名入獄，出獄後以〈鄉土文學的盲點〉一文加入鄉土文學論戰，同年發表〈文學來自社會反映社會〉。曾參與《文季》、《夏潮》雜誌編務，並創辦《人間》雜誌，開台灣報導文學先河。雖因國族認同和左翼政治立場飽受爭議，其創作和思想影響後學甚鉅。

王　拓（一九四四—二〇一六）

小說家，本名王紘久。政大求學期間加入尉天驄主辦的《文學季刊》雜誌編輯，並開始創作小說，鄉土文學論戰期間發表多篇評論，提出以現實主義文學取代鄉土文學的口號。長期投入參與文化公共事務，爾後投身政治，曾任立法委員、文建會主委等。

葉石濤（一九二五—二〇〇八）

戰後台灣文學重要的小說家、評論家，早年師事日人作家西川滿，發表多部日文小說，戰後提出台灣歷史、文學乃至政治主體性看法。其《台灣文學史綱》可視為戰後首部以台灣為中心所撰寫的台灣文學史論著，是日後強調有別於中國歷史經驗的台灣意識文學論著的濫觴。

《夏潮》雜誌

《夏潮》雜誌創刊於一九七六年，同年七月在蘇慶黎女士接辦後內容轉向反帝國主義、反資本主義，於鄉土文學論戰期間大量引入第三世界新左派政治理想，是為台灣左翼知識論述之濫觴。至一九七九年被查禁為止，共發行三十五期。

尉天驄

政大中文系畢業，後任教於政大。興辦《筆匯》、《文學季刊》等文學雜誌，引介西方思潮並提拔年輕作家，對台灣文壇多所貢獻。一九七八年參與鄉土文學論戰並編輯《鄉土文學討論集》一書，收錄論戰雙方七十四篇文章，為研究台灣鄉土文學論戰的重要參考資料。

南　亭

作家、政治評論家，本名王杏慶，以筆名南方朔活躍於評論媒體。一九七七年以筆名南亭發表〈到處都是鐘聲〉表態支持鄉土文學發展。

施　淑

本名施淑女。台大中文系碩士，加拿大英屬哥倫比亞大學亞洲研究系博士，現任淡江大學中文系榮譽教授。研究專長為中國現代小說、台灣文學、文學理論與批評，出版《日據時代臺灣小說選》與多本文學批評著作。

林載爵

東海大學歷史所碩士，英國劍橋大學歷史學博士。任東海大學歷史系教授，聯經出版公司發行人。以日治時期台灣文學研究備受推崇。長年致力於譯介外文人文書籍，並全力拓展台灣和東亞出版界的國際交流。

呂正惠

東吳大學中國文學研究所博士，於台灣新竹清華大學中文系任教二十一年，退休後任教於淡江大學中文系。二〇一四年元月自淡江大學中文系榮退後，旋即轉任中國重慶大學人文社會科學高等研究所客座教授，同年九月前往北京清華大學擔任客座教授。專研中國現代文學史、唐代文學專題研究，著有反思七〇年代鄉土文學論戰之評論數篇。

蔡其達

新聞工作者、評論家，曾任職中國時報，為資深主編。現多以筆名晏山農發表評論。著有《島嶼浮光》。一九九七受王拓之邀參與「鄉土文學論爭二十周年」研討會，因而撰寫〈鄉土論述的中國情結——鄉土文學論戰與《夏潮》〉。

彭瑞金

高師大國文系畢業，任教於靜宜大學台灣文學研究所，長期投入台灣文學評論與研究工作，為推動台灣文學本土觀的健將。曾與葉石濤共同編輯《民眾日報》「每月作品對談」專欄，並承襲葉的台灣主體性文學史觀。

國家圖書館出版品預行編目資料

回望現實．凝視人間：鄉土文學論戰四十年選集／
王智明等主編．-- 二版．-- 臺北市：聯合文學，2019.03
288 面；14.8×21 公分．--（當代觀點；28）

ISBN 978-986-323-299-5（平裝）

1. 台灣文學史 2. 鄉土文學 3. 文學評論

863.2　　108003619

028

當代觀典

回望現實・凝視人間

鄉土文學論戰四十年選集

修訂版

編　　者／王智明、林麗雲、徐秀慧、任佑卿
發 行 人／張寶琴

總 編 輯／周昭翡
主　　編／蕭仁豪
資深美編／戴榮芝
業務部總經理／李文吉
行銷企畫／邱懷慧
發行專員／簡聖峰
財 務 部／趙玉瑩　韋秀英
人事行政組／李懷瑩
版權管理／蕭仁豪

法律顧問／理律法律事務所
　　　　　陳長文律師、蔣大中律師

出 版 者／聯合文學出版社股份有限公司
地　　址／（110）臺北市基隆路一段178號10樓
電　　話／（02）27666759轉5107
傳　　真／（02）27567914
郵撥帳號／17623526 聯合文學出版社股份有限公司
登 記 證／行政院新聞局局版臺業字第6109號
網　　址／http://unitas.udngroup.com.tw
　　　　　E-mail:unitas@udngroup.com

印 刷 廠／沐春行銷創意有限公司
總 經 銷／聯合發行股份有限公司
地　　址／（231）新北市新店區寶橋路235巷6弄6號2樓
電　　話／（02）29178022

出版日期／2019年3月　初版
定　　價／360元

台灣研究書系
教育部高教深耕計畫特色領域研究中心
國立交通大學文化研究國際中心　　資助

ISBN 978-986-323-299-5（平裝）《本書如有缺頁、破損、裝幀錯誤、請寄回調換》